GU
CHENG
BI

作

目錄

第十一章

西宮南內多秋草

福寧殿中，公主才欲下拜已被今上挽住，又是關切又是憂慮，他連連追問公主之前發生何事，而公主只是悲泣。不久後，皇后與苗賢妃相繼趕到，擁著她再三撫慰，公主才開始哭著傾訴，從下降之初受到的委屈說起，直說到楊氏下藥，以及今夜辱罵我們之事。當然她的敘述有所保留，將我們情事略去不談，對飲一節也輕描淡寫地說是在受駙馬母子欺負之下與我「喝了一杯酒，說了兩句話」，楊氏偷窺後便肆意辱罵、尋釁打鬧，李瑋聞訊過來亦相助母親打了她。

於是苗賢妃一聽便怒了，摟著女兒，再不掩飾多年以來因這門婚事鬱結的怨氣，邊抹淚邊恨恨地道：「我好端端嬌弱弱尊貴無比的一個女兒，放著那麼多天下才俊沒挑，巴巴地下降到李家光耀他們家門楣，他們不好生侍奉著也就罷了，為何竟使出這麼多齷齪手段折磨她？還下藥，這種老鴇對付雛兒的勾當也虧那國舅夫人做得出來！倒不知她家當年開的是紙錢鋪子還是妓館！」

她說這番話時面朝皇后，但應該主要是說給今上聽的。今上原本很忌諱別人提李家當年鬻紙錢謀生一事，大概此刻也覺楊氏所為過分，竟沒向苗賢妃流露不滿之意，只是垂首蹙眉，不時嘆息。

「還有那李瑋，長得又醜又傻，呆瓜一樣的人物，若非官家開恩賜福，他再修十八輩子也休想沾到公主一點兒裙角邊。如今藉公主躍了龍門，當上駙馬都尉了，居然敢拿臉色給公主看，公主不願與他同寢，他就對公主又打又罵的，是把公主當侍婢呢還是當舞兒歌姬呢？」苗賢妃數落著李瑋，自己也氣得悲從心起，聲音漸趨哽咽，最後索性雙臂緊摟著公主大哭：「我的兒，這幾年來也不知妳在公主宅過的是什麼日子，難得妳竟默默忍受這許久，一定是不想讓妳爹爹擔心吧……」

公主聞之也大放悲聲，與母親抱頭痛哭。今上狀甚無奈，聽苗賢妃這樣說又有些尷尬，吶吶地試圖勸解：「或者，此中有些誤會，駙馬當不至此……」

「什麼誤會？」愛女心切的苗賢妃也不像平日那樣嚴守尊卑之分，當即拉公主側身給今上看，搶白道：「女兒臉上的指印還在呢，能有什麼誤會？」

她這自然是誇張的說法，公主現在的臉只是有些紅，哪裡還能看出指印。但今上也不反駁，一逕沉默著，憂心忡忡地注視著依偎在母親懷裡哭泣的公主，徐徐伸手似想撫慰她，但猶豫之下又縮手回來，撐在膝上，沉沉地嘆了口氣。

而此時，皇后默然起身，向我遞了個眼色，示意我跟她出去。

我隨她來到大殿西廡，她讓其餘侍者退下，然後問我：「公主說與你飲酒說話，國舅夫人偷窺。那麼你們當時說的是什麼？除了飲酒，還有何舉動？」

我良久不語，半晌後才如此回答：「無他，只是剪燭臨風，閒話西窗。」

「閒話西窗？」皇后蹙了蹙眉，深表懷疑：「只是這樣？國舅夫人此前並非沒見過你們獨處，但這回偏偏這般氣惱，以致出言辱罵，一定是看見的景象不同尋常。」

我一向不善於撒謊，何況是在皇后面前。因此，現在能做的，也只能是保持沉默了。

她以冷靜目光觀察著我，又一次令我覺得自己無處遁形。

「你們……有親密舉動？」她試探著問。

我低首，面頰灼熱。

皇后幡然拂袖，怒道：「我當初告誡過你，要你不要與公主太過接近，你竟全不放在心上！」

我跪下，以這恭謹的姿勢表示甘領一切斥責與懲罰，但還是一言不發。

皇后一顧身旁的一個越窯褐彩雲紋五足爐，道：「你們的主僕之情，如同一塊旃檀，如果擱在香爐裡的隔片上，可以碧煙裊裊，終日不絕。但你們就像玩火的孩子，一定要取它出來當柴火燒了，不但暴殄天物，更容易引來噬人的烈焰，燒到自己身上！」

我垂目受教，待她說完，低聲應以三字：「臣知錯。」

「現在知錯，已然晚了。」皇后嘆道：「公主行事率性，想做什麼便做了，不會瞻前顧後。可你一向懂事，待人接物很穩重，是知道分寸的呀！今晚之事，想必是公主心情鬱結之下主動與你親近，但你為何不退卻迴避，以致鬧到如此地步？」

她這時對我說話的語氣並不含太多怒意，倒有恨鐵不成鋼的無奈，彷彿我確實是她犯了錯的孩子。我沉吟片刻後，終於決定對她敞開心扉：「娘娘，公主與妳不一樣。娘娘是一株挺拔秀頎的木棉，可以獨立生長，在舒展的枝幹上開出美麗的花。但公主卻是一株紫藤，條蔓纖結，無法獨自成活，需要與樹連理，讓花穗開在雲樹枝頭。當她在找不到她認為可依託寄生的喬木之時，暫時把臣當成了緣木而上的支架……臣知道這樣不妥，但實在無勇氣拒絕她的攀緣。」

皇后嘆嘆氣，十分感慨地看著我。「但是，懷吉，她是紫藤，你卻不是喬木，本來就無法承受她的攀緣……你恬淡明淨，如果用草木來形容，就應該是杜若或萱草那樣的草本植物吧？生在水邊谷中，吟風飲露，清淨無為。這樣獨善其身便好，與藤蔓糾纏，不但於她無益，還會危及自己的生命。」

我凝思須臾，鄭重朝她伏拜，然後道：「皇后教誨，臣能聽明白。但，臣還是願意以千萬個日子獨處面對的流水遠春，來換取她無助時一日的依附。」

感覺到她訝異的目光，我勉強勾了勾唇角。「其實，臣的願望，也就是做一株喬木。」

翌日晨，宮門開啟後，李瑋入宮，除去冠服，跣足伏拜於福寧殿前，向今上請罪。彼時公主已隨母親回到儀鳳閣，而今上將上早朝，便催促他平身，說稍後再論此事；而李瑋一直惶恐地跪著不肯起來，低首反覆說自己侍主不周，罪無可逭，請今上責罰。今上最後很惱火，對他直言：「你快起來，否則引來眾人圍觀，你與公主的家務事就會鬧得朝野皆知，到時，就不僅僅是你們兩人的事了。」

李瑋這才起身，待今上前去視朝後，又來到苗賢妃閣分前，要向公主請罪。此前李瑋在福寧殿前的情形已有內臣入儀鳳閣報訊，聽說他又過來，公主怒而不見，且不許苗賢妃召見他，於是苗賢妃未讓他進到閣中。李瑋在閣外呆立許久後，有皇后閣內侍來，將他請去柔儀殿見皇后。

隨後梁都監與韓氏率嘉慶子、白茂先等公主宅侍女相繼趕到，匆匆見過公主後，亦都被召入柔儀殿，接受皇后問詢。

將近午時，今上回到後宮，亦直入柔儀殿，且將苗賢妃召了過去。

苗賢妃這一去便是許久，公主等得有些忐忑，不安地問我：「李瑋不會跟我爹娘胡說什麼吧？」

我朝她淺笑著搖了搖頭，讓她寬心，但私下展望我們將來，自己也覺前途茫茫，霧鎖樓臺一般看不到光亮。

李瑋多半不會在帝后面前主動提及我與公主之事，但皇后既已察覺，必會暗中追問梁都監與韓氏等人，前因後果，一定瞞不過她。今上現在可能也知情了，那我與公主，只怕很難尋回以前那種安寧的狀態。

後來，苗賢妃先回到閣中，神色果然凝重許多，屏退祇候人後，便低聲問我和公主是否有不適當舉止。我緘默不語，而公主自然明白她意思，立即激烈地否認，不肯聽苗賢妃再就此多說一句。苗賢妃無奈，只好說：「現在我也不想追究下去，只盼這事能盡快消停，別再鬧大了。無論你們之間是怎樣，別人問起，都一定要統一口徑，不要承認任何事，切勿露半點兒口風，讓人抓住了做把柄。」

少頃，有今上身邊近侍過來，宣召我入福寧殿面聖。我正欲領命，公主卻拉住我，對那近侍道：「你去跟官家說，公主有事讓懷吉做，不許他離開。若官家要問話，請過來問公主也是一樣的。」

近侍愕然，但還是答應了，離開儀鳳閣去向今上覆命。一待他出門，苗賢妃便責怪公主任性，竟公然違抗今上命令。而公主倔強地擺首，道：「我不能放懷吉走。如果他一人去見爹爹，不知爹爹會怎樣責罰他。」

晚間今上親自來儀鳳閣，與苗賢妃母女聊了些無關緊要的事，勸公主原諒駙馬，夫妻日後好生相處之類，對我的態度無大異狀，只是偶爾掠過我的目光有些冷肅。末了，他起身回寢殿，似不經意般，對我這樣說：「懷吉，我殿中有幾幅不錯的書畫，你隨我去取了帶給公主看看。」

我答應，準備隨他出門，而公主立即上前，對今上道：「爹爹要賜女兒書畫，隨便遣個小黃門送過來便是，何必讓懷吉過去取？」

此時的她像隻刺蝟一樣格外警覺，任何關於我的事都會令她瞬間豎起身上的刺。今上看著她那戒備的眼神，大不痛快，忍不住斥道：「沒錯，我就是要讓懷吉過去，問他幾句話。妳這樣緊張，如此防備，被人看見，真是成何體統！」

公主移步擋住我，盯著父親，鎮靜地回答：「我不要體統，我只要懷吉平安。如果你們認定我們有錯，便會讓他承擔所有罪責。懷吉一無所有，如果不在我身邊，誰來保護他？」

這話令今上久久無言，不知是氣惱、感慨，抑或是聯想起了什麼，他目中漸漸浮出一層水色微光。最後他黯然離去，臨走前拋下一句話：「希望此事別被言官留意到……你們自求多福吧。」

但次日我即意識到他這個願望註定會落空。

一大早，鄧保吉便送來一張邸報，這份頒行於朝野諸司的報紙最醒目的位置上赫然寫著：「兗國公主中夜叩皇城門，監門使臣輒便通奏，開門納之，直徹禁中。」

下次今上再出現在苗賢妃母女面前，是愁眉不展的樣子。苗賢妃輕聲問他原因，他探手入袖中取出厚厚一疊箚子，拋到我與公主面前的案上。

我匆匆翻看一下，見臺諫所論內容全是公主非時入宮、宮門夜開一事。上疏者皆是當世著名言官，包括殿中侍御史呂誨、左正言王陶，以及外放之後又被今上召回，且委以重任的知諫院唐介。

他們在箚子中引經據典，大談謹嚴宮禁、杜絕非常的重要性，以及歷代君王對守衛失職者的處罰方式。例如漢光武帝出獵夜還，上東門候郅惲拒不為其開門，光武帝後來從中東門入，但次日卻賞了郅惲而貶中東門候；魏武帝曹操之子、臨淄侯曹植擅開司馬門晝出，曹操大怒，誅殺了負責宮門警衛的公車令……

其間今上側目一瞥，見我正在看王陶的箚子，便命我道：「唸最後一段給公主聽聽。」

我頷首遵命，唸道：「然則公主夜歸，未辨真偽，輒便通奏，開門納之，直徹禁中，略無譏防，其所歷皇城、宮殿內外監門使臣，請並送劾開封府。」

公主聽了蹙眉道：「門是我叩開的，言官不滿，直接罵我好了，為何要問監門使臣的罪？」

今上嘆道：「妳以為他們不想罵妳？他們其實連妳爹爹也想罵呢。那宮門，若非我下令，誰人敢夜開？臺諫只是有所顧忌，不便明著數落我們，才拿監門使臣說事。處罰了他們，也就等於打了我們的臉，給了我們一次警告。」

公主似有歉意，低頭不語，好一會兒才又抬起頭來問父親：「爹爹，那你會處罰那些監門使臣嗎？」

今上搖搖頭，明確作答：「不會。他們是奉皇命行事。我的錯誤，不能讓他們承擔。」

於是，他頂住了臺諫官員們的第一輪攻擊，不處罰任何監門使臣。接下來的一月中，仍不斷有言官上疏論列此事，他一概置之不理。

公主在宮中住了下來，並無回公主宅的意思，苗賢妃也樂得母女相聚，天天守在儀鳳閣中陪女兒。倒是皇后出宮往公主宅看過楊氏一次，回來說：「她向我哭訴挨公主打之事，好在傷勢不重，我加以撫慰後，她也勉強承諾今後不跟外人提起。但公主宅侍者不少，難免人多嘴雜，公主久居宮中，日子長了，只怕更會引起言官注意，若他們追究此事，論及公主細行就不好了。公主稍留兩天，還是跟駙馬回去吧，日後彼此體諒些，有話也好好說，傷和氣的事切勿再做了。」

但公主並不答應，聲明只要李瑋及其母親尚在公主宅，她便堅決不回去。

帝后勸了數次，均未改變她主意。李瑋後來又入宮幾次求見公主，公主不但不見還會有激烈反應，不是失聲痛哭就是怒而擲物，每每要苗賢妃把她摟在懷中好言勸慰才能安靜下來。

苗賢妃為此憂慮不已，有次趁公主午後小憩時忍不住對俞充儀抱怨：「如此夫妻，不如離絕算了！」

俞充儀思忖著道：「他們是官家全力撮合的，就此離絕終究不太好，官家也不會答應。不過，若公主與駙馬分開個一年半載，讓兩人冷靜冷靜，仔細想想日後相處之道，倒是個可行的法子。」

苗賢妃咳聲嘆氣：「現在官家和皇后都在勸公主回去與駙馬和好呢，公主只怕在我身邊都待不長，又哪裡能與駙馬分開那麼長時間？」

彼時都知任守忠奉了今上之命，在儀鳳閣中探看公主情形，聽苗賢妃如此說，便趨上前來道：「要公主與駙馬分開一年半載倒並非難事。若苗娘子果有此意，臣即刻前往公主宅，找駙馬說說，讓他自請離開京師。」

苗賢妃詫異道：「你能說動他離京？」

任守忠笑笑，欠身道：「苗娘子靜候佳音便是。」

任守忠隨即迅速前往公主宅。也不知他對李瑋說了些什麼，翌日，李瑋果然上疏自劾，列舉了一些事例，說自己奉主無狀，懇請今上責罰，給予外任。

在苗賢妃極力贊成及任守忠從旁勸導之下，今上從李瑋所請，決定降他為和州防禦使，命其離京外任。

今上宣布降李瑋官制書那天，苗賢妃早早地遣了內侍守在朝堂之外，一待今上散朝便將他請了回來，欲問他詳情。但結果在她意料——今上遞給她那卷未能頒行的降官制書，道：「在司馬光引導下，堂上御史臺和諫院官員一起進言，堅持要我收回了皇命。」

那時公主尚在內室彈箜篌，不知今上到來，苗賢妃也未讓人請她出來見父親，先急切地壓低聲音追問今上，他便向我們講述了事情經過。

「我讓內臣在朝堂上宣讀了李瑋的降官制書，臺諫先是一陣沉默，然後陸續有兩、三人站出來，又問我公主非時入宮，宮門夜開，可曾處罰了監門使臣。我便說使臣奉命行事，並無罪過，朕不欲追究。他們便繼續進言，出列的人也越來越多，都要我處罰監門者。我始終不允，正在兩廂對峙時，坐在殿角執筆記錄的同修起居注司馬光忽然擲筆而起，闊步走到殿中，環視著眾臺諫官說：『監門使臣失職，是該處罰，但重點並不在此，而在於兗國公主罔顧宮禁之嚴、非時入宮的緣由，你們為何不直言？』」

苗賢妃聽得心驚，瞠目道：「他把話題引到了公主身上？」

今上頷首，苦笑道：「他在殿上慷慨陳詞，矛頭直指徽柔，說她一向不孝順家姑，不尊重駙馬，驕恣之名聞於朝野內外。聽說在此番入宮之前，公主還曾與家姑打鬧，以致毆傷家姑，不但全無愧疚之意，反而夜叩宮門，入訴禁中，完全無視宮禁周衛、君父安危，若此而不禁，其後必將為常……」

說到這裡，他著意看我一眼，才繼續道：「司馬光還說：『公主夜叩宮門後，外人喧譁，咸有異議，皆稱公主宅內臣數多，且有不自謹者，公主與夫家不協，或為內臣離間所致，陛下不可不為之深慮。如今非但要處罰公主所歷皇城宮殿內外監門使臣，而且公主宅所有祗候、使臣朝廷都應取勘，重行責降，以肅禁衛之事及皇室家風。公主失德，而李瑋事公主素謹，並無大過，如今是非分明，若降罰李瑋而維護公主，於情於理都有失公允，皇帝偏私如此，將何以示率天下？』」

我垂目不語。苗賢妃也是好一陣無言，末了才問出一句：「這司馬光如此無禮，官家也不罵罵他嗎？」

今上一哂：「我怎麼罵？罵他什麼？他說的是朝臣公認的事實，聽起來句句在理，我也無從反駁……而且，他話音剛落，便有言官附和，最後每個臺諫官都出列為李瑋說話，直到我同意收回降官的命令，他們才暫時閉上了嘴。」

【參】放逐

經臺諫力爭，今上次日宣布，李瑋免降官，只罰銅三十斤，留京師。公主聞訊不樂，越發堅持不回公主宅，而此時的她尚未意識到，更嚴重的後果將接踵而至。

司馬光當頭棒喝後，言官們都把公主一事的焦點從夜叩宮門，轉移到了公主宅中狀況及內臣問題上。先是諫官吳及彈劾任守忠「陵轢」，即欺蔑駙馬都尉李瑋，嚇得任守忠不敢就公主之事再多發一言；然後，其餘言官繼續細論「公主宅內臣數多，且有不自謹者」。

御史臺聽聞風聲，開始調查張承照與笑靨兒一事，隨即將證據若干私下呈交於今上御前，今上遂下令將張承照貶守皇陵服雜役，又把笑靨兒送往了瑤華宮。而都監梁全一不待臺諫彈劾，自己便先行向今上請罪，稱自己督導失職，以致公主與夫家不協，張承照之事失察在先，處理不善於後，實有負主上重託，萬不敢再居高位食厚祿，懇請今上降責。今上亦順勢處罰了他，削去其兗國公主宅都監之職，在都城外另選一設有內侍差遣的遠小偏僻處，命他前去監當。

梁全一為人和厚，這些年來尊重公主、駙馬，又善待宅中祗候人，原無過錯，此番全是為我們所累。我對他滿懷歉意，聞訊後立即找到他，向他下拜致歉。而他挽起我，淡淡笑笑，道：「我早知公主與駙馬的情形，卻未能善加規勸，出了事，也是一味隱瞞庇護，確實未起到都監的作用。如今受罰，並不冤枉……倒是你，以前的事我多說無益，現在只望你能好好想想以後該怎樣做……這把火已經燒起來，你所能做的也只有設法逃生了。」

我明白他的意思。如果這是一場火災，那我無異於縱火者之一，今上不會當作一切都未發生過地放過我。何況，無論張承照還是梁全一，都不會是言官攻擊的真正目標，他們的矛頭遲早會對準我。

事實的確如此。隨後兩日宮內開始流傳臺諫對我的彈詞，雖然沒明著指出我的名字。

他們說，公主宅勾當內臣職務雖重要，但以往給予其禮遇過甚，使其非但不與家臣同列，還與駙馬平起平坐，乃至奴婢視之亦如主人……他們還說，如此重任竟讓未及而立之年的內侍擔當，實在有欠考慮。而如今這勾當內臣年輕，又言行不謹，頗有輕佻之處，例如在公主宅中不著內臣服飾，在外人面前以都尉自居，甚至離間駙馬與公主，以致其夫婦失和……

目睹張、梁兩人相繼離開後，公主顯然也意識到了我面臨的危險，她變得空前緊張，整日守在我身邊，幾乎到了寸步不離的地步，尤其是今上過來時，她那麼戒備地盯著他，彷彿他是手握大刀向我走來的劊子手。

後來她竟然不眠不休，因為擔心有人會在她睡眠的時候把我帶走。今上聽說公主整整兩日未闔眼後，終於忍不住又來看她，而公主見他時說的第一句話便是：「爹爹，你是來抓懷吉走的嗎？」

今上默然，須臾，搖了搖頭。公主很是懷疑地注視他，忽然雙睫一顫，落下淚來：「爹爹，你會傷害懷吉嗎？」

今上嘆道：「妳把我當年的話全忘了嗎？不要對某些人太好，如果妳想保護他。」

公主移步至父親面前，屈膝跪下，仰首含淚看他，拉著他袖子懇求道：「女兒知錯了，女兒會改，只要爹爹放過懷吉……如果爹爹答應不傷害他，那我願意回公主宅，無論李瑋母子說什麼，我都再也不與他們爭執了。」

今上低目看女兒，微蹙的眉頭鎖著一千聲嘆息。憐惜地撥了撥公主額前幾綹散髮，他溫言道：「好，爹爹答應妳，絕不傷害懷吉，妳且放寬心。」

「真的？」公主半信半疑地問。

「那是自然，爹爹何曾騙過妳？」今上道，又微笑勸她：「兩天沒睡，妳氣色不大好，快去歇息吧。」

公主拜謝，徐徐起立，但看起來仍有些不放心，遲疑地站在原地，久久不去。

今上便又轉顧我，道：「懷吉，你也去收拾一下，明日隨公主回公主宅。」說這話時，他是和顏悅色的，甚至還對我微笑。我欠身答應，苗賢妃頓時笑逐顏開，親自過來攙扶公主，道：「沒事了，沒事了。姊姊早跟妳說過妳爹爹宅心仁厚，不會怪罪懷吉，妳還不相信，現在知道了吧？快進去睡睡，妳這兩日沒闔眼，臉色蠟黃蠟黃的，連頭髮都快沒光澤了……」

公主被母親攙扶著引入寢閣，步履徐緩，一步一回頭，走到門邊時略停了停，回眸著意觀察我們，見我們均無異狀才肯繼續前行。

公主走後，今上揮手讓眾人退下，唯獨留下了我。待室內只剩我與他兩人時，他對我說了句擲地有聲的話：「我可以不傷害你，但我不能不處罰你。」

這是我能猜到的結果。我沒有驚訝，也沒有跪下求他從輕發落，只是低首，應以最簡單的一個字：「是。」

「我必須處罰你，給臺諫一個交代，否則，不久後御史臺可能會再拿出一堆證據質疑公主的品行操行。」今上說。

我遲疑一下，還是低聲說明：「公主與臣，是清白的。」

今上牽出一點兒冷淡笑意：「沒有張承照那樣的事便是清白嗎？你與他，也就是五十步與一百步之分罷了。」

我垂目，無言以對。他亦許久無話，過了好一陣子方又開口，宣布了對我的處罰結果：「明日我會下令，把你逐出京師，配西京灑掃班。」

西京灑掃班隸屬內侍省，設有「灑掃院子」一職，專用以安置責降宦官，是在西京洛陽大內服差役，位遇卑下。而西京大內基本上是沿用隋唐宮城，國朝皇帝很少去，年久失修，在那裡供職的一般都是失寵的宮人或犯了事的內侍。對入內內侍省的宦者來說，去那裡已無異於嚴重的放逐。

然而今上這樣決定，顯然已經是手下留情。若按臺諫的意見，恐怕不會讓我活下來。

我向今上跪下，拜謝如儀。

「其實，無論臺諫是否留意到你，我都會處罰你。」他保持著漠然神情，又道：「你不是愚笨之人，這一點，從公主夜叩宮門的那一天，你就應該會想到吧？」

我沉默著，點了點頭。

「如果你足夠聰明，大可在臺諫尚未指責你之前先行請罪，找個侍主失職之類的理由，辭去勾當公主宅之職，自請遠離公主，受的處罰便會輕些，或許還能留在東京。你卻未這樣做，莫非心存僥倖，以為公主可以庇護你嗎？」他問我。

我惻然一笑，斷斷續續地說：「不是。從夜叩宮門的那一天……也許還更早，臣便明白，遲早有一天，臣會為自己所為付出沉重代價，將不得不離開公主……如果公主見不到臣，她會很難過吧……既然離別終究是要到來的，那就讓它盡量來得晚一點兒……所以，臣不願先行請罪，希望多守護公主一些時日，直到被勒停放逐的那一天……至於罪罰輕重、放逐地遠近都不重要了，反正不在公主身邊，哪裡都是一樣的。」

聽了我的回答，今上以一種耐人尋味的複雜眼神上下打量著我，須臾，忽然提及張先生：「你是張茂則的學生，我曾以為，你跟他很相似，如今看來，你從他那裡學到的，不過是皮毛而已。」

我欠身道：「臣一向愚鈍。」

今上凝視著我，起初的冷肅神情如冰水消融一般開始變得緩和。「那麼，你應該慶幸你的愚鈍。如果你學足了茂則十成十，又做出如今的事，那我一定會殺了你。」頓了頓，他卻又擺首一嘆：「不過，若你真修練到茂則的程度，又豈會讓事態發展到如今這地步？」

我並不接話，只聽他繼續說：「但也正因為你與他並不相似，我對你才有這一分顧惜……步步為營、明哲保身固然沒錯，但人生始終如此，也很乏味吧？」

見我許久未出聲，他又這樣問我：「離開京師之前，你還有什麼願望嗎？」最後對我呈出的微笑不無善意。

我舉手加額，朝他鄭重下拜行大禮，然後道：「臣只希望，不要讓公主看著臣離去。」

翌日，公主很早便起身，很安靜地等待侍女收拾行裝回公主宅。我依舊按她的意思，穿上一身文士衣服，讓小黃門們也為我整理衣物文具，彷彿真要隨行回去。

我一一查問宅中宮人今日所司事務細節，力求一切做得盡善盡美，連公主車輦內懸掛的銀香球也親自逐一摸過，看焚香的溫度是否合適。

當朝鼓之聲從垂拱殿傳來時，我正執著香箸，調整一個煙氣過重的香球裡的香品。聽見那沉沉鼓聲，我不由得一滯，想起了放逐我的皇命即將在朝堂上宣布，手中的香箸便一點點低了下來。

「懷吉！」公主忽然在我身後喚。我手一顫，所搛的香品掉下來，落在我托著香球的左手手腕上，有些燙。我忙縮回手，香球隨即迅速垂落，幾層機關在搖擺中相觸，發出一串細碎的銀鈴聲，就像公主此時的笑聲。

「你在想什麼？心不在焉的。」她以扇掩口，笑著問我。今上特許苗賢妃今日送她回去，有母親在身邊，公主看上去心情還不錯。

「哦，臣只是想，車中的香球顏色暗了，回去該換下來擦洗。」我面不改色地回答。

她仍明亮地笑著，又跟我說了幾句話。我含笑作傾聽狀，但她說的內容卻未入耳，看著她神采飛揚的模樣，心中有一聲低嘆：「多麼美麗的笑顏，可惜我再也看不見了。」

護送公主回宅的依然是皇城司的人，但今日隨行的內侍尤其多，因為其中一半人另有任務——行至中途時押我離開，送出城外。

我還是如往常那樣，策馬隨行於公主車旁。出了宣德門，沿著朱雀街行至相國寺附近時，引導皇城司內侍的都知鄧保吉向我遞了個眼色，我會意，旋即悄然勒馬掉頭，準備離開。

公主卻於此時驀然褰簾，惶惶然喚我：「懷吉，你要去哪裡？」

我停下來，看著路邊前去相國寺進香的三五行人，找到了個藉口，於是轉身應道：「公主，臣想去相國寺，為公主買點炙豬肉。」

她疑惑地觀察著我，而我仍保持著無懈可擊的微笑，令她無跡可尋。少頃，她也笑了。「那炙豬肉確實味道不錯，但你要買也不必親自去吧？隨便叫個小黃門去也是一樣的。」

我淺笑道：「不一樣。豬渾身上下那麼多肉，他們不知道哪個部位好吃，不會選。」

這話聽得公主不禁咯咯地笑開來，也終於答應。「那好，你去吧。不過天色不好，像是要下雨了，你得快去快回，早些趕上我。」

我自然應承。她眨了眨眼，又道：「我不吃肥肉，要淨瘦的。」

我含笑道：「炙豬肉還是半肥瘦的好，帶些油脂口感更佳。」

「不要！」她堅決地搖頭。「吃了肥肉會胖。」

周圍的人聞聲皆笑起來，倒弄得公主有些不好意思，赧然嗔道：「笑什麼？笑什麼？還不快走！」

她手一垂，容顏隱於簾後，車輦復又啟行。

我倚馬而立，目送她遠去，然後轉身對留在我身邊、等待押我出城的鄧保吉說：「懷吉有一不情之請，望都知應允。」

「說吧。」鄧保吉道，看我的眼神頗有憐憫之意。

「都知可否再給我一點兒時間，讓我去相國寺買點兒東西，待我出城後，都知再帶去公主宅，交給公主？」

他應該能猜到是什麼，亦有一嘆：「好，我陪你去。」

到燒朱院門前時，鄧保吉率皇城司諸內侍停下，在外等候，讓我一人進去。這日守在院中做生意的不是大和尚惠明，也不是我曾見過的他的徒弟，而是一位體格健壯的婦人。一見我走近，她立即站起身，很熱情地招呼：「郎君是要買炙豬肉吧？現在恰好有一匹剛烤好的，還燙手著呢！」

我入內挑選，一邊查看一邊隨口問她：「惠明大師不在店中嗎？」

「別提那個老不死的！」那婦人左手扠腰，右手搖著一把大蒲扇，恨恨地道：「他昨日中午喝了一罈老酒，就在床上挺屍，直到現在還沒起來！」

我驚訝於她的語氣，轉念之間才想起來，以前聽說過惠明娶了個老婆，京中士人戲稱其為「梵嫂」，想必就是面前這位婦人了。

於是我朝她拱手。「娘子便是梵嫂吧？適才不知，失敬失敬。」

她大手一揮。「嗨！什麼梵嫂！那都是你們讀書人叫著玩的，說實話，我才不想做那酒肉和尚的渾家呢！跟著他過，早晚會被他氣死！」

話雖如此說，她提起惠明時目中仍有溫暖的亮色閃過，那神情似曾相識，有如若竹抱怨馮京的模樣。

我應以一笑，不再繼續這個話題，只指著一塊選好的炙豬肉，要她切淨瘦的部分。

「郎君要淨瘦肉，一定是你娘子囑咐的吧？」梵嫂邊切邊問。

我沒有多說什麼，只頷首稱是。

梵嫂笑了。「郎君對娘子這般體貼，她一定生得很美吧？」

我微笑著，想起公主的眉目，心中和暖，如沐春日陽光。「是的，我的娘子，是世間最美的女子。」

從燒朱院出來，我把炙豬肉交給鄧保吉，隨即上馬，頭也不回地朝城外馳去。那麼迅速，令皇城司內侍一度以為我要逃跑。他們一個個躍馬追來，而我並不稍作解釋，一逕鞭馬狂奔，直到奔到城外的一個山丘上，才勒馬停佇。

「公主現在……怎樣了？」

想著這個問題，我愴然回首，一雙潮溼的眼迎上漫天飄散的雨絲風片，眺望遠處被覆於淡墨色煙雲下的天家城闕，向這座深鎖著我所愛之人的城池做最後的道別。

西宮南內多秋草，落葉滿階紅不掃。這種詩歌描繪的淒涼，直到我進入西京大內，才深切領略到。

洛陽乃自古帝王都，也是國朝陪都，泉甘土沃、風和氣舒、清明盛麗。承漢唐衣冠遺俗，國朝士大夫亦偏愛此地，常在此居家治園池，築臺榭、植草木，以為歲時遊觀之好。因此洛陽城中士大夫園林相望，花木繁盛，譽滿天下。

但皇帝駕幸洛陽的機會並沒有士大夫們多，往往只是在朝謁諸帝陵寢的時候才順道前往，少留短短兩、三日，因此西京宮城受到的重視程度遠不如東京大內。隋唐延續至今的宮室已有不少殘損，國朝皇帝也無意大修，管理維護大內的官員使臣大多用拆東牆補西牆的方法修葺，常拆舊房兩間修為一間新房，到如今宮城規模已大大縮小，不復前朝盛景。

斷壁殘垣多了，這裡也成了荒草昏鴉繁衍的樂土。我到達之時正值黃昏，一位彎腰駝背的老內侍引我至我將棲身長居的宮院，推開院門先就聽見一陣鳥兒撲啦啦搧翅膀的聲音。那些被驚動的黑羽鴉雀相繼飛上葉落殆盡的枝頭，看著我們踏著厚厚一層枯葉入內，牠們又很快恢復了淡定的神情，冷傲地扭過頭去，用牠們那單調得理直氣壯的「嘎嘎」聲朝著西風鳴唱。

在我聆聽這鴉鳴之聲時，老內侍摸出一把鑰匙，哆哆嗦嗦地打開了一間宮室門上的鎖。推門之後他先揮動拂塵，掃去梁上懸下的蛛絲，才示意我進去，說：「就是這裡了。」

我花了三天時間把這裡清理成一個可以居住的地方。又過了幾天，一位新結識的灑掃班內侍到我這裡來，一見這情形便笑了：「這麼乾淨，還按東京的習慣打理呢，你一定是還想著要回去。」

後來我才注意到，這裡的內侍跟東京的也大不一樣，頹廢而懶散，自己的居處和所司的宮院都雜亂無章；而他們也欠缺清理的動力，就算幹活，也只是在有都監在場之時才擺動兩下掃帚。

「掃那麼乾淨幹麼呢？反正天高皇帝遠，官家又看不見。」他們說。

他們基本都是犯過事的宦者，已不再冀望能回東京，無人關注的人生也像宮城一般，隨著歲月流逝日趨荒蕪，似乎活著的意義就只是拋開掃帚，瞇著眼睛，躺在有陽光的庭院裡偷懶。

我沒有把太多時間用在和他們閒聊上，雖然他們對我以往的經歷很感興趣。在他們看來，我大概是沉默寡言的，終日只知持著掃帚清掃那些永遠掃不乾淨的院落，就像我現在的職務所要求的那樣。

嘉祐六年元月中的某一天，我如往常那樣在大殿前掃地，忽有人走近，一角青衫映入我眼簾。

我抬起頭，怕揚起的塵灰沾染了他衣裳，正想向他告罪，但這一舉目，看清他面容，一時竟愕然。

他溫和地微笑著，喚我的名字：「懷吉。」

我又驚又喜，手一鬆，掃帚倒地，我朝他深深一揖。「張先生。」

張茂則如今的具體職務是永興路兵馬鈐轄，在京兆府長安掌禁旅駐屯、守禦、訓練之政令。他告訴我，此番是作為永興路進奏使臣，還闕賀歲畢，依舊回長安，途經西京，知道我現在在這裡，便來看看我。

我請他入我居處，想出門備些酒菜，卻被他止住。「我一向不飲酒，更不喜葷腥之物。我這裡剛巧帶有一餅今年皇后所賜的小龍團，今日相逢，不若以茶代酒如何？」

我知他平素一無所喜，唯愛飲茶，也就答應，立即尋出茶具，以待煮水點茶。

張先生從攜帶的行李中取出小龍團茶，又自取一套茶具，銀製的湯瓶及茶碾、茶匙，配以鵝溪畫絹茶羅及建安黑釉兔毫茶盞，皆世人推崇的極品點茶器皿。

「這些也是皇后賜的？」我指著茶具問他。

他擺首，道：「這是官家賜的。」

我感到意外，旋即含笑道：「想必先生回京指日可待。」

他只應以一笑：「還早。」

他不再多說，我也不繼續追問，接下來的一刻只沉默著看他刮去小龍團茶上的膏油，用一張乾淨的紙包裹了捶碎，然後取出適量置於那舟形銀茶碾上，開始用其中獨輪細細碾磨。

龍鳳團茶是建州鳳凰山北苑貢茶，茶餅上印有龍、鳳紋樣，大龍、鳳團茶一斤一餅，這種小龍團茶是蔡襄任福建路轉運使時選北苑茶之精細者所製，一斤十餅，而一年所貢也不過十斤。茶色乳白，這一碾開，玉塵飛舞，茶香四溢，尚未入口已覺沁人心脾。

張先生見我看得目不轉睛，便淺笑問我：「你如今點茶技藝如何？」

我低首道：「難望先生項背。」

他一顧剩餘未用的茶餅碎塊，道：「你也來，咱們鬥試一番。」

我一時興起，亦未推辭，也取了些茶塊碾磨，隨後我們兩人各自在茶爐上煮水候湯，準備鬥茶。

候湯之時我們均以茶羅把碾好的茶末細細篩過，少頃，聽得湯瓶聲響如松風檜雨，便提起湯瓶一一熁盞，再抄入茶末，注少許熱水調至極勻，令茶膏狀如融膠，才又提瓶。我執一把竹製的茶筅，張先生則持一柄銀匙，各自在注湯的同時往自己盞中環回擊拂。

我們動作相似，每個環節完成的時間也相去不遠。其間我幾度偷眼觀察張先生舉動，而他則一直垂目做自己的事，並不曾顧我一次。

茶葉本可生浮沫，建茶中又和有少許米粉，擊拂之下乳霧洶湧，溢盞而起，浮起一疊白色沫餑乳花，周回凝而不動，這在茶藝中稱為「咬盞」，而鬥茶的勝負就在於乳花咬盞的時間長短，同時擊拂之後稍待片刻，誰的盞中乳花先行消散，露出水痕，便算輸了。

我們幾乎同時停止了擊拂的動作，擱下手中茶具，把茶盞正置於盞托上，並列於一處，靜候鬥試結果。

我用的茶盞是一個敞口小圈足的影青蓮花紋盞，胎薄質潤，盛著乳花盈溢的白茶，如荷葉捧素雪；而張先生用的兔毫盞胎體厚實，乍看樸實無華，但細觀之下，可見茶盞黑青色釉底上分布著呈放射狀的銀白色流紋，纖細如銀兔毫，精妙不可言傳，而茶盞與茶色相襯，一黑一白，更能煥發茶色。

初時，我們盞中乳花之狀相仿，但稍待須臾，便可看出影青盞中的乳花仍是薄了一些，且消融速度略快，細小的泡沫不斷破碎，一層層消退下去，終於先露出了中間一圈水痕。而兔毫盞中乳花咬盞依舊，未有一點兒水色現出。

我旋即欠身，微笑道：「慚愧，懷吉輸先生一水。」

張先生亦含笑看我，問：「我們這次用的茶和水都一樣，你知道自己輸在哪裡嗎？」

我想了想，搖頭道：「請先生賜教。」

張先生遂逐一道來：「首先，你羅茶時不夠細緻，篩的次數不如我多，而點茶用的茶末須絕細才能入湯輕泛，使乳花吸盡茶末茶湯；其次，你熁盞時注湯不夠，未令茶盞熱透，便會影響茶末上浮，發立耐久；再次，你熁盞後便急於調膏注湯，導致點茶之水過熟，過熟則茶沉，應先稍待片刻，等瓶中水沸停止後再開始點茶；而且，你注湯偏多，以致茶少湯多，雲腳易散，如此鬥茶，注湯至盞中四分即可。」

「最後，你擊拂時手勢過猛，欲速則不達，應環注盞畔，讓熱水沿著盞壁流入盞中，起初攪動茶膏時也不要太急，徐徐攪動，漸加擊拂，指繞腕旋，上下透徹，才能使茶湯色澤漸開，乳花珠璣磊落，久立不散。」

我大為嘆服，赧然道謝。他又微微一笑，似漫不經心地說了一句：「一個大的過失，總是由一連串的小失誤構成的。」

我低目細品他的話，良久後才又問他：「先生點茶之時未曾看我，怎知我羅茶不細，熁盞不夠，擊拂過猛？」

「這些事，未必總要盯著你才知。」他說：「看看結果，其中過程也就一目了然。」

我聽出他弦外之音，有一種難言的尷尬，他也只是靜靜注視我，別無他言。待印香燼落，茶盞生涼，我方才開口：「我的事，先生都聽說了？」

他回答：「聽說一些，不多。」

我斟酌半晌，終究還是按捺不住，直言問他：「公主如今怎樣？還好嗎？」

「我只在宮中待了三天，公主在她宅子中，我並未見到。不過，她的情形，應該是好不了吧。」

張先生從容講述他知道的事實：「據說你走後，官家又把公主宅中那些有品階的內臣都逐出去了，並下令省員更制，自今勿置都監，別選一位四十歲以上的內臣和一位五十歲以上的三班使臣，在公主宅中勾當，其餘伺候公主的小黃門，年齡須在十五歲以下。後來，殿中侍御史呂誨又進言說，兗國公主乳母、昌黎郡君韓氏曾慫恿公主奏請官家升她姪婿于潤的官，又曾將公主宅中服玩器物盜歸私家，請官家追查此事。於是官家下詔降于潤官職，且削去了韓氏郡封，不許她再服侍公主。」

我驚問：「連韓郡君都不在公主身邊了？」

張先生頷首：「現在公主宅中的內臣，不是老的就是小的，而且大部分她以前都不認得。留在她身邊的舊人，恐怕就兩、三位侍女。」他著意看看此刻我的神情，又道：「當初你犯錯時，想必已料到自己如今處境，甚至還將生死置之度外，然而，對公主可能面臨的境況，你大概未曾想得周全吧？」

我側首避開他的直視，移目看別處，然而鼻中酸楚、眼角溼潤，面前景象也如水波般搖漾，根本無法看清楚。

「懷吉。」張先生再喚我的名字，聲音溫和而冷靜。「我再問你，你知道自己錯在哪裡嗎？」

我艱難地嚥下喉中那抹堵塞般的疼痛，按言官們給我定的罪名低聲答道：「我言行輕佻不自謹，罔顧尊卑，以下犯上……」

「你越界了。」不待我說完，張先生已直接向我做出了他的診斷。「尊卑、上下，姑且不論，單說我們的身分，就跟常人不一樣，我們根本沒有資格，去追尋一般男人擁有的東西。」

見我沉默不語，他又問道：「你有沒有想過，如果此番不被言官留意到，你與公主將如何發展？」

我沉吟許久，還是選擇了搖頭。

張先生繼續道：「情愛之事如醇酒，容易使人上癮，不知饜足。你們踏出了一步，難免會有更多的嘗試，到最後，你與言官指責的那種卑劣宦者有何不同？」

我低首受教，並無話說。他頓了頓，又說了句我始料未及的話：「何況，讓你心儀的人看見你殘缺的身體，你還有何尊嚴可言？」

他的語調始終不慍不火，平靜得像秋日止水，但這話卻帶著犀利鋒芒，直抵我心最脆弱處。我悚然抬目視他，見他凝視著我的雙目中有憐憫的意味，少頃半低眼簾，一點兒微光閃過，他嘆了嘆氣，微露出一絲難得一見的感傷。

「從我們淨身的那一刻起，我們便已與情愛絕緣。我們一生或許會擁有很多身分，但永遠都不可能真正成為哪個女子的丈夫或哪個孩子的父親；而女子的幸福，往往是從婚姻與家庭中得來，所以，我們要給任何女子幸福，都是不可能的……我們原本已一無所有，如果你珍視某個人，就離她遠一點兒，不要妨礙她與夫君的生活，也盡可能的，讓自己保留一點兒殘存的尊嚴。」

我黯然思量著，最後勉強一笑。「先生無須多慮。我已被貶逐至此，此生不會再與任何女子有瓜葛。」

張先生默然，托起茶盞啜飲一口，又道：「我獨愛飲茶，因此物不令人醉，但微覺清思，不似醇酒雖美，卻催人肝腸。而且，日有春夏秋冬，天有陰晴圓缺，點茶時看著乳花從浮盞到破滅，也像經歷了一場生成、持住、衰敗、消散的過程……世間萬物都是這樣的吧，周而復始，一切皆有定數，不必太強求。前事消散的時候，亦不必太難過，不如調整心緒，從容面對以後的日子，或許另一種清明潔淨的生涯又將開始了。」

張先生走後，很長一段時間內，我仍未能如他所言，調整心緒，獲得平靜與安寧。思考他的話和思念公主交織在一起，成了我生活中不可或缺的內容。

我移植了一株紫藤到我院中。在以前的十多年裡，我像呵護一株花木一樣照顧著公主，而如今，我又像照顧公主一樣呵護著這株紫藤，盡我所能把它侍弄得繁茂蔥郁，不讓一片葉脈露出萎黃之色，不讓一根枝蔓沾染蟲跡，連葉面的灰塵我都會覺得礙眼，總是小心翼翼地拂去。如果說西京的生活尚有樂趣，那便是從侍花之時獲得的。

仲春時節，我的紫藤結出了串串花穗，垂掛枝頭，粲若雲霞，其中常有鶯啼鸝鳴，宛如李太白詩意：「密葉隱歌鳥，香風流美人。」

我甚愛此花，不讓旁人碰觸，為此不惜與人冷面相對。但，也有例外的時候。

一日黃昏，我幹完活後回到居處，坐在室內小憩，習慣性地透窗探望院中紫藤，卻無意中發現藤蔓抖動，似有人在拉扯。

我立即疾步出去，見一個幼小的女孩正踩在石塊上面，一手拉著紫藤枝蔓，一手盡量向上伸，顯然是想摘花。

我揚聲喝止，她嚇了一跳，腳一滑，竟從石塊上摔了下來。

她頓時哭了起來，我忙過去扶起她，見她完全是個孩子，又一脈楚楚可憐的模樣，起初的怒意頃刻散去，心也軟了，於是好言撫慰，又摘了幾串花穗給她，遷延許久，她才略略止住了哭泣。

她雙頰粉嫩、眼睛清亮，細看之下與幼年的公主倒有兩分相似。我覺得親切，微笑著問她：「妳叫什麼名字？」

她仍有些怯怯地打量著我，好半天後才指著院門外一棵松樹上的女蘿，輕聲回答：「蘿蘿。」

她的衣飾談不上精緻，但也不算太差，應該不是小宮女。我猜測著她的身分，遂又問她：「妳的媽媽是誰？」

她答道：「沈司飾。」

沈司飾是一位被貶到西京大內的女官。據說她當年為今上掌巾櫛之事，性格開朗、健談愛笑。那時今上還只是位十幾歲的少年，尚未大婚，有次沈司飾給今上梳頭，兩人說笑著拉扯嬉戲，不巧被章獻太后撞見，章獻太后便以狐媚惑主的罪名將她貶逐到此地。而她從此後性情大異，變得少言寡語、不苟言笑，任何時候看上去都是一副拒人於千里之外的樣子。

那麼這個蘿蘿，應該是沈司飾的養女了。我心中感慨，也對她多了幾分憐惜之意，撚撚她頭上的髮帶，再問她：「蘿蘿，妳幾歲了？」

她說：「五歲，明天就五歲了。」

「明天是妳的生日？」

她點了點頭。

我決定送她一個生日禮物。回到室內尋到一把小刀，我又出來在院內找了截胳膊粗的樹枝，坐下來埋頭削了一會兒，木屑飛散，一個圓頭娃娃漸漸現了出來。

大致削好，我把木娃娃遞給蘿蘿，她驚喜地接過，反覆細看，愛不釋手。

我想了想，又覺得娃娃略顯粗陋，便又拿了回來，準備給它刻些頭飾衣物。這涉及娃娃的身分定位，於是我又問蘿蘿：「妳長大後的願望是什麼？」

宮中的女子通常都有個職位，我是準備等她說出想做什麼，再給木娃娃配上相應的服飾，但這小姑娘卻給出了個完全在我意料外的答案。

「生個小娃娃！」她不假思索地回答。

我一愣，旋即感到臉火辣辣的，開始發燙。

「呃，我是說，妳長大後最想做什麼？」回過神來後，我嘗試著跟她解釋。

「生小娃娃呀。」她不改初衷。「最好生兩個，一個男孩、一個女孩。」

我盡量朝她笑，雖然自己也感覺到了笑容的僵硬。「妳以後是想當司飾、司藥，還是尚服、尚儀……」

我還在想是否多列出幾個女官職位供她選擇，她已不耐煩地用明淨的聲音再次作答：「我想當媽媽。」

我徹底無語。沉默片刻後，我重又引刀，在木娃娃身上刻出了她懷抱嬰兒襁褓的紋樣。蘿蘿很高興，接過把玩一會兒，然後歡天喜地地跑開了。

嘉祐六年閏八月，都知鄧保吉從東京來，向我傳了一道密旨：即日還闕入宮供職。

我頗感意外，沒料到被貶逐僅僅一年後，便會蒙此大赦。當看到鄧保吉神色肅穆地宣我一人入偏殿時，我還以為他帶來的是賜死的詔命。

「是……公主為我進言嗎？」接旨之後，我低聲問向我說「恭喜」的鄧保吉。

鄧保吉嘆道：「公主為你做的事，豈是『進言』二字可概之……發現你離京後，她進宮懇求官家召你回來，哭得幾欲暈厥，但官家只溫言撫慰，始終不答應。於是公主終日啼哭，無論在宮中還是公主宅，面對每一個試圖勸解她的人，都只會憤怒地說一句話：『還我懷吉！』她在宅中欲自縊已不是一次、兩次，嚇得苗賢妃忙又請官家把她召到宮裡來住，終日守在她身邊，不敢擅離一刻。」

「這一年來，她幾乎沒有開心的時候，除了哭泣、哀求、怒罵，就只是發呆和昏睡。今年七月中，董娘子生下十三公主。有一天，兗國公主去看這個小妹妹，抱著十三公主玩，才有一點兒笑容露出。那時十一公主也在董娘子身邊，乳母餵她喝粥，她搖頭不喝，口中連聲說『芋頭』，大概是想吃芋泥糕，而兗國公主一聽便怔怔地出神，好半天沒動彈。」

「苗娘子見她有異狀，馬上讓人把十三公主抱走，兗國公主也任他們抱走妹妹，自己默默往外走。苗娘子跟著她出去，帶她去後苑散心。公主一直很安靜，但走到一口井邊時，忽然一下子跳了進去，周圍人誰也沒能拉住……」

彷彿生生受了一次重擊，我胸中氣血騰湧，聲音也在發顫：「公主……出事了？」

幸而，我很快見到了鄧保吉擺首。「好在內侍們反應還算快，迅速把她救了出來。」他說：「苗娘子抱著她哭得死去活來，而公主一言不發，目光也無神采，像個木頭人一樣，直到官家趕來，她才開口說話，說的卻還是那句──『還我懷吉！』」

我微垂首，在靜默的狀態下暗暗發力咬舌，讓此間的疼痛抑止和消滅另一處的感覺，直至品出血液腥甜的味道。

「苗娘子聽了這話越發難過，下拜懇求官家召你回來。官家連連嘆氣，十分為難。撫慰苗娘子母女後，他又去看董娘子，告訴董娘子，他準備晉她為婕妤。董娘子三年內生育三次，最後生十三公主時又難產，身體十分虛弱，一直纏綿病榻。聽了官家這話後，她卻立即起身，跪在官家面前，力辭晉位之事，問官家可否把這次賞賜轉為一個承諾，幫她實現一個願望的承諾。官家問她的願望是什麼，她回答說，希望官家能赦你之罪，召你回來見公主。」

秋和……她自己也是有心願的，卻把每次實現心願的機會都用於成全別人。我對她的感激無以復加，但面對鄧保吉的敘述，我還是保持了沉默，因找不到任何合適的語言，可以表達她的善良帶給我的觸動。

「聽了董娘子的話，官家仍然沒表態，但想必是動了召你回來的念頭的。而最後讓他下定決心的，是另一個人。這個人，你一定猜不到是誰。」鄧保吉又道。

我抬頭，朝他投去詢問的目光，他亦不賣關子，直接說出了答案：「是駙馬李瑋。」

在我訝異的注視下，他繼續說：「聽說公主投井之事後，李都尉入宮求見官家，跪在官家面前叩頭。官家還以為他又是來請罪，不耐煩地說：『這事與你不相干，你回去吧。』李都尉卻支支吾吾地說有一事想請官家答應，官家問是什麼，他說：『請把梁先生召回來。』」

講至這裡，鄧保吉停下來，看著我，似乎在等我說些什麼。而我完全失語，與他兩廂無話，許久後，才問了一句：「他說請求召我回去的原因了嗎？」

鄧保吉道：「沒有。官家也問他，但他沒解釋原因，只是不停地叩頭，反覆懇請官家召你回去。」

我與鄧保吉馬不停蹄，迅速趕回東京。到東京城門附近時天色已晚，鄧保吉原本還道關閉城門時辰已過，只怕我們今日進不了城了，走到城門前才發現，門依舊大開，並未關閉。鄧保吉大感詫異，詢問守門兵衛，兵衛回答：「十三公主今日出殯，官家下令說要留著宮門及城門，等送殯的人回來才關。」

十三公主夭折了？我轉顧鄧保吉。他點點頭，低聲道：「十三公主出生後情況一直不妙，我離京時她已病危。」

算一下日子，這位小公主在世間僅僅生存了兩個月。我心下黯然，不敢猜想秋和會如何傷心。

鄧保吉領我入城，在監門使臣查詢我身分時，他掩飾說：「這是西京還闕奏事的內臣。」

待入到城中，他才悄悄告訴我：「你此番回京，官家不欲人知，尤其是臺諫，所以派我去傳密旨，也叮囑我，這一路上不要向人說起你的身分，否則，臺諫知道你回來，必定又有話說。」

我垂下眼簾，想起了臺諫之前對我的指責。鄧保吉默然行了片刻，忽又轉頭跟我說：「你大概還未聽說吧？今年六月中，官家接受諸臣建議，遷司馬光為起居舍人，同知諫院……司馬光短短兩月間，已上了十幾、二十多個箚子，成了進言最多的現任諫官。」

入宮之後，我首先見到的人是皇后。

「我們讓你回來，並不等於讓你回到公主身邊，像一切都沒發生過那樣，依舊讓你做公主宅的勾當內臣。」她開門見山地說：「你且留在宮中，在公主入省禁中時你們可以見上一面，讓她知道你平安無恙，但也僅此而已，以前那樣的相處，是不能再有了。」

我低首，緘默不語，接受她冷凝目光的審視，好半天後，聽見她嘆了嘆氣：「你們都不會控制自己的性子，那麼，我們只有改變你們的相處方式。」

我舉手加額，拜謝如儀：「臣謝官家與娘娘聖裁。」

她又道：「你也不能再回苗娘子閣中，回頭讓鄧都知給你另尋個居處，日後做什麼，待我再想想，但為免引起臺諫注意，品階高的職位也是不能再得了。」

這倒並不是我很關心的。「那麼，公主……」我遲疑著，只想問何時能見到公主。

皇后自然明瞭，答道：「官家已向公主承諾會召你回來，讓她回公主宅中去了，至於何時讓你們見面，我們會再商議。」

我再次道謝。她隨後命鄧保吉帶我出去。在我退至門邊將欲轉身時，她又喚住了我，吩咐道：「這次你能回來，秋和也出了不少力。明天你先去看看她。」

當我見到秋和時，為她的模樣暗暗吃了一驚。一年不見，她已可用形容枯槁來描述，額上勒著一道烏綾抹額斜倚在病榻上，未施脂粉的臉上連嘴唇都是青白的，單薄得像個紙糊的人兒，完全沒有剛生過孩子的婦人的豐腴。而且，她眼周有濃重的深色，一雙原本十分清澈美麗的眸子黯淡無光，恍若乾涸的泉眼，大概是睡眠不好，且常常垂淚所致。

這日京兆郡君高氏入宮問安，亦來探望秋和。我入內拜謝秋和時，兩人正相對閒話家常。看見我，秋和顯得很驚喜，勉力支撐著坐起來，連聲喚身邊侍女請我坐，又命她閤分的提舉官趙繼寵為我布茶，完全沒把我當卑賤的內臣，倒像是招待一名遠道而來的貴客。

這令我有些不安，欠身連連道謝，卻不敢按她的意思，在她面前坐下。秋和再促我坐，最後京兆郡君也含笑相勸：「我們都與梁先生相識多年，且又不是在大庭廣眾之下，先生無須如此客套，還是坐下慢慢敘談吧。」

我這才坐下，與她們相對寒暄，有京兆郡君在場，我們談的也大抵不過是西京生活與旅途見聞，語意輕鬆得彷彿我只是奉命去西京補外一年而已，她們都沒涉及我遭貶逐的來龍去脈，也沒一句提及公主。

少頃，有幼兒啼聲從外面傳來，然後一位乳母抱了個兩歲多的小女孩入內，對秋和道：「娘子，十一公主又醒了。」

那女孩就是秋和的第二個女兒，皇十一女永壽公主了。我立即起身，向永壽公主施禮。秋和笑道：「她還是個不懂事的小孩子，何必這麼多禮。」一壁笑著，一壁從乳母懷中把永壽公主抱過來，微笑著輕聲對她說：「朱朱，妳昨晚醒了好幾回，天亮才睡著，怎麼又醒了，莫非知道有貴客來嗎？」

她笑而指我，永壽公主聞聲轉頭打量我。她的膚質得到了秋和的遺傳，使她看起來晶瑩剔透，如同和闐玉精雕細琢成的小人兒，一雙酷似秋和的美目猶帶淚痕，見我在看她，她又立即埋首往秋和懷裡躲，那嬌怯怯的模樣真是令人忍不住心生憐惜。

我離京之時今上尚未給她取閨名，宮中人都順著皇后的叫法稱她「主主」，現在秋和喚她「朱朱」，想必這便是永壽公主的名字了。

「十一公主的閨名很好聽。」我含笑道。

「是嗎？」秋和與京兆郡君相視而笑，然後又向我說明：「說起來，這名字還是京兆郡君家的四哥取的呢。」

這「四哥」指的是京兆郡君與十三團練的第四子仲恪。京兆郡君旋即微笑對我道：「我家那小子沒大沒小，不知尊卑，這樣胡亂喚姑姑，好在官家與董娘子寬宏大量，不與他計較。」

見我有些不解，秋和便細細解釋：「去年初冬時十一公主病得很重，京兆郡君帶著幾位哥兒、姊兒來看她，仲恪聽見皇后喚公主作『主主』，一時聽岔了，就很高興地指著自己穿的豬頭鞋不住地喚『豬豬，豬豬』。說來也怪，本來十一公主一直在昏睡，聽見他這樣喚便睜開了眼睛，後來病也漸漸好了。」

「官家很高興，就說尋常百姓家習慣給孩子取個賤名，以求好養活，看來是有道理的，不如就叫十一公主『豬豬』吧。皇后聽了笑說，豬豬這名字雖然聽起來很親切，但用來當女孩子閨名畢竟不太好，不如還用這音，但換一個字，改成朱紅的朱，還這樣喚，但寫出來又是吉利的字，就兩全其美了。官家欣然接納，從此後我們便叫十一公主『朱朱』了，而官家也特許仲恪喚朱朱的名字……」

她話音未落，即有一位五、六歲的男孩似踏著風火輪一般從外面衝進來，腦袋上的頭髮剃去了大半，僅留額頭上一小撮，穿著一身絲質衣褲，內著齊膝長襦，外罩一件長袖短衫，兩袖鼓鼓的，袖口又被他反手捏住，使袖子看起來很像兩個大袋子，也不知其中藏了什麼東西。

京兆郡君一見便斥道：「四哥，你莽莽撞撞的，瞎跑什麼呢！別驚到了董娘子和十一公主。」

仲恪奔到秋和與永壽公主面前止步，側首對母親說：「先前我去跟菀姊姊玩，見她剛蒸好了一匣子香料，說是在帳中用的，聞了可以睡得很好。不是說朱朱最近晚上老是驚醒嗎？我就請菀姊姊點了一爐，讓我薰了滿滿兩袖子，給朱朱帶來。怕時間長了香會溜走，所以我才要跑快一點兒呀！」

他說的「菀姊姊」是指皇后幾年前收養的養女，真宗朝參知政事馮拯的孫女馮菀兒。這姑娘蘭心蕙質，平時也跟秋和一樣，喜歡調製脂粉、香料。

仲恪解釋完，也不再聽母親嗔怪，朝著永壽公主散開了袖口，且兩臂不停地大揮大舞，力圖使公主盡可能多地聞到他帶來的香。

那香味有沉香的清雅，卻又另帶一種水果的甜香，聞起來確實令人心神安恬，頗感愉悅。

「嗯，這香味不錯，是用鵝梨汁和沉香蒸的。」秋和很快分辨出，笑對仲恪道：「四哥，謝謝你。」

仲恪搖搖頭。「不用謝，只要朱朱喜歡就好。」然後又很關切地問永壽公主：「好聞嗎？」

永壽公主抿嘴笑了笑，似乎明白他意思，點了點頭。

「那妳想睡覺了嗎？」仲恪兩眼圓睜，急於確認這香料的奇效。

室內的大人都笑了起來。京兆郡君一拍他光溜溜的後腦杓，笑道：「才聞一下就想讓人家睡著，你道這是迷魂藥呢！」

仲恪撫撫母親所拍之處，亦不好意思地笑了。隨後又伸手去掏腰帶上繫的錦囊，摸出一對白玉雕成的玉豬，塞到永壽公主懷中，道：「這是爹爹給我的，送給妳了。」

這對玉豬看起來應是西漢古物，集圓雕、陰刻、淺浮雕為一體，圓滾滾的，十分肥碩。尾巴上捲貼在臀上，四肢屈伸，作奔跑狀，表情生動，憨態可掬。

永壽公主嘴角含笑，不住撫摸玉豬，看上去也很喜歡。

京兆郡君打量著仲恪，忽然問他：「你纓絡上的虎頭鎖片呢？」

我們聞聲看去，果然發現仲恪脖子上的纓絡下面空空如也，所墜之物不見了。

「哦，我摘下來擱在菀姊姊那裡了。」仲恪說，又指著永壽公主手中的玉豬道：「朱朱是豬豬呀，豬是怕虎的，所以我不能戴著虎頭鎖片來見她。」

聽了這話，秋和只是笑。京兆郡君則又把仲恪的手打下，斥道：「跟你說過多少次了，不能這樣胡亂喚十一姑！」

仲恪不悅道：「十一姑本來就叫豬豬嘛，翁翁許我這樣喚她的。」說罷，又朝著永壽公主連聲喚道：「豬豬、豬豬、豬豬……」

永壽公主困惑地看看他，又看看那對玉豬，像是忽然意識到了什麼，一把將玉豬推開，有些生氣地嘟起了嘴。

這情景看得大家忍俊不禁，仲恪也隨之開口笑，不想他身後卻有一女童清楚地衝著他喚了一聲：「毛毛！」

仲恪轉身一看，朝那三歲女童施了一禮：「九姑姑。」

那是皇九女福安公主。她所喚的「毛毛」是仲恪的綽號，其中典故我知道：仲恪兩歲多時入宮見帝后，那時他頭髮很多，被分成若干方塊，每個方塊上的頭髮都揪起來紮成了個小球。今上見了笑道：「這髮式不好，像長了滿頭包。」於是命人剪去，改了現在這一撮毛的髮式。

而當時仲恪不願意剪髮，十三團練讓人趁他熟睡時將頭髮剃掉。仲恪醒來時一摸，發現自己腦袋光溜溜的，又見面前一地碎髮，立即悲從心起，拾起一撮頭髮就開始哭：「我的毛……」因為那時候他還沒學會「頭髮」這個詞。從此後，宮中的人就給他取了「毛毛」的綽號，偶爾看見他也會逗他，故意對他說：「我的毛……」

也不知是誰告訴福安公主這事，此刻她看著仲恪，又笑嘻嘻地重複喚了一聲：「毛毛！」

仲恪赧然，很尷尬，卻又不好說九姑姑什麼，只得瞪眼望屋梁，渾身不自在。而永壽公主很快發現了這個稱呼對他的影響，亦嘗試著喚他「毛毛」。仲恪吃驚地看她，隨即很生氣地說：「豬豬妳不能這樣叫我！」

永壽公主卻越發開心，又興致勃勃地接連喚道：「毛毛、毛毛、毛毛……」

仲恪不忿，又衝著永壽公主叫「豬豬」，永壽公主繼續以「毛毛」對抗，兩個小孩就以這種簡單的方式鬥嘴，看得周遭大人幾乎都笑彎了腰。

秋和也在笑，而且那喜悅顯然是發自內心的。女兒的影像有若破曉的晨曦，又點亮了沉寂於她目中的心火，令她瞬間容光煥發，與我今日初見她時的模樣判若兩人。

「這兩個女兒，是上天賜給我的最珍貴的禮物。」

京兆郡君帶著仲恪走後，面對我所提的「近來好嗎」的問題，秋和把兩位公主都抱到身邊，這樣跟我說。

「有一陣子，我也很迷茫，好像一切都事與願違，不知道自己活在這世上的意義是什麼，直到我生了我的女兒。有她們在，我才有了快樂。或許，我之所以來到這世上，又被上天這樣安排，就是為了給她們生命吧。如此一想，我終於心安了，覺得此前的失意和悲哀都可以看開了。上天畢竟待我不薄，讓我擁有這兩個可愛的女兒，我很高興做她們的母親。」

【捌】浮萍

又過數日，今上才召我覲見。僅僅相隔一年，他竟像老了一輪。當我入內時，他正支肘於案上不住撫額，花白鬍鬚稀疏的影子掃過面前厚厚一疊箚子，在燭光映襯下，他臉上皺紋深重，有如刀工鏨刻的痕跡。

聽見我請安，他略略抬目掃了我一眼，然後直接說：「重陽那天，公主會進宮來，你們在皇后閣中見上一面吧。」

他面無表情，聲音也聽不出什麼情緒，但與其說淡漠，不如說是一種近乎心力交瘁的疲憊。

我伏首再拜後對他說：「臣謝官家恩典，但，重陽那天，臣能與公主遠遠相望一眼已足矣，無須再在皇后閣中相見。」

這是我這幾日深思之後的結果，一定也是今上不會想到的。這令他有些詫異，沉吟須臾，他問我：「你是怕與公主見面會太動感情，還是怕在皇后旁觀之下會尷尬？」

我擺首，這樣回答他：「臣怕看見公主的眼淚。」

今上無語，最後揮了揮手。「你退去吧。」

我拜謝，徐徐退出。邁步出門時，很清楚地聽見了身後傳來的一聲嘆息。

鄧保吉送我離開福寧殿，快出院門時，我想起問他：「今後我做什麼，官家明示了嗎？」

「沒有。」鄧保吉說：「他現在哪有心思考慮這事……」

見左右無人，他才又壓低聲音告訴我：「這兩日司馬光又連續進言論三件事，一是十三公主出殯那天留城門及宮門至深夜，他說宮禁不嚴，壞了規矩，寫了好幾百字，把整個夜開宮門應有的兵衛儀仗和程式都複述了一遍；又說今歲以來，屢見災異，民多菜色，正是皇帝側身克己之時，而近日宮中燕飲太多，勞民傷財，何況酒又是傷性敗德之物，官家應悉罷燕飲，安神養氣，別多飲酒及食厚味臘毒之物；另外，還勸官家說，『後宮妃嬪進見有時』，皆不宜數御以傷太和……」

我想起了秋和，便又問鄧保吉：「官家近來頻頻召見十閣娘子嗎？」

鄧保吉嘆道：「這兩、三年，能稱得上頻頻召見的，其實也只有董娘子和周娘子……官家的心病，所有人都知道，但偏偏三年中竟連續生了五個公主。群臣都在勸他選宗室為嗣，這不，司馬光論的第三事，說的就是這個。」

的確，與儲君之事相比，對我的安置簡直是微乎其微的一個小問題了，今上根本無暇去想。雖然，在過去的一年中，公主的悲傷必定也是加快他蒼老速度的重要因素。

此後帝后還是沒給我安排新職位，我想他們的意思大概是我什麼都不用做，只要隱身於這宮中，不被言官發現就好。重陽那天，也沒有人告訴我該怎樣見公主，似乎大家根本就忘記了這事。我也不知道公主是否已入宮，又會出現在何處。無所事事之下，我見後苑勾當官在指揮小黃門划著扁舟入瑤津池，清除池中過多的浮萍，便自己請命去助他們完成這一工作。

我分得了一葉舟，舉棹划入池心，再提網一點點抹去波上略顯氾濫的那片綠色。大部分時間裡我做得相當專注，直到我的舟漂到一垂楊掩映處，才驀然想起，這是當年初見公主與曹評泛舟的地方。

如果那時與公主訂下婚約的是曹評，那現在一切都會不一樣了吧。我惘然想，琴瑟在御，莫不靜好，他們說不定也會像十三團練與京兆郡君那樣，早已兒女繞膝，共用天倫了……

就如印證我想法一般，我身後漸漸傳來一陣小兒女說笑之聲。我側首一顧，見一艘精緻畫船從煙波蕩漾處漂來，在我面前不遠處停下，船中有許多女眷及孩子，逐一細辨，我認出皇后、京兆郡君，以及十三團練的幾名子女，馮菀兒也在其中，而坐在她身邊的女子，就是與我闊別一年的兗國公主。

公主的鬢邊簪著一朵粉紅色的桃花菊，但在這豐饒豔色映襯下，她自己卻枯瘦得像一片秋日的樹葉。此刻她正低眉坐著，與馮菀兒一起，依都城重陽風俗，把綵繒剪成茱萸、菊花、木芙蓉的圖案，以備贈予親朋。

她徐緩地做著此事，暫時沒有發現我的存在。倒是皇后，在與京兆郡君閒談間隙，目光有意無意地掠到了我身上。

或許，這就是她依照我的建議，給我們安排的見面方式吧。我朝她欠身，然後輕輕引棹，把自己的舟引入了柳蔭更深處。

畢竟隔得不算遠，我仍可觀察到畫船中動靜。這時仲恪把一個透明的琉璃瓶用細長的紅繒繫住，懸在一根細木棒上，然後垂入水中，作釣魚狀。仲明看見了，便問他：「你用的瓶子，可是菀姊姊盛大食薔薇水的琉璃瓶？」

仲恪回首做了個鬼臉，卻不答話。馮菀兒見狀，擱下手中剪刀起身探視，仲針立即跟上，兩步走到仲恪身邊，揮手一拉，把瓶子猛地提了起來。馮菀兒定睛一看，脫口說道：「哎呀，真是我的薔薇水瓶子呢！」

仲針便冷下臉來，朝弟弟威懾地喝了一聲：「仲恪！」

仲恪嘻嘻笑著，並不害怕，轉頭對馮菀兒道：「菀姊姊，我見妳的薔薇水用完了才取這瓶子來玩的。」

馮菀兒笑道：「胡說，明明還有一半。」

仲明聽見便上前一步，對馮菀兒道：「四哥還是小孩子，不懂事，菀姊姊妳別生氣，一會兒我回家取一瓶還給妳。」

未待馮菀兒回答，仲針已朝仲明搖頭。「你別一味縱容他，否則下次他還胡亂取別人的東西來折騰。」然後他又瞪了仲恪一眼，扯下琉璃瓶，舉起手中的木棒作勢要打仲恪。

仲恪哈哈笑著跑到公主身邊，使勁往她背後躲，邊躲邊乞求：「姑姑救我！」

這情景逗得公主終於笑起來。她起身，擋住仲針，道：「不過是半瓶薔薇水，多大個事呢，你若想要，我現在就可以賠給你們。」

仲針打量著公主，奇道：「現在？姑姑帶了薔薇水來？」

公主微笑不答，自拈了塊紅繒剪了數下，然後展示給眾人看。「像不像薔薇？」旋即拾起被仲針拋在甲板上的琉璃瓶，把剪好的紅繒投入瓶中，晃了兩下，又道：「薔薇入水，這水不就是薔薇水了？」

公主把琉璃瓶遞給馮菀兒，馮菀兒接過，還一福道謝。眾人皆笑，仲恪更拍掌笑讚：「姑姑真聰明！」

公主一刮他鼻子。「不過，你也該收斂一點兒。若下次再捅出這樣的婁子，姑姑可不會再為你善後了。」

這樣說著，她自己也忍不住笑起來。她看仲恪的樣子，儼然是一位年輕母親的神情。

她似乎一直都是很喜歡小孩的，跟孩子們在一起的時候，她的心情都會好些。當年她那麼厭惡張貴妃，但對八公主仍是很關愛。而近年來對那幾個異母妹妹，也都是疼愛有加，或許她跟蘿蘿一樣，是有種期待做母親的天性吧。

我在柳枝影裡看著她微笑，可這個念頭卻讓我心裡隱隱作痛。

而這時，仲恪告訴了公主私取琉璃瓶的原因：「朱朱不能跟我們出來玩，我想用這瓶子釣幾條小魚帶回去給她。」

公主一點他額頭。「真是傻孩子！這瓶口這麼小，又沒魚餌，你怎釣得起魚？」

仲恪一時也無語。東張西望一周，他忽然發現了我的舟，便指著我驚喜地喚道：「你過來，把你船上的小網兜給我！」

公主亦隨之看過來，很快的，她的笑容凝結，目光直直地鎖定在我半露於垂楊下的身影上，情不自禁地朝船舷邊移了兩步。

在仲恪持續招呼聲中，我緩緩划動木棹，引舟靠近畫船。除了不知內情的仲恪，畫船上所有人都沉默了，一時天地間只剩風聲、水聲、刺棹聲，和仲恪歡快的笑語聲。

那麼一段短短的距離，我卻划了很長的時間。我緩慢而艱難地接近她，看著夢中縈繫的熟悉面容，卻不知是喜是悲。

她雙脣在輕顫，像是想笑又笑不出來。後來，她緊挨著船舷彎下腰，向前伸出手，一雙水光漾動的眸子滿含期待地凝視著我，似乎在準備接引我上船。

終於，我離她只有一步之遙，只要一伸手，就可以觸及她微微顫抖著的指尖，而她脣角上揚，在這看似短暫的等待中，一抹純淨的笑容如雪蓮花開。

伸手，伸手，我心底彷彿有人在唸這樣的咒語。但，最後我做的卻是，舉棹一抵畫船的船舷，將我們之間的距離拉開，然後搖槳推開池中波瀾，在她的注視下，逃離了這片有她存在的空間。

第十二章

瓦礫明珠一例拋

我以為會聽到她的哭聲，但是竟沒有，我身後的她比池中漣漪還沉默，我所能感知的只是她執著的目光，一直鍥而不捨地追隨著我。在轉入一彎水道前，我終究忍不住有一回顧，見她仍怔怔地面朝我的方向，但眼中神色似香火燃過，唯餘一片灰暗冷燼。

我躲到一個隱蔽的角落，直到宮門關閉、夜幕降臨後才出來，前往鄧保吉的居處找他，問公主今日的情形。

鄧保吉道：「泛舟回來後公主並沒哭鬧，只是許久未說話，拜別官家回宅子之前才開口問官家：『是爹爹不許懷吉跟我回去嗎？』官家沉默著不回答，皇后便在旁邊好言相勸，說了一番你如今不便再回公主宅的道理，公主也沒有反駁，很安靜地回宅中了。苗娘子不放心，讓看著公主長大的提舉官王務滋跟公主回去，再好好勸慰公主。現在他們已出宮多時，想來也不會有事，等務滋回來，你再問他吧。」

王務滋回來得比我預想的早了許多。他應該是在宮門開啟的那一刻就衝了進來，那急促奔走掀起了殿閣間的忙亂氣氛，沉寂已久的後宮又浮出一片嘈雜聲，湧入了我封閉的小窗。

我本就一夜未眠，聽見外面喧囂即起身開門去看，正撞上匆匆從福寧殿方向趕來的王務滋。

「官家讓你快去公主宅。」他一把抓住我，喘著氣說：「快！公主、公主在放火燒宅子，模樣癲狂，誰也攔不住！」

我立即朝外狂奔，在宮門前躍上小黃門備好的馬，向久違的公主宅馳去。尚未靠近，便見公主宅方向濃煙滾滾，火光沖天。我揚鞭策馬直馳到公主妝樓前，那裡早已聚滿奴僕、婢女，一些人端著水，大缸小盆地都往烈焰飛舞的樓上潑；還有一些人在往樓上跑，和此前已在那裡的人一起，試圖接近立於欄杆中間的公主。

看這火勢應該是延續許久了，妝樓一側已燒了個大半，公主就站在火光邊緣，披散著一頭烏髮，手持一支原本用來逗弄貓兒狗兒的沉香麈尾。那麈尾一端原繫著一段孔雀羽毛，現在已消失不見，取而代之的，是一朵跳躍在沉香枝頭的橙紅色光焰。

我下馬，三步併作兩步上樓去，見公主正揮動著沉香麈尾指向試圖靠近她的人。

「還我懷吉！」她一字一字、不疾不徐地對每一個人說。肆虐的火光為她蒼白的臉鍍上了一層胭脂色，她飄揚的長髮和絲質衣袂有與烈焰相觸的趨勢，而她渾然不顧，面朝眾人，卻眸光渙散，視若無睹，只知道把燃燒著的沉香麈尾當作可以倚仗的武器，直指面前所有假想的敵人，固執地重複著她唯一的要求：「還我懷吉！」

只要有人稍微向前移步，她便振臂一揮沉香麈尾，讓火焰綻放出更豔麗的花；而令人驚懼的是，她身披的大袖衣裙左側有一攤油漬，散發著植物芬芳，應是她刻意潑灑的竹荷頭油。只要有一點兒星火落在那片油漬上，她便會被烈焰吞沒。這便是眾人遲疑著，難以制伏她的原因。

我奮力撥開人群，讓自己現身於她面前。

「公主。」我努力微笑著，保持平和的表情，讓自己呈現出她最熟悉的狀態。

她不由得一愣，轉而看我，目光卻顯得有幾分呆滯，彷彿未曾認出我來。

「公主……」我繼續淺笑著，徐徐向前走，試探著朝她伸出了手。

她蹙著眉，像在思考我是真是假，而握沉香麈尾的手也不知不覺地垂了下來。

我迅速上前，抓住她的手，一把奪下沉香麈尾，遠遠拋開。她受了一驚，下意識地開始掙扎和胡亂拍打我。

我一面擁她入懷中箍緊，一面在她耳邊輕聲說：「是我，是我，公主，我是懷吉……」

她逐漸安靜下來，又開始打量我。「懷吉？」她喃喃唸著我的名字，仍很不確定：「懷吉……你回來了？」

「對。」我給她肯定的答案：「我回來了。」

「你還會走嗎？」她忽然抓緊我雙臂，熱烈地注視我，又可憐兮兮地問：「你會不理我嗎？」

我猶豫，但最終還是擺首：「不會。我會一直陪著妳。」

她釋然地笑了，環摟著我的腰，埋首在我胸前，像以前那樣在我的擁抱中尋找安寧。我順勢托抱起她，快步下了樓，把她帶到一處遠離火場的樓閣。

在我懷中，她如嬰孩般乖巧，安然享受著我的溫度，到了閣中也不肯讓我放她下來，用不甚清晰的思維與我進行了幾句主題跳躍的對話，然後在精疲力竭的狀況下沉沉睡去。

「公主是三更後點火的。」待我放下公主後，跟過來照拂她的嘉慶子告訴我：「那時我們都睡著了，等聞到煙味兒，火已經不小了。我們趕快把公主拉出著火的房間，她卻提起頭油潑在自己身上，說什麼也不肯下樓，誰也不理，只要見你。王先生見勢不妙，立即入宮報訊……幸虧官家讓梁先生回來了，否則，後果不堪設想。」

我略略苦笑，沒有應對。片刻後，忽然想起了李瑋。「駙馬呢？起火之時，他在哪裡？」

嘉慶子道：「他就在駙馬閣中，聽說起火就趕來了，剛才也在樓下想勸公主下來，先生沒看見嗎？」

我愕然。回想適才情景，我注意力全繫於公主身上，竟全沒留意到李瑋在場。

那麼，我懷抱公主離開，前後經過，他也是親眼瞧見的了。我沉默著看窗外幽篁，無端憶起當年被他撕碎的那一卷墨竹圖。

我不說話，嘉慶子亦無語。長久的靜默使人有些尷尬，於是我另尋話題：「國舅夫人……」

我是想問楊氏對這事的反應，而嘉慶子尚未開口，韻果兒便從外奔來，帶來的正是楊氏的消息。

「剛才國舅夫人忽然跑上公主妝樓去，進了一個著火的房間，怎麼也不肯下來！」韻果兒一臉驚惶地說。

我亦有一驚，立即出門，折回那幢仍在燃燒的樓臺，疾步走著，再問跟上來的韻果兒：「國舅夫人為何上去？駙馬沒攔住她嗎？」

韻果兒道：「她原本是在樓下觀望的，見先生進來，她臉色便不對了，後來先生帶公主離開，她更不高興，剛開始還只是恨恨地抹淚，大概越想越生氣，就索性跑上樓去，竟是要自焚的架式。駙馬忙過去攔她拉她懇求她，但國舅夫人鐵了心，就是不下來……」

當我回到樓前時，那樓已燒得搖搖欲墜，隨時都可能會塌下來。不少人見我趕來，都過來阻止：「樓上危險，先生別上去了，在這裡等待便是，我們已有人在上面……」

我仰首一看，見裡面人影晃動，進進出出的卻也只是幾位奴僕，駙馬李瑋和楊氏都還在室內，未曾露面。

我沒有再等，推開面前的人，還是飛快上樓，衝進了李瑋母子所在的房間。房中一片狼藉，全是掃落的雜物。一個大花瓶被砸得四分五裂，而楊氏則手持一塊鋒利瓷片，像剛才的公主那樣不允許任何人靠近。

現場幾位奴僕的手上、身上都有瓷片劃破的血痕，想是與楊氏拉扯所致，故現在都不再接近她，只退於門邊待命。

李瑋無計可施，跪倒在母親面前，「咚咚」地磕著頭，含淚連聲勸：「媽媽，快出去，快出去……」

楊氏全無聽他相勸的意思，一手緊抓屏風立柱，一手捏著花瓶碎片指向兒子，在越來越濃的煙霧中咳嗽著，卻還不住地揚聲痛罵：「你這個不爭氣的東西，不知老娘前生犯了什麼事，生下你這個夙世冤孽討債鬼……老娘為你操了大半輩子的心，你卻還是爛泥扶不上牆，連做人夫君都不會，在新婦面前過得像孫子一樣……」

「老娘還出去幹什麼？繼續看你新婦鬧騰？看你像綠毛烏龜一樣憋屈？今日老娘就死在這裡算了，眼不見心不煩，由得她鬧翻天去……待回頭喝了孟婆湯，忘記有你這樣一個兒子、她那樣一個媳婦，倒是真的快活了……」

最後這一句，她說得悲從心起，眼淚滑落，不禁嗚咽起來，但側目一見我，立時又怒火大熾，朝我罵道：「你這不男不女的東西，都被割一刀了還不清淨，像廟裡的賊禿驢一樣惦記著偷人老婆！還打不死、趕不走，現在又跑回來，是想向老娘示威，還是想看老娘笑話……好吧，老娘今日就遂了你心願，死在這裡，陰魂再纏著你，看你能逍遙到幾時！」

言畢，她揚手揮下，欲拿瓷片割脈。李瑋似已呆住，一時並無反應。我猛地搶過去，在楊氏瓷片剛觸及手腕之時拉開了她用力的手。

楊氏越發憤怒，掙脫我的掌控，揮舞著瓷片劈頭劈面地朝我劃來。我沒有退後，只側了側身，讓她的武器落到了我左臂和背上。

瓷片鋒芒倏地劃破了我幾層衣裳，其下的肌膚隨之一道道裂開，血奔湧而出，在我素色衣袖上暈染出刺目的豔紅。

楊氏看著，有一瞬的愣怔，瘋狂的攻擊也暫時停了下來。

我趁機轉身，一手穩住她肩，另一手屈肘，以迅雷之勢猛擊她太陽穴，令她在回神之前便已暈厥。

李瑋高聲喚著「媽媽」上前來摟住楊氏，又帶著幾分怒意緊鎖眉頭看我，道：「你，你……」

「都尉，現在，可以帶國舅夫人出去了。」我按住左臂上流血的傷口，對他說。

一個時辰後，我又見到了楊氏。她躺在自己閣中的榻上，茫然盯著屋梁發呆，聽到我進來，她扭頭直勾勾地看我，一雙乾涸的淚眼紅得像要滴出血來。

我留意到她散亂的頭髮比一年前白了許多，狀如灰白枯草，一點兒光澤也沒有，而眼袋凸顯、皺紋深陷，雖還未至花甲之年，卻已老態龍鍾。

她身邊的李瑋垂下頭立在榻前，如同霜打雪壓後的植物，全無神采生氣，見我入內，也只側頭抬起眼簾淡淡瞥我一眼，便又默然將收回的目光投在足下的地上。

這一年來，彷彿每人都生活在冬天。我黯然低目，上前向楊氏請安。

包紮好傷口後，我過來向她的侍女打聽她的情形，後來她醒轉，不知出於何種考慮，竟讓人傳我入內見她。

「你來幹什麼？」她狠狠地盯著我，咄咄逼人地問：「是來看我何時嚥氣嗎？」

我未做任何解釋。在一陣漫長的沉默後，是李瑋開口，低聲對楊氏道：「媽媽，如果他希望妳有何不妥，剛才就不會上樓……」

楊氏橫眉斥道：「難道他救我竟會是好心？」繼而側目視我，厲聲道：「你是怕我死了，官家和大臣們不會放過你吧？若非這樣，你那麼恨我，怕是恨不得我被燒得骨頭都不剩，好讓你和公主樂得長相廝守、風流快活！」

我擺首，道：「不，我不恨夫人，也不恨任何人……剛才為何會上樓，我也說不好，不過我想，當時無論誰在樓上不下來，我都會上去的，不管那人是不是國舅夫人。」

楊氏一怔，復又露出譏諷笑意：「天底下的好人都讓你梁先生一人做了，你宅心仁厚，有菩薩心腸；倒是我陰狠歹毒，對你非但不知成全，反倒還步步緊逼，做足了惡人，你竟會不恨我？」

我又搖頭，應道：「我確實是罪不容恕。如果我有幸有一兒半女，又遇到如今這樣的事，我也會痛恨那個不知天高地厚的侍臣吧……夫人有恨我的原因，我卻沒有恨夫人的資格，何況……」我頓了頓，移目看一旁几上的茶盞，再道：「當年我初次送禮至國舅宅，國舅夫人請我飲的茶的滋味，我至今仍記得。」

楊氏無語，審視我良久後，忽又哽咽起來，面對我時豎起的鋒芒逐漸斂去，她斷斷續續的哭訴少了怒意，殘餘的只是無盡的悲傷與怨氣。

「好端端的，誰會願意板著面孔硬起心腸做惡人……現在你們都說我脾氣不好、待人凶惡，但若不是我凶一點兒、惡一些，國舅爺當年早就被東京城裡那幫紙錢老闆和街頭無賴惡霸踩在腳底下欺負死了……大過年的老闆不給他工錢，是我半夜跑去拍老闆家的門，指著老闆鼻子罵，幫他把工錢討回來。後來他自立門戶了，好不容易存了筆錢，準備送去我家做聘禮，卻被無賴搶了去，又是我提了菜刀找無賴拚命，才把錢奪了回來……」

手指李瑋，她又泣道：「這孩子和他爹一樣老實巴交的，逆來順受，吃了虧也不會聲張，真是打落牙齒和血吞，看得我真著急……我知道他不會說話，木頭人一樣，公主不喜歡，好吧，我忍了，大不了把公主當仙女一樣供著就是了。但公主畢竟進了我家門，說起來全天下人都知道她是我家媳婦，如今與你有這等事，你讓駙馬臉往哪裡擱？」

「你倒是可以終日躲在宅中不出門，但駙馬可是要經常出去見人的呀！他從來不與人爭什麼，規規矩矩地過日子，做了半輩子老好人，卻為何要受這等折辱，遭這樣的罪啊……」

她越說越激動，最後大放悲聲，掩面而泣；而我一直垂目聽著，並不多發一言。她哭了一會兒，忽然撐坐起來，又對我說：「梁先生，我知道你不是那種壞心眼的人。當初剛見到你時我是真的喜歡你這孩子，模樣好，又懂事，知書達禮的。與公主之事，也不全是你的錯，或許，只是一時糊塗……你能不能好好跟公主說，你們日後疏遠些，不要再生事了，讓我們這一家子人安安生生地過下去？」

面對她滿含期待的目光，我不知該如何作答，蹙著眉頭，只覺眼前狀況像一團死結，找不出一絲可以抽身的線。

而楊氏把我的沉默理解成了拒絕，立即又哭起來，且猛地正面轉朝我，在榻上跪下，甩著一頭花白的頭髮，拚命向我磕頭，邊哭邊道：「求求你，梁先生，答應我，不要再招惹公主了，否則，你們讓我兒怎麼活……」

我與李瑋及周圍侍女皆大驚，忙上前阻止；而楊氏掙扎著，堅持做著磕頭的動作，哭聲與懇求聲交織在一起，聽得人心下淒涼，感覺到她心底蔓延出的絕望味道。

離開她寢閣許久，她那嘶啞的哭聲仍縈繞於耳中，揮之不去。我守著沉睡的公主，出了半晌神，後來嘉慶子從外面來，告訴了我楊氏新下的命令：「國舅夫人剛才召集了宅中奴僕、侍女，說不許把先生今日來宅中的事透露出去，誰敢對外人多嚼一下舌根，就割了他的舌頭。」

我思忖再三，站起整裝，然後快步出去，欲在公主醒來之前回宮，但在宅門邊，我遇見了身著公服、正引馬而出、準備入宮見駕的李瑋。

「先生還是留在宅中吧。」他看出我的意圖，對我道：「公主醒來後若不見先生，恐怕又會難過。」

他如此直言，令我有些詫異，而他沒有流露太多情緒，只是在我注視下緩緩轉過了頭去。

「宅中的事，我會向官家解釋。」他說。

我回到公主身邊，依舊守著她，直到她睜開眼睛。

她打量了我好一陣子，又用手細細觸摸過我眉目，才敢確認我的存在。

「懷吉，真的是你。」她喜悅地嘆氣。「我還以為只是做了個夢。」

她並沒有急著追問我別後景況，而是像以往那樣與我閒聊著最家常的話題，好似那一年的分離壓根就不存在。她表現得亦很正常，全無昨夜的癲狂迷亂之狀，除了偶爾神思略顯恍惚。

「我的竹荷頭油呢？」在韻果兒為她梳頭時，她發現頭油不是常用的，便這樣問。

韻果兒抿嘴一笑，心直口快地說：「昨晚公主自己打潑了，如今卻不記得了？」

公主愣了愣，然後像是想起了什麼，低下雙睫，頗有羞赧之色。

「我不是故意放火的。」後來周遭無旁人時，她悄悄告訴我：「我半夜醒來，只覺得蠟燭滅了，伸手不見五指。我起床，跌跌撞撞地想出去，但又暈暈的，四面都是牆壁，怎麼也找不到門。我怕被關在這裡，就從帳中取出薰爐，撥開找香餅做火種去點蠟燭，但蠟燭怎麼也點不亮，我就去吹香餅，卻把火星吹到了紗幕上，燒起來了……不知為什麼，看見那火越燃越大，我竟然很高興……把這些牆都燒掉，我是不是就可以看見你了？」

我澀澀地笑了笑，不正面與她討論這個話題。「公主千金之軀，宜自珍重，以後切勿輕易碰觸火種。」

她恍若未聞，又自顧自地說：「後來她們都來拉我，我倒不想走了，心想就這樣被燒死也挺好的，擺脫這個軀殼，我的魂魄就可以飄去見你了吧……」

我眼角潮溼，不敢直視她雙眸，而轉首眺望那兀自在冒青煙的妝樓，卻又聽見她一聲幽幽嘆息。

「我只是，想見你。」

午後李瑋從宮中回來，與他同行的還有王務滋和苗賢妃。苗賢妃一見公主就一把摟住，左右細看，喚著「我的兒」，哭得肝腸寸斷，公主亦隨之落淚，母女哭作一團。李瑋站在一側木然地看，而王務滋則把我拉至旁邊廂房，低聲告訴我，經李瑋請求，今上允許我暫時留在公主宅，陪伴公主。

這本應是喜訊，但我聽了卻沒有任何愉快的反應，只是點了點頭，似乎在表示領命而已，是被動地接受了這個安排。

王務滋有些意外，但也沒有探究原因，又繼續說：「除此之外，駙馬又向官家提了另一個請求。」

「什麼？」我問。

「納妾。」王務滋回答說：「他請官家允許他近期納妾。」

尋常人納妾，不是為色，便是為求子嗣，但這顯然不是李瑋的目的，至少不是主要目的。他如今提出這要求，是表現對公主的放棄吧，我這樣猜。而王務滋隨後也告訴我：「官家問他是否有意中人了，他說沒有，然後加了一句：『若官家恩准，臣便去找。』」

今上自然答應了他的請求，這是可想而知的，很快的我也看出，原來苗賢妃此行還不僅僅是為安慰公主。

在與公主哭過一場後，苗賢妃拭淨淚痕，把嘉慶子和韻果兒召入一間內室密談。須臾，三人出來，苗賢妃握著韻果兒的手言笑晏晏，十分親熱，而嘉慶子低頭走在她們身後，一聲不吭。

苗賢妃帶了韻果兒去見楊氏，且命李瑋隨行。待她們身影消失，我才低聲問嘉慶子苗賢妃跟她們說了什麼。嘉慶子紅著臉，吞吞吐吐的，好半天才說了個大概。

原來苗賢妃聽說李瑋想納妾，擔心楊氏給他找個粗野俗婦，又讓公主受氣，便欲尋一個知根知柢的直接配給李瑋。思前想後，覺得嘉慶子、韻果兒與公主自幼一起長大，感情非他人可比。近年公主陪嫁的侍女不是嫁人就是回家，笑靨兒又被逐了出去，難得這兩位不離不棄，一直留在公主身邊，可見是有情有義的，人也穩重妥當，所以力勸她們嫁與李瑋做妾，如此，既了結納妾一事，又可讓她們繼續陪伴公主。

密談之後，嘉慶子婉言謝絕，而韻果兒終於點頭答應。

想必楊氏與李瑋也接受了這個結果，苗賢妃再回到公主閣中時神情輕鬆，像放下了心頭大石。在離開公主宅回宮之前，她也斟酌著詞句，小心翼翼地把納妾之事告訴公主。公主並無不快，只是很驚訝，喚來韻果兒，對她道：「婚姻之事非同小可，妳可別為我隨便嫁給不如意的人。剛才不知道姊姊怎麼跟妳說的，妳若有半點兒不樂意，現在便搖搖頭，我自會為妳做主，再跟駙馬母子解釋，讓他們另擇人選。」

韻果兒輕聲道：「公主多慮了，我是自願的。這幾年我沒聽從家人的勸告嫁人，除了有高不成低不就的原因，也是怕僅僅憑媒人那三寸不爛之舌就稀里糊塗地嫁給個陌生人，要是不巧那人品行差，貪杯濫賭和好色但凡沾上一樣，我以後的日子就難過了。前兩年苗娘子曾說要請官家把我們姊妹賜給某個大官兒做妾，我也推卻了，因為大戶人家姬妾眾多，此中情形更是不好說，若他家夫人不容人，進門後豈不處境堪憂……」

「而在公主面前，我自然不會擔心這點。再說駙馬，這幾年來天天見著，我也知道他的為人品行是極好的，待下人很寬厚，將來一定不會虧待妾室……我願意一輩子留在公主宅服侍公主和駙馬，不過，若是公主覺得不妥，便是韻果兒厚顏唐突了，請公主權當沒這事……」

反覆追問韻果兒，確定她是自願的之後，公主也答應了此事，與苗賢妃各自賞賜她許多財物，又吩咐宅中勾當官為她準備一份豐厚的嫁妝，再擇吉日行禮，讓李瑋正式給她側室的名分。

初時我也擔心韻果兒是受苗賢妃所迫才如此說，便請嘉慶子私下再問她心意，韻果兒仍說是自願的，又道：「我與公主不同。公主是金枝玉葉，自然希望嫁個十全十美的夫君，有才有貌，能與她吟詩填詞、彈琴作畫。而我出身低微，也沒有什麼才藝，最大的心願便是嫁個能善待自己的夫君，相貌才學都是其次的，最重要是心好。駙馬是個好人，而且還是個貴人。這世上，像他這樣實誠的貴人肯定不多了，我還有什麼不樂意的呢？」

吉日選定在十月中。離納妾之日不足一月，而李瑋殊無喜色，看見韻果兒時也和以前一樣，並無特別關注。在韻果兒積極繡嫁衣的同時，他把更多的精力投入到書畫收藏和品鑑中去，終日泡在書齋，看起來，那堆積如山的卷軸倒比韻果兒更像他的寵姬。

他每天也還會來探望公主，但只要見我在場，話說不了兩句便匆匆告退，像是怕打擾我們，那異常卑微的姿態總令我感到愧疚和不安。

在經歷一場格外艱難的考量與抉擇後，某個深夜，我叩開了他的閣門，對他說：「都尉，納妾之事，可以緩一緩嗎？」

九月底，李瑋在宜春苑附近修築的園林完工，他立即請公主前往小住。為造這座園子，他花了數年時間，而效果確也不錯，園中花木相映，佳景不絕，極盡一時之盛；中植奇葩異卉若干，許多是從遠處運來，京中人大多叫不出名字。公主賞花之時隨口詢問了一、兩株花木之名，李瑋亦很上心，隨後便命人選了若干藍田玉牌，雕刻上花名，掛在每一種花木的枝頭，讓公主一覽即知。

但這又是一樁吃力不討好的事。公主看了只是冷笑：「聽說晏殊曾取笑李慶孫寫的富貴詩，『軸裝曲譜金書字，樹記名花玉篆牌』，說：『此乃乞兒相。余每言富貴不言金玉錦繡，唯說氣象。』如今可好，有人倒把乞兒詩裡的玉篆牌當真掛到園子裡來了。」

這話她是私下說的，我囑咐聽見的人別傳出去，因此李瑋渾然不曉，有時他會向我打聽公主對園子的意見，我也說一切都好，不過委婉地勸他把玉牌撤了去。

園子裡各處的匾額皆空著，李瑋的意思是請公主賜名，而公主全無這等心思，讓我命名，我自然不會做這種越俎代庖之事，便建議李瑋另請當今名士俊彥為匾額題名。李瑋也肯接納我的建議，又問請誰比較好，我想了想，道：「請歐陽內翰吧。他才高八斗，字也寫得好，世人皆稱其為『真學士』，何況他多年來草擬過許多關於公主的詔令，公主與駙馬的婚儀也是他擬定的，說起來，也是難得的緣分。」

李瑋深以為然，決定請歐陽修來園中遊覽題名，又說之前園子的設計徵求過崔白的意見，不如那日一併宴請致謝。

兩日後，歐陽修與崔白如約而至，隨歐陽修同來的還有位年輕文士，儒雅清俊，看樣子年歲不會超過三十。

李瑋與我前去迎接賓客，見那位文士面生，李瑋便請歐陽修介紹。歐陽修呵呵笑道：「先前我正欲出門，忽見這位貴客親臨寒舍，不由得喜出望外，想留他暢談，但又不敢爽都尉之約，為求兩全其美，便不顧他反對，強拉他同來，還望都尉勿怪罪。」

那文士風度翩翩、秀逸不群，況又得歐陽修如此尊重，李瑋自然能看出他絕非凡俗之輩，便又朝那文士施禮，客氣地問其名姓。歐陽修欲代為回答，那文士卻止住他，自己道：「我出身寒微，做的又只是個無法光宗耀祖的些末微官，不敢說出名姓有辱貴人清聽。我在家排行第七，友人常稱我七郎，若都尉不棄，便也這樣稱呼吧。」

他語氣並不失禮，但神情冷淡，看李瑋的目光有一種可以感知的倨傲意味，想來他此行的確是極其勉強，大違他意願。

寒暄過後，李瑋將他們迎入園中，與之前到來的崔白一起遊覽，請他們欣賞品評各處美景。歐陽修亦欣然揮毫，為各處亭臺樓榭命名題字。

聞說歐陽修與崔白同來作客，公主很感興趣，遣人過來跟李瑋說，想請他們去她所在的中閣赴宴，屆時他們在廳中飲食閒話，而她則在一側垂簾坐，只聽他們言談，自己不會露面。

李瑋猶豫了一下，但還是同意了。晚宴時，眾人齊往中閣，一一入席後，但聞公主環珮玎璫，她輕移蓮步從另一道門進至廳中，端然坐在了垂下的珠簾後。

【肆】夜宴

大概因公主在側，眾男賓略顯拘謹，不似先前在園中時任意說笑、暢所欲言，相互祝酒也格外客氣；公主在簾中又一言不發，冷場的狀況便不時發生，大家只好裝作凝神看樂伎歌舞。想必兩廂都會覺得有些無趣，於是，我提議賓主行玉燭酒令為樂，立即獲得了眾人回應。

崔白數了數在座之人，笑道：「行酒令人越多越好玩，我們這裡男賓只五人，還要選出一位做玉燭錄事，人便少了些，不如公主也參加吧。公主不必從簾中出來，需要抽取玉燭時請玉燭錄事傳遞便是。」

李瑋面有難色，偷眼望向珠簾後，而那裡鬟影微晃，有釵環輕碰聲及女子竊竊私語聲傳出。少頃，嘉慶子從簾中走出，對崔白道：「公主說行酒令亦無不可。既如此，玉燭錄事便請梁先生做了吧。」

玉燭是指一種行酒令的酒籌器，狀如籤筒，中有若干酒令籌，由選出來的「玉燭錄事」管理，賓主行令時把酒令籌送至搖骰子點出的抽籌者面前任其抽取，再根據上面所刻的語句決定誰飲酒、飲多少，以及一些獎懲娛樂方式。在這種私家宴集上，玉燭錄事通常由擅長酒令和通曉音律的男賓擔任，此刻又要肩負進入簾內與公主聯絡的任務，因此公主指定由我來做。

我起身領命，旋即接過侍女送來的一套《論語》玉燭，將骰子盒送至李瑋面前，請他先搖。李瑋搖了搖，掀開一看是四點，順著序數去，抽籌的應是歐陽修。那玉燭中的酒令籌有數十根，皆為長條形，有弧形柄，銀質鎏金，正面刻有楷書令辭，上半句為《論語》中詞句，下半句是行令內容。歐陽修在我呈上的玉燭筒中掣了一籤，我接過朗聲唸出：「子在齊韶三月不知肉味（註1），上主人五分。」

歐陽修遂向李瑋微笑舉盞，李瑋亦當即托起酒盞，飲了五分。此後歐陽修接過骰子欲繼續搖，卻見七郎擺手，道：「公主也是這裡的主人，內翰緣何只敬

註1　本節中玉燭形制內容是依據江蘇丹徒丁卯橋窖藏出土文物描寫，籤上部分詞句與《論語》原文不盡相同。例如「子在齊韶」一句，《論語》原文為「子在齊聞韶，三月不知肉味」。

都尉不敬公主？」

歐陽修大笑：「說得有理，是我疏忽了。」於是舉盞起身向公主祝酒。

珠簾後的侍女為公主斟滿了酒，公主將要飲時，酒盞卻被嘉慶子截去。嘉慶子隨即現身於簾外，對眾人說：「公主微恙初癒，又一向不善飲酒，不如令由公主來行，但這酒由我代公主飲吧。」

公主如今身體確實很孱弱，我本也不想讓她多飲，便順水推舟地道好，李瑋附和，眾人亦不好反對，歐陽修敬公主的那五分酒便由嘉慶子代飲了。

接下來歐陽修搖骰子，這回數到公主，公主掣籤一看，卻是：「有朋自遠方來不亦樂乎，上客五分。」她忍不住笑起來，也沒有壓低聲音便道：「這一籤真應景呢！」於是命我宣讀，再讓嘉慶子敬眾賓客五分。

眾人立即起身，朝公主躬身後飲足五分，而嘉慶子也陪他們又飲了一回。

隨後的情形比較古怪，除了我被七郎抽到一回「問一知十，勸玉燭錄事五分」之外，其餘幾輪的飲酒者幾乎都是主人，那些籤皆是「勸主人五分」、「上主人十分」之類。有一次崔白抽到了「君子不重則不威，勸官高者十分」，便勸歐陽修飲酒，歐陽修卻說自己哪有公主尊貴，在帝女面前，臣子豈敢稱官高，遂推辭不飲，讓崔白轉而勸公主。最後少不得又是嘉慶子代公主飲了這盞。

嘉慶子自己酒量本不大，這次宴席上所用的酒盞又是白瓷螺杯，容量不小，幾杯下肚後她已面泛桃花，頗有醉意。崔白留意到，幾度顧她，目露憐惜神色。後來又輪到他掣籤，他看了一眼，也不待交予我宣讀便迅速把籤投回籤筒，自己揚聲道：「己所不欲勿施於人，放！」

鄰座的歐陽修卻擺首笑道：「崔先生抽到的不是這支籤吧。」然後伸手把剛才崔白投進去的籤又掣出來，向眾人展示：「應是這支。這支籤頭上有小傷，剛才我抽到過，所以記得。」

我接過一看，果然又是那支「子在齊韶三月不知肉味，上主人五分」。其餘旁觀者得悉，也都笑了起來，連稱當場作弊，該罰。七郎含笑顧崔白，道：「原來子西兄亦是憐香惜玉之人。」

崔白笑而不答，只對我說：「好，如何責罰，請玉燭錄事下令，但剛才那支籤上的話還是別作數了。」

我立即接受他的建議，微笑道：「那便請子西為賓主獻藝侑酒，不拘歌曲戲法，有趣就好。」

崔白頷首，站起來從大袖中取出一個什物，對眾人道：「我也猜到今日宴集少不得要行令，所以帶來這個，以博諸位一笑。」

他慢撥絲縷，將那物事垂展開來。那是一個木製彩繪的小小傀儡，大袖襴衫，作書生打扮，每個關節皆可活動，頭部與手足皆有絲線懸繫，另一端線頭繫於上方手柄上。崔白雙手起伏，引動手柄，下面的木偶也就隨之手舞足蹈，動作很是靈活。

在表演之前，崔白先問我：「懷吉，可否為我奏一曲〈調笑〉轉踏？」

我答應，命人取來笛子，立於一側，引笛至唇邊，開始為他伴奏。

崔白走到大廳正中，一壁提線牽動傀儡，一壁隨著笛聲唱道：「樓閣玲瓏五雲起，美人娟娟隔秋水。江天一望楚天長，滿懷明月人千里……」

木傀儡展袖曼舞，姿態靈動，彷彿是個有生命的人，看得大家不禁屏息凝眸，都專注地聽崔白在這柔和中透著幾分淒涼之意的樂曲中輕吟低唱：「千里，楚江水，明月樓高愁獨倚。井梧宮殿生秋意，望斷巫山十二。雪肌花貌參差是，朱閣五雲仙子。」

聽得最專注的是嘉慶子，崔白唱完，大家擊節喝彩時她仍沒回過神來，還怔怔地盯著傀儡看，直到公主連喚她三聲，她才如夢初醒，忙進到簾內問公主有何吩咐。

公主讓嘉慶子去取崔白的木傀儡給她看，崔白欣然呈上，公主端詳後讚嘆道：「我看尋常木傀儡都是頭大身子小，難得崔先生這個比例適當，跟真人一樣。」

崔白應道：「我平日也常畫道釋人物，因此對人的身形、骨骼會略微留意。這個傀儡原是閒時做來解悶的，不知不覺還按真人比例做，倒失去尋常偶人的可愛趣怪之態了。公主若喜歡，只管留下，下回我再琢磨琢磨，做個更好的給公主。」

公主高興地收下木傀儡，又讓嘉慶子敬崔白一杯酒，崔白微笑欠身道：「公主美意，崔白自然不敢推辭，當飲足十分，但這位姑娘今日已飲太多酒，不若用蕉葉盞換了她的白螺杯，讓她淺淺飲一分也就是了。」

蕉葉盞是酒器中容量最小者。公主從其所請，命人換了嘉慶子的白螺杯。嘉慶子淺飲一口後很感激地看崔白，正撞上他含笑的目光，她立時侷促起來，本已滿面暈紅的臉又蒙上一層緋色。

此後眾人推杯換盞，再行酒令。其間有一位名叫小蘋的歌姬抱了琵琶進來奏曲侑酒，立即引來七郎的關注。小蘋彈奏期間，他的目光便鎖定在她身上，未嘗移開過。小蘋轉側間偶然見到他，亦面露異色，似乎兩人是認得的。

小蘋一曲奏罷，七郎索性召她至自己身邊，兩人低聲細語，小蘋說至動情處不禁垂淚，而七郎立即引袖為她點拭，凝視著她，目意溫柔，竟似把周圍人等全當透明了。

後來李瑋抽到一籤「吾未見好德如好色者，與女子多語者十分」，我甫唸出此辭，廳中便爆發出一陣笑聲，眾人都把滿含戲謔之意的目光投向了七郎。

七郎亦不辯解，一手攬過面前斟滿的酒盞，仰首一口飲盡。男賓們笑而道好，嘉慶子卻出來傳了公主的指示：「好色不是好事，只飲酒還不夠，當罰。」

事不關己的人自然紛紛附和，而七郎也爽快答應，直接對我說：「該如何處罰，但請錄事明言。」

我微笑道：「適才崔子西唱了首曲子，郎君不如隨我奏的曲調即興填詞，也唱一闋助興吧。」

七郎應承，我便又舉玉笛，開始吹奏一闋〈鷓鴣天〉。七郎凝神聽曲子，我剛奏完一疊，他已胸有成竹，隨著我重複的曲調清聲唱道：「彩袖殷勤捧玉鐘，當年拚卻醉顏紅。舞低楊柳樓心月，歌盡桃花扇底風。從別後，憶相逢，幾回魂夢與君同。今宵剩把銀釭照，猶恐相逢是夢中。」

【伍】離恨

聽了此曲，公主動容，在眾人交口稱讚七郎才情時，她悄悄起身，輕輕款款地走至珠簾後，略略褰簾，看了看那位淡然把酒的俊秀書生。

重新入座後，她把我喚來，低聲問我七郎身分，我把所知的告訴她，即七郎自己所說的那寥寥數語。公主聽後擺首，道：「所謂出身寒微，不過是此人自謙之詞。能寫出『舞低楊柳樓心月，歌盡桃花扇底風』，必公卿家子無疑。」

我細品此句，亦贊同公主觀點。

於樓臺水榭上看樂舞翩翩，通宵達旦，直到月沉星隱，其間歌姬引扇輕歌，劃出溫柔清風，長夜迢迢，最後美人唱得乏力，氣息微微，竟連那薄如蟬翼的桃花扇也舞不動了……這便是晏殊所指的富貴氣象吧。若七郎真是貧家子，焉能有此經歷？

「而且，他文思妙敏，是真才子。」公主嘆道：「公卿子弟中，整日整夜地看美女歌舞的酒囊飯袋也挺多的，可他們就寫不出這樣的佳句。」

此後我們在小蘋的琵琶聲中繼續行令，把酒言歡，不覺已至中夜。歐陽修聽到戶外更漏聲，忽然驚覺站起，向眾人告辭，說明晨還要上早朝，現在必須回家了。

李瑋當即起身挽留，其餘男賓也紛紛上前拉他坐下，說難得有緣相聚，今日還是盡興才好。歐陽修頗猶豫，最後公主讓嘉慶子傳話道：「園子中客房倒還有幾間乾淨的，內翰但請多飲幾杯，晚了就去客房歇息，一會兒都尉遣人去內翰家中取來公服、朝笏，明日內翰直接從這裡去上朝也是一樣的。」

李瑋馬上喚來兩位小黃門，讓他們去歐陽修家中取公服、朝笏。小黃門伶俐地答應，迅速出了門。歐陽修見狀也不再堅持，留下落座，再度向諸人舉杯。

我想起七郎也是有官銜的，便走到他身邊和言詢問是否也需要派人去他家中取上朝所需物事，他略一笑，道：「不必。我品階低微，原無資格像內翰那樣上殿面君。」

這日宴罷之前，歐陽修建議說：「玉燭錄事為我等執事，辛苦一夜而自己卻無行令之樂，最後這一籤便請他來抽吧。」

眾人皆稱善，於是我在玉燭筒中自取了一籤，其上注曰：「與朋友交言而有信，請人伴十分。」

我環顧諸位男賓，最後舉盞朝李瑋欠身：「這一盞酒，懷吉斗膽，請都尉同飲。」

李瑋與我相視，彼此心照不宣。他亦默默把酒，與我相對飲盡。

酒餚撤去之後公主見大家仍有餘興，遂建議賓客賦詩填詞以為樂，歐陽修與七郎皆答應，崔白則道：「詩詞非我所長，更不敢在內翰面前弄大斧，這一節，請容我旁觀吧。」

公主回應道：「崔先生過謙了。今日聽你〈調笑〉集句，已知你文采非常。但若先生不願作遊戲文字，我也不便強人所難。素聞先生臨素不用朽炭，落筆運思即成，不如今日即興勾勒一幅花竹翎毛，亦無須全部完成，只讓我等見識到先生筆力即可。」

崔白謙辭，但在公主再三邀請下終於答應作畫。於是公主讓人備好筆墨，以供他們各展才藝。

歐陽修提筆之前問公主可要限定體裁、題目、韻腳，公主道：「賦詩還是填詞，你們不妨自己決定，也無須限韻，我只說一個主題，你們依自己心意作來便是。」

歐陽修與七郎頷首同意，又問公主主題。公主想了想，道：「就描述離恨吧。」旋即轉顧崔白。「崔先生作畫也請切此題。」

諸人領命，各自沉吟構思。後來歐陽修見小蘋仍含羞帶顰地站在七郎身後，不時與他耳語，不由得莞爾，很快提筆，寫下了一闋〈漁家傲〉：「妾解清歌並巧笑，郎多才俊兼年少。何事抛兒行遠道？無音耗，江頭又綠王孫草。昔日採花呈窈窕，玉容長笑花枝老。今日採花添懊惱，傷懷抱，玉容不及花枝好。」

寫罷，他還逕自把詞箋送至小蘋面前，拱手請她演唱。小蘋一看，頓時羞紅了臉。七郎倒神情坦然，對她道：「既是內翰相邀，妳便唱吧。」

小蘋只得答應，抱了琵琶，輕撥絲弦，開始啟口唱。在她歌聲中，七郎也略微解釋了兩人前緣：「她曾是我好友陳君寵家中的歌姬。我年少時常與君寵相從宴飲，便見過她多次。後來出去做了幾年外官，回來時聽說她已被賣給別人……沒想到今日竟有緣重逢於駙馬園中。」

說至這裡，他嘆了嘆氣，援筆疾書，卻是一闋〈臨江仙〉：「夢後樓臺高鎖，酒醒簾幕低垂。去年春恨卻來時。落花人獨立，微雨燕雙飛。記得小蘋初見，兩重心字羅衣。琵琶弦上說相思。當時明月在，曾照彩雲歸。」

寫完擱筆，他徐徐飲了一口侍女奉上的茶，再顧仍在唱歐陽修詞的小蘋，目意惆悵。

一盞茶的工夫後，崔白稱草圖完成，請眾人觀看。除了公主，賓主都圍聚過去，欣賞他的畫作。

那是一幅墨筆勾勒的竹鷗圖，一隻白鷗在荒坡水邊迎著寒風涉水奔跑。右邊有三株墨竹，竹葉與水濱上的秋草一樣，都被風吹得傾於一側，可見風勢之勁；而白鷗眼睛圓睜，長喙張開，有驚愕憂懼之狀。

「此畫意境蕭條淡泊，野逸中見荒寒，可見子西趣遠之心在於寬閒之野、寂寞之鄉。」歐陽修觀後感嘆，又道：「不過，公主所定主題為離恨，單看這畫，似乎不夠切題……」

嘉慶子此刻也在賓主身後踮著腳尖看崔白的畫，聽了歐陽修的評語忍不住脫口辯道：「怎麼說不夠切題呢？難道非要畫上兩隻鳥兒，各自分飛，才叫『離恨』嗎？」

眾人聽見，都笑而顧她。嘉慶子驚覺自己失禮，忙紅著臉向歐陽修請罪，歐陽修卻和顏對她說：「姑娘高見，但說無妨。」

在他鼓勵下，嘉慶子踟躕著，陸續說了自己的看法：「風吹得這樣猛，但這隻白鷗還是要逆風而行跑回去，一定是那邊有牠的伴侶。又或者，風波險惡，棒打鴛鴦，牠們本來就是被狂風吹散的。逆風而行很艱難，但牠還是記掛著牠的伴侶，極力嘗試跑回伴侶身邊，那憂心忡忡的模樣，不就是離恨的表現嗎？」

這話聽得我心有所動，而公主也立即讓人傳畫給她看，看後幽幽一嘆，對崔白多有褒獎。其餘人也盛讚崔白，崔白擺手，轉身對嘉慶子長揖道：「我本是信筆塗鴉，全仗姑娘妙論，為拙作增色不少。」

嘉慶子低首輕聲道：「哪裡。先生大作，我以前在公主身邊也見過一些，十分欽佩先生才思功力，還恨自己口拙，不能形容萬一呢。」

崔白微笑道：「公主自幼通覽祕閣書畫，姑娘耳濡目染，必也見過許多珍品。崔某不學無術，作畫也是毫無章法，連畫院都將我掃地出門，這些塗鴉之作，本難登大雅之堂，更不堪受姑娘謬讚。」

嘉慶子搖搖頭，道：「未必要符合畫院規矩才是好畫吧。院體花鳥雖設色明豔，大有富貴氣，但看上去卻呆板得很，花兒、鳥兒都像是乖乖地待在某處擺好姿勢以備畫師們描繪的。而先生的畫就不是這樣，例如這幅竹鷗圖，無論是禽鳥花竹，都大有動勢，呼之欲出，就像是神仙手一指，讓流動的景象定格了。而且，看了這個畫面，還能讓人聯想到之前、之後發生的事。先生的畫中是有故事的。」

這一席話令崔白有些驚愕，訝然凝視嘉慶子良久，直看得她惴惴不安起來，很忐忑地對他道：「我沒有學過畫，都是胡說的呀。若有說錯之處，還望先生海涵……」

崔白這才轉眸，與我相視一笑。見嘉慶子兀自在緊張地觀察我們的表情，我遂含笑安慰她：「妳說得很好，確實是這樣的。」

曲終人散時已近四更，七郎與崔白相繼告辭，而我則送歐陽修至客房稍事盥洗，以待趨朝。路上我問他七郎身分，他告訴我：「七郎便是晏元獻公家的七公子，名幾道，字叔原。」

我這才明白，原來他便是晏殊的幼子，若竹的七舅舅，大名鼎鼎的晏七公子晏幾道。他出身相門，詞風婉妙，與父齊名，難怪如此清狂不羈，傲視權貴。

次日我把此事跟公主說了，她訝異之餘亦很感慨，走至露臺邊，撫著欄杆出神，我想她是想起了去年在白礬樓聽見的晏幾道的詞：「誰堪共展鴛鴦錦，同過西樓此夜寒。」

「讓李瑋去打聽他住在哪裡，然後把小蘋送到他家去吧。」公主後來吩咐。

這日午後，任守忠忽然從宮中來，神情嚴肅地問李瑋昨日是否邀歐陽修到家中飲宴。李瑋承認，很擔心地問他出了何事。任守忠嘿嘿一笑：「國朝外戚有賓客之禁，不得與士人相親，何況是結交朝廷重臣。這些，難道都尉不知道嗎？」

李瑋當即愣住，一時無語。我遂代為解釋：「都尉並沒有與朝中官員來往，只是駙馬園子新近建成，這次便請歐陽學士來題幾幅匾額，不過偶爾為之，下不為例。」

任守忠反詰道：「若要請他題幾個字，只須請官家直接降旨，讓他在翰苑寫好了呈上來便是，一定要請到家裡來嗎？何況都尉還與他通宵達旦地飲酒作樂，其中所說的話題，未必只是題字吧？」

我說：「只是行了些酒令而已，絕無他言。」

任守忠冷笑道：「有沒有說別的，臺諫跟你想的可未必一樣。再說了，駙馬都尉請朝臣到家中作客本就壞了規矩，不管你們跟他議論的是國事還是家事，都是犯忌之事。這下子歐陽修可又要栽個大跟頭了，官家也讓老奴來跟都尉提個醒，以後可要好自為之。」

聽至最後一句，我與李瑋都是大驚。李瑋忙問任守忠：「歐陽內翰會因此受累嗎？」

任守忠道：「他也是明知故犯，咎由自取。今日他很早便去上朝，是翰苑官員中第一個入宮的，跟往常大不一樣。宮中人見了都覺得奇怪，議論了幾句，臺官聽說了便去查，很快查出他昨日赴都尉宴集，玩了個通宵，是直接從駙馬園子起身來上朝的。官家知道後，不待臺諫正式彈劾便發下詞頭，讓他出知同州，正式的詔令會在明日宣布。」

任守忠走後，我向李瑋告罪，因邀請歐陽修是我的主意，卻未料到給他們引來這樣的禍事。李瑋擺首道：「不關你事。能與歐陽內翰把酒言歡，於我是一大幸事，何況公主也很歡迎他……昨天她那開心的模樣，真是很久沒見過了……不過，連累歐陽內翰至此，該如何是好？」

公主得知這事後，立即入宮見今上，請求他收回成命，但今上拒絕，說此番不追究，此後外戚必紛紛仿效，與士人相與交結，壞了祖宗家法。公主無計可施，鬱鬱地回來，一夜愁眉不展。

好在以當今宰相韓琦為首的宰執都很欣賞歐陽修，有維護之意，次日詞頭送至中書門下時，被執政押下不發，然後幾位宰執進言挽留歐陽修，說他現在正在修《唐書》，須留於京中隨時查閱資料，與三館、祕閣修書者交流，實不宜居於外郡做此事。最後今上勉強答應，收回令其補外的詞頭。

消息傳來，公主才鬆了口氣，雙手合十感謝天地，須臾，又無奈地笑了笑：「真可惜呀，那種才士雲集的夜宴以後是不能再見到了。」

李瑋聽見這話，有意設法彌補她的遺憾。十月初，他向今上上疏，說國朝太宗皇帝的女婿柴宗慶曾獲許可與士人往來，故現在請求援例解除這種賓客之禁。今上下詔回答說，日後接納賓客之前，須先行上報賓客名單，獲得批准後才可在家宴客。

這其實是種較為委婉的拒絕。如果李瑋上報的名單中有歐陽修那樣的名士名字，當然是不會被批准的。今上允許李瑋接見的，終究不過是些無關痛癢的閒人。那日駙馬園中的名士夜宴，的確不會再有了。

當公主告訴小蘋，將把她送到晏幾道家中時，小蘋喜出望外，連連拜謝，又哭又笑，惹得公主也落了淚。小蘋大驚，忙問公主為何不樂，公主拭去淚痕微笑道：「我不是難過，是在為妳高興呢。」

隨後她又與我商量，說看得出崔白與嘉慶子彼此都有好感，不如撮合他們，讓嘉慶子嫁與崔白為妻。我也認為這是個好主意，遂前去拜訪崔白，向他透露了公主的意思。

崔白承認嘉慶子確實給他留下了很好的印象。「起初留意到她，是因為她代公主飲酒，那滿面紅暈的樣子很像當年的董姑娘，何況她面泛桃花也跟董姑娘一樣，是源於那麼單純善良的動機。後來聽她論我的畫作更令我意外，她沒有特意學過繪畫，卻能看懂我的作品，世間所謂的知音，也不過如此吧。」

他正式請了媒人前往公主宅向嘉慶子提親，公主立即答應，又找人合了他們的八字，以決定他們的婚期。

測字結果是十一月中有一個大吉大利的日子，若錯過此日，這樣的黃道吉日就要等到次年四月才有了。

四月。聽到這個月份我與崔白都有些不自在。當年若非決定等到四月乾元節，也許崔白早就娶了秋和了吧？

未免又夜長夢多，我建議公主將嘉慶子的婚期訂在十一月。當然我沒向她細說原因，只稱崔白與嘉慶子年齡都不小了，國朝男子三十、女子二十仍未婚便屬婚姻失時，他們各自都超了幾歲，過了年又長一歲，說出去不太好聽。

公主也同意，只是頗有些惆悵。「這麼快……那麼，她只能陪我一個月了，我身邊的人又少了一個……」

我沒有接話。她勉強笑笑，握住我一隻手。「幸好，你還在我身邊，是不會離開我的。」

我心裡有冰裂般的疼痛，但還是維持著微笑，跟她提起別的事，然後在她分神之時，讓手不著痕跡地從她手中滑出。

嘉慶子仍屬宮中內人，婚嫁之事須報至宮中申請後才可行。自然不會有人拂公主之意，嘉慶子的婚事很快得到批准，但這婚事訂得很倉促，離婚期又只有一月，苗賢妃大感意外，召我回宮，細問我崔白身家背景。我一一說明後她才放心，道：「嘉慶子也是我看著長大的，跟我半個女兒一樣，這次出嫁我不會虧待她，也會給她備一份嫁妝，不比給韻果兒的差。」隨後便喚來王務滋，命他取來閣中帳本及財物清單，要自己選些添進嘉慶子的嫁妝裡去。

她一邊選著，一邊問我崔白性情喜好，以此決定備什麼禮物。就在我們閒聊之際，卻聽門外宦者傳報，說董貴人來閣中了。

我們都出門相迎。秋和氣色仍不好，走起路來也步履飄浮，像是風一吹就會倒。苗賢妃一見秋和便雙手挽住，嗔怪道：「妹妹臉色還是這麼蒼白，怎不留在閣中好生將養？若要與我說話，派個人來叫我過去便是，何須勞動大駕親自過來！」

秋和微笑道：「我現在好些了，想自己走動走動。天天躺在床上，悶都悶死了。」

苗賢妃作勢掩她的口，一迭聲道：「呸呸呸！好端端的，別說那樣不吉利的字眼！」

秋和只是笑，看見我，又很高興地與我寒暄，並問公主近況。

待進到廳中坐下，她看見苗賢妃適才沒有收起的帳本，便笑問苗賢妃為何自己算帳，苗賢妃便提起了嘉慶子要出嫁之事。我暗暗叫苦，很擔心會引出崔白的名字，而事實也的確這樣順勢發展了。

秋和問嘉慶子未來的夫君是什麼人，苗賢妃立即回答：「是個京中有名的畫師，濠梁人，雖然比嘉慶子大了十幾歲，但人據說還不錯，模樣、性情都挺好，畫得一手好花鳥，如今也有些身家了……」

秋和的笑意開始滯澀。默默聽了許久後，她終於問苗賢妃：「這位畫師的名字是……」

「崔白。」苗賢妃回答，反問她：「妳聽說過嗎？」

秋和瞬了瞬目，適才僵硬的唇角又揚起一個柔和的弧度。「有些耳熟，但想不起在哪裡聽過了。」

苗賢妃渾然不覺她這些細微的表情變化，笑道：「一定是聽官家或皇后提到過。崔白這麼有名，他們一定跟妳說過。」

秋和離開時，我主動送她出去，默默陪她走了一段，想對崔白的婚事稍作解釋。很艱難地剛開了口，說出個「崔」字，她便即刻阻止我說下去。

「懷吉，沒關係的，我都明白。」她那麼溫柔地微笑著，彷彿需要安慰的那個人是我。「你跟我回去，帶個禮物給嘉慶子……把禮物擱在苗娘子給她的嫁妝中就好，不必說是我送的。」

到她閣中後，她屏退宮人，然後進入內室，在其中找了許久，然後取出一個錦盒遞給我。我打開一看，發現是一件鮮豔的紅褙子，緙絲織錦，織理之美，宛若天成。霞帔遍繡如意雲紋寶相花，繡工精絕，粲然奪目。

那是都中新娘所穿嫁衣的樣式，工細至此，顯然是秋和親手製成。

「嘉慶子下個月就要出嫁了，想必來不及細細繡嫁衣，不如就把這件送給她吧。」秋和說，還是淺笑著，但低眉垂首，沒有讓我看見她彼時的目光。「只是這件衣裳做了好些年了，也不知跟坊間的比，花樣有沒有過時。」

我出宮回去時天色已晚，宮門即將關閉，此時絕大多數官員皆已離宮，路上行人稀少，只有位著四品服色的文臣騎著匹瘦馬在我之前出了宮門。

京中官員散朝回家，常有家奴守在宮門外等待，見主人出來便上去迎接，然後前呼後擁地回府。四品官階已不低，但門外迎接那位文臣的只有一個五十開外的男僕，待他出宮門後便快步過去為主人牽馬，口中喚他「秀才」。

但凡有一官半職者往往都喜歡聽人以官銜稱呼自己，更有許多人會故意用高一階的官銜來稱呼位尊者，以求取悅其人。而這位老僕卻稱自己做四品官的主人為「秀才」，除了能看出他已服侍主人多年外，也可想到他的主人必定謙和而毫不虛榮，故許家僕仍以其出仕之前的稱呼稱之。

我引馬行於他們身後，沿著朱雀大街走了很長一段，這讓我有充分的時間觀察那官員的背影。他一定作風簡素而不重享樂，他的馬具陳舊，乃至有破損之處；馬也又老又瘦，只是緩行而非奔馳，便已累得一步三喘，最後竟然四足一屈，跪在了地上。

事發突然，馬上的官員猝不及防，從馬背上摔了下來。家僕大驚，忙大力攙扶，我也立即下馬奔去，與那家僕協力，把官員扶起來。

他體格瘦削，四十多歲模樣，站穩後馬上轉身朝我一揖。「多謝多謝！」然後，他抬起頭，對我友好地微笑。而這一照面，我目光觸及一副留存於記憶深處的面孔，震驚之下，我竟暫時忘記了向他還禮。

雖然事隔十多年，比之年輕時的容顏，他臉上多了一層歲月的痕跡，但並沒有妨礙我將他認出，這個我年少時的恩人，後來引導言官給予我嚴厲指責的士大夫——司馬光。

而他似乎沒有立即認出我來，仍在對我和藹地笑。畢竟一別十數年，我已經從當初那個細瘦的少年變成了一個年近三十歲的成年人。

「我跟秀才說過多少次了，那馬有肺病，該賣了換一匹好的，你不聽，還一直騎著。看，現在出事了吧？」家僕一邊給他拍著衣服上沾染的灰塵一邊抱怨：「這馬萬萬不能再騎了，我回頭就去找個馬販子來，把馬賣了。秀才要是再不肯，我就告訴夫人今天這事……」

司馬光笑著搖搖頭，道：「唉，好吧，你要賣馬我也不攔你了，只是有一點，你賣馬之前一定要跟買家說清楚，這馬有肺病。」

家僕嘆道：「要是明說了，誰會願意買呢？」

司馬光道：「賣不出去就算了，大不了養在家裡，直到牠壽終正寢。總之，與人交往一定要誠信，欺騙他人的事萬萬不能做。」

家僕連連嘆氣，也不再說什麼，對著馬又拍又拉，才促馬重新站了起來。

我見那馬病弱成這樣，已不便再騎，便牽了自己的馬過去，請他騎這馬。

家僕很驚喜，先就道謝，而司馬光卻不肯接受，說：「中貴人現在從宮中出來，必定是有公務在身，要去遠處，我豈能將你的馬借去而讓你步行。」

我搖頭道：「我是在貴戚宅中做事，今日並不出行。」

「中貴人是在哪裡高就？可否告訴我尊姓大名？」司馬光旋即問，又開始含笑打量我。

我語塞，難以回答他的問題。在我長久沉默之下，他亦有些疑惑，笑意淡去，開始皺著眉頭觀察我面容。

「你我以前可曾見過？」大概是感覺到了什麼，他這樣問我。

我可以有別的選擇，例如說個謊搪塞過去，但我終於沒有這樣做。我低眉長揖，真誠地向他行禮致意，然後對他說：「玉爵弗揮，典禮雖聞於往記；彩雲易散，過差宜恕於斯人。」

他屏息而立，周圍那彷彿凝固了的空氣讓我感覺到他目中的熱度散去，最後，他重重一拂袖，在旋動的氣流如一記銳利的耳光掠上我臉頰的同時，他驀然轉身，闊步離開了此地。

這日晚間，公主派人傳我去見她，說有些重要的事要與我商量，關於嘉慶子的婚事。

我猶豫了一下。現在我雖每日守著她，卻也一直與她保持著距離，晚膳之後絕不在她寢閣中停留，親吻之類的接觸再沒有過，現在去不去讓我頗費思量。今天之前，這樣的邀請我一定不會接受，但憶及日間的事，我忽然有了新的決定，於是領命起身，赴她之約。

公主在駙馬園中的寢閣建於竹林深處，建築的主要材料也都是竹子。現在已入冬，室內本應很冷，但因建造時用了崔白的設計，在房間地上鑿地治爐，炭火埋於其下，有通道導煙，其上覆以雲石花梨雙層地板，又在房間中用梅花紙帳隔出一間暖閣，因此裡面溫暖如春，且全無火爐煙氣。

我入內，見公主坐在暖閣內的矮榻上，面前擱著一個直徑約二尺許的銀絲結條熏籠，熏籠中置有一越窯青白釉香鴨，爐中焚香，香鴨托座下的承盤中蓄有熱水。水霧與香煙相融以薰衣，可沾衣不去，留香彌久；而彼時公主正斜倚熏籠，展開大袖覆於銀絲上，任香霧氤氳其間。

她一手撫著熏籠，一手支頤，若有所思。見我進來，她星眸閃亮，立即支身朝我笑道：「懷吉，快過來！」

待我上前行禮後，她揮手讓所有侍女退下。這令我有些不安，退後一步，欠身問她：「公主召臣來，是要商量嘉慶子的婚事？」

「不是。」她乾脆地回答：「她的婚事都安排好了，沒什麼好商量的了。」

我蹙了蹙眉。「那公主為何……」

她嘴角微揚，得意地笑：「如果不這樣說，你一定不會過來。」

我無奈問：「那公主此時召臣過來，又是為何？」

「就是想跟你說說話。」她說，然後笑著向我招手，指了指身邊矮榻空餘之處。「來，坐這裡。」

我擺首謝絕：「臣不能與公主同席。」

她索性跳下矮榻，過來強拉我去榻上坐下，然後佯裝生氣。「我說可以就可以！」

我垂下眼簾，既不說話也不看她。

她又恢復了和悅表情，微笑著挨著我坐下，在我耳邊道：「我今天新調出了一種合香，是用蘇合香加鬱金、都梁兩種香製成的，試了許多次，反覆調整比例才調出最好的味道，你快聞聞看好不好。」

她吹氣如蘭，與私語相伴的游絲般的氣息拂過我耳際，我開始有一些細微的戰慄。而不待我回答，她便抬手靠近我，讓我去聞她袖底的香味。

那香氣蘊藉豐美，又溫柔旖旎得近乎曖昧，令我很懷疑這是否是那三種香料所能達到的功效。

透過她袖口，可以看見其中煙雲般柔軟的中衣小袖，而在她手勢起伏之下，那段小袖如水褪去，露出她一段手肘，光潔瑩潤恍若玉琢的如意，且又帶著溫暖的香氣。

我神思恍惚，心在不安分地跳動，幾欲就此擁住她，以脣觸及她袖底肌膚，探尋那旖旎溫香深層的奧祕。

而我的怔忡應在她意料之中。她依舊笑著，晃動的眼波流光瀲灩，低下香袖，不再追問我合香的效果，她徐徐擁住了我，粉頸微垂，一側面頰輕貼在我胸前，閉上眼睛，像以前那樣，去傾聽我心跳的聲音。

佳人贈我蘇合香，何以要之翠鴛鴦……我漸漸品出苦澀的味道，艱難地在這悄然升溫的香帷中尋回理智，保持著起初的姿態，並不去碰觸她。此刻的清醒把之前牽引出的萬千情絲都化作了穿心利劍，她笑意盈盈，安然依附於我懷中，卻不知道我心裡已血流成河。

在察覺出我的僵硬後，她困惑地睜開眼，端詳我須臾，忽又嫣然巧笑，抬起一隻纖手，手指做著攀爬的姿勢，從我胸前開始，沿著衣襟攀到肩上，再劃過我的脖子和下巴，最後指頭落在我脣上，在那裡徐徐緩緩、輕柔地撫摸。

她目色迷離，芳脣輕啟，半含羞怯的笑容中隱藏著不必言傳的指令，但是這一次我卻不再伏首聽命。

陡然推開她，我在她倉皇回眸下疾步退後，調整呼吸、收斂心神，然後向她欠身，和言道：「公主，臣不事香道已久，不敢對公主香品隨意置評。近日聞說駙馬購得一些上等真臘水沉片，公主不如請他過來，一同蒸製品鑑。」

公主錯愕地凝視我良久，目中漸漸浮起一絲怒氣。

「你提起李瑋做什麼？」她直問我：「這事與他何干！」

見我不作聲，她越發惱怒，憤然再道：「為何你最近如此奇怪，經常向我提起李瑋，為他說好話，要我常見他？而你，則成天躲著我，以致我要見你都得找個藉口騙你過來！」

我盡量用平靜的語調跟她解釋：「駙馬與公主是夫妻，自然應該經常相聚，而臣只是公主家奴，若公主無雜事吩咐臣去做，便請公主容許臣躲在別處偷偷懶吧。」

「你為何說這種話？我怎樣待你，你很清楚，何必如此折辱自己？」公主氣苦，聲音有些哽咽。抑了抑此時情緒，她又問：「是爹爹和孃孃要你離我遠一些的吧？勸我待見李瑋，也是他們教你做的？」

我搖搖頭。

「那麼，是李瑋和他母親逼你？」公主再問，這個猜測又激起了她的怒火。「見奈何不了我，他們就從你下手，逼你離開我？」

「不。」我當即否認。「我回來後，他們都對我很好，從未逼迫。」

「沒有逼迫，那就是你被他們收買了？」她含恨冷笑。「難怪那日夜宴上你竟然選李瑋同飲，『與朋友交言而有信』，他給你灌了什麼迷魂湯，要你向他做出了怎樣的承諾？」

我只是擺首。要解釋那晚與李瑋的長談內容是很困難的事，何況那一定是現在的公主無法理解和接受的。

公主含淚緊盯我，等不到我清晰的答案，她又得出了自己的結論。「我明白了，當初李瑋向爹爹請求召你回來，而條件就是，你要疏遠我，離開我。」

我再次否認：「公主切勿怪罪都尉，一切與他無關，是我自覺卑微低賤，不敢領受公主錯愛。」

「真的是這樣嗎？」公主半垂目，兩滴清淚隨之滑落，她以泣音輕聲說：「在那座封閉的皇城裡，我是公主，你是內臣。但是在我的心裡，你何曾低我一等……你是我的兄長、我的老師、我的朋友，我在如今這無趣的生活裡唯一可以依靠的人。你知道為何在你被逐的日子裡我絕望得快瘋掉嗎？因為你的離開讓我意識到，原來我婚後所有的快樂都來自你的賜予。」

被我禁錮的情感在陪著她哭泣，我愴然側首，不去面對她的淚眼，怕好不容易築起的防線再度決堤。

她以手掩口強抑悲泣之聲，但單薄的雙肩仍在不住輕顫。片刻後，她稍止淚意，又靜靜地注視著我，再道：「那麼你呢？我還記得，你曾經說過，你很怕有一天會看不見我，因為我會帶走你所有的快樂。既然如此，你為何還要躲著我，把一個我厭惡的男人推給我？」

我緘默不答。她繼續追問：「為什麼你不願再與我好好相處？為什麼我們不能像過去一樣，親密無間地生活？」

我長久的沉默沒有換來她的放棄，她帶著對峙般的堅持，耐心地等待我的回答。我避無可避，而且，也明白將不再有可以拖延的時間，於是，我終於轉身，一步一步走到她面前，迎上她灼灼目光，與她相視片刻後微微低首，讓額頭與她的相觸。

「公主。」在這親密無間的距離中，我輕輕的，用耳語般的聲音對她說：「好，現在，讓我告訴妳為什麼。」

【捌】落紅

她啼眼宛若幽蘭露，我閉目，沿著她淚痕蔓延的方向往下尋去，直到觸到她柔軟的雙唇。

她不由得一顫，雙手受驚般地抵在我胸前，我及時摟住她腰，略微著力，便於一瞬間半強制地消除了她欲拉開的距離。

我的吻在她朱唇之間游移，感覺到的依然是我記憶中那少女清美的氣息，如她薰衣的芬芳一樣溫潤，又甘甜如安息香，帶著糖果的味道。

她的怒意與矜持在我的擁抱中漸漸消融，啟口欲說什麼，卻被我以吻封緘，引導她重溫我們久違的纏綿。

我刻意縱火，她也不介意做隻撲火的蛾。她呼吸漸趨急促，與我的接觸也不再被動，親吻我、擁緊我，伸出的手臂像女蘿纏繞著我，這一連串的動作進行得快速而激烈，令我們的影子在晃動的燭光下看起來像搏鬥。

她緊摟著我脖子，有一刻簡直令我喘不過氣來，於是我捉住她的手按下，但觸及她手腕，我心念一動，又開始了另一種曖昧的嘗試。

我的手順著她的手腕向她袖中延伸，探入她中衣小袖中，一寸寸地滑過剛才誘惑過我的那片肌膚，最後停留在她手肘上方，在那裡流連徘徊。那是她從未被異性碰觸過的禁地，她羞紅了臉，不自覺地向後縮，側身想避開我的進一步取索，但轉側之間，她所披的雲錦大袖衣自肩頭滑落至肘間，而我抽手抓住一扯，整件衣服便離她而去。

我手一揚，大袖衣如雲飄去，落在矮榻旁巨型宮燭的琉璃燈罩上，室內的光線頓時暗了一層，又染上雲錦絢麗的暖色，氣氛越發變得香豔迷離。她循著雲錦飄落的方向望去，然後訝然回眸看我，尚未有所反應我已又朝她俯身過去。梅花紙帳上影落成雙，又相疊合一。

香囊暗解，羅帶輕分，我繼續對她進行著溫柔的侵襲，而她帶著孩子般的好奇心和報復欲，也悄然解開了我革帶上的玉扣。那腰間衣帛的忽然鬆弛使我渾身一凜，但迅速鎮靜下來，我沒有阻止她的動作，而是順勢解開了自己的袍服，拋在地上。

我們把親吻和解衣的動作交織進這釅釅夜色、靡靡香氣裡，本應存在於公主與內臣之間的禮義也離我們而去，隨著被我們散落的衣裳化作遍地狼藉。在我們都僅剩一層單衣的時候，我們相擁著跌落在榻上，公主灼熱的雙手從我衣襟下探入，自我腰際撫過，按住我的背，那麼用力，像是指尖上即將長出根鬚，透過我肌膚，禁錮住我那顆律動失常的心。我低首吻過她修長美好的脖頸，把最後的愛撫印在了她鎖骨之下，那比玉臂更隱密的溫軟雪膚間。

這令她又開始瑟瑟發顫，擁我的手臂也縮了回去。她緊閉雙目，不敢看我，縈淚的睫毛不時輕顫，但脣邊有隱約的笑意，對我可能進行的未知舉動，她看起來有些惶惑，卻也並不會抗拒。

搖紅燭影下的她多麼美麗，如果我是正常男子，這一場情愛遊戲本該是多麼美好的人生之喜，而含情帶笑的她並不知道，如今這對我來說，卻是一齣在足踩刀鋒般的疼痛中演繹的戲。

我看著她的笑靨，悄然退後，敞開的最後一層單衣亦在這行動中褪去。

在琉璃燈前站直，我輕聲喚她：「公主……」

她微笑著朝我轉身。在她睜眼看我之際，我決然掀開了覆在琉璃罩上的大袖衣，此前被封鎖的明亮光線迫不及待地盈滿暖閣，也照亮了我不著絲縷的、赤裸的身體。

她不習慣這陡然加劇的光亮，蹙眉瞬了瞬目才又睜開。在不解地對我相視一眼後，她的目光移到我身上，愣愣地盯著我腰下那個殘缺而萎縮的醜陋器官看了須臾，她似乎才忽然意識到這是什麼，這結果顯然驚嚇了她，她不禁低呼一聲，迅速閉目側身向內，不敢再看。

我竭力牽引出一絲笑意，徐徐前行靠近她。「公主，妳不再看看嗎？這就是妳想要的答案。」

她緊闔眼瞼，好似生怕漏過一縷光灼傷她的眼。臉上露出痛苦的表情，她盡量向內壁挨去，把自己埋進琉璃燈火觸不到的陰影下。適才我們的動作打翻了熏籠中的香鴨與托座，香燼遇水熄滅，兀自有白色煙霧滋滋地逸出，而溢出的熱水則在榻上緩緩蔓延著，觸到公主足踝，她驚覺縮回，更努力地把自己蜷成一團倚在角落裡，像一隻躲避冬寒的小動物。

我把手中的大袖衣展開覆在她身上，默然佇立半晌，然後屈膝跪在她榻前。「公主。」我看著她蜷著的背影，輕聲說：「正如妳所說，這一生中，我們除了公主與內臣，或許還可以有一些別的關係，例如朋友、兄妹、師徒……如果容我僭越的話。但是，有一種永遠不可能存在於我們之間，那便是夫婦，或者，愛侶。這是我入宮之時便已註定的事。」

「我殘缺的身體使我無法成為任何女人的丈夫或情人，既不能與她們共效于飛，也不能令她們生兒育女，延續生命。把感情寄託在我這樣的人身上，就如愛一件器物、一卷書畫，也許可以獲得暫時的心靈慰藉，卻不能得到真實的俗世溫暖。妳是我一生所見最美好的女子，應該擁有完美無缺的人生，做女兒時受父母鍾愛，嫁作人妻時得夫君呵護，將來更應兒孫繞膝，長享天倫之樂。而這，恰恰是我不能給妳的。」

我略停了停，而公主並無意與我討論這個話題，仍是低首蜷縮在大袖衣中，我看不見她表情，只能覺出她的肩在微微顫動。

她傷心至極時便是這樣，半句話都不想說。就我而言，最難受的時候倒像是已經過去了，現在反而可以很平靜地繼續對她說出心底話：「我們的事，本來就是一個錯誤。國朝俊彥如雲，公主遇見的許多人，例如馮京、曹評、蘇軾、晏幾道、崔白，都出類拔萃，各具風采。與他們相較，我實在渺小如塵埃，不過是比他們多了些與公主相處的機會，才蒙公主另眼相待。」

「若非身處困境，公主原也不會與我有何瓜葛，何況，我已算不上是男人，連愛公主的資格都沒有。駙馬雖然不是公主理想的夫君，但他能給予公主由衷的尊敬和關愛。對一個已為人妻的女子來說，還有什麼比丈夫的關愛更重要呢？這場婚姻雖然不令人愉快，但若公主願意，便可以在駙馬的呵護和養育兒女的過程中獲得安寧與平靜，就像……」

就像秋和那樣。話到嘴邊，才想起公主並不知秋和之事，便又噤了下去，換了說法：「就像許多因父母之命、媒妁之言成婚的女子一樣。而執著於我們現在的相聚，結果可能並不美妙，越親密，越空虛；越放縱，越痛苦……大抵便是如此吧。」

公主沉默著，但還是有零碎的泣音從咬緊的脣中逸出，手悄然抓緊大袖衣，令那衣裳外面漸漸旋出了菊花狀的褶皺。

我深呼吸，壓下伸手撫慰她的意圖，又道：「我不是張承照，也不能把公主變成笑靨兒，我所能讓公主看到的醜陋僅限於我的身體。在夫君相伴下，公主疏遠和淡忘平凡的我應該不是太難的事。說不定，當公主耐心與駙馬生活幾年，感覺到真正的男女之情，有了自己的兒女之後，再憶起我們的故事，甚至會為此感到羞恥，恨不得把這段記憶一筆勾銷。」

說完，我不等她回答，自己拾起衣物一一穿戴整齊，尋回臣子的禮節，舉手加額朝她行大禮，然後畢恭畢敬地低首向後退去。

在我轉身後，公主霍然坐起，悽聲喚我「懷吉」，我滯了滯，但終於沒有回首以應，在她注視下復又啟步，離開了她和暖如春的香閨。

這夜無法安眠，我索性不睡，獨坐在自己房間中以茶代酒，一盞盞地飲。其間想起很多事，例如怎樣離開公主宅、以後的去向、要如何囑咐宅中侍者照料公主等，自然，仍不免牽掛著公主，猜想她現在的狀況。不料，卻等來了個意外的結果。

三更初過，嘉慶子跑來狂拍我的門，待我開門後，她睜大眼睛盯著我，喘著氣說：「公……公主，把駙馬……召到寢閣去了……」

我一怔，問她：「公主是把駙馬召去責罵嗎？」

嘉慶子搖搖頭，看我的眼神交織著未散的驚訝和對我的憐憫。「她讓駙馬留宿於她閣中。」

我沒有按照嘉慶子的建議前去探視和勸阻。送走她後，我回到房中坐下，繼續默默地飲茶。

張先生說，茶可令人微覺清思，而不會催人肝腸。我想他是錯了，茶，也是可以把人飲醉的。

次日，我在一陣清淺小寐後醒來，頭重腳輕，神思飄浮，但還是記起昨夜之事，便硬撐著出門，欲去公主閣向她道賀。

在那竹林院落之前，我遇見自內出來的李瑋。他臉色晦暗、神情頹廢，並無一絲喜色。見了我，也只是冷冷一瞥，未待我開口他便已匆匆離開，步伐快得像逃離。

那麼，或許，這次也跟他們新婚之夜一樣，什麼都沒發生。我這樣想著，情不自禁的，竟有一瞬的釋然。

但進到閣中，又立即感覺到氣氛有異。公主不在廳中，只有嘉慶子、韻果兒等侍女在竊竊私語。見我進來，她們立即禁聲，嘉慶子更把手中一件物事蔽於袖中。

我朝公主暖閣處張望，仍不見她身影，遂問嘉慶子：「公主尚未晨起？」

嘉慶子稱是，低眉不與我對視。

我轉顧韻果兒，她也側首避開，不欲與我目光相觸。

我環顧周圍其餘侍女，亦無人多發一言。踟躕須臾，我終於選了個問題間接地問嘉慶子：「今日駙馬為何不樂？」

她也猶豫了很久才拉我至一隅，低聲回答：「昨夜公主召駙馬來，他很吃驚，簡直不敢踏入公主暖閣，是公主再三相請他才進去的……今日起身後，駙馬本來心情不錯，興致勃勃地邀公主去賞梅花，但公主卻把這個拋在地上……」

她引手入袖，把起初隱藏的東西取出遞給我。

那是一段白綾。我接過，以微顫的手指艱難地展開，看見了意料之中的、如落梅花瓣般的幾點血跡。

嘉慶子觀察著我的表情，大概是沒覺出太多異狀才又繼續告訴我：「然後，公主對駙馬說：『這就是你一直想要的吧？現在，你可以出去了。以後永遠別再靠近我。』」

第十三章

角聲吹落梅花月

青絲凌亂地堆於枕際，公主側身向內躺著，錦被只覆至她肘部，露出半個著白色中單的背影，這樣看上去越發顯得她瘦骨嶙峋，像墨筆畫的人兒一般單薄而不真實。

我輕輕走至她榻前，無聲無息，她卻似有感應，徐徐轉過身來。

她眼瞼浮腫，皮膚暗沉無光，是一夜未眠的樣子。看見我，她並不驚訝，平靜地注視著我，乾澀的唇動了動，牽出一個殊無喜色的微笑：「恭喜我吧，懷吉，我終於領受了你們所說的『男女之情』。」

我屏息而立，試圖說恭喜，也努力朝她笑，可是我發不出聲音，也察覺到自己面部僵硬，如果在笑，一定不比哭好看。

「那麼，你想不想知道我的感受呢？」她問我，還是輕柔和緩的語調，彷彿這話題只是涉及書畫的品評。

我微微側首，表達我對這問題的迴避。她的視線卻漠然追隨著我，帶著一種置身事外般異乎尋常的冷靜，她吐出一個字：「痛。」

在我的沉默中，她銜著起初那勉強的笑容轉頭望上方，一個人說下去：「這也是與李瑋的婚姻給我的所有感覺……你們都說，這樣可以令我的人生圓滿，可是我感受到的卻是比割脈斷腕還要深重的疼痛……」說到這裡，她又回眸看我，聲音低柔如耳語：「懷吉，我也是殘缺的了。」

我再也無法克制，兩滴淚奪眶而出，跪倒在她榻前，用理智與禮儀維繫了二十多年的堅硬外殼被她一語擊破，我完全崩潰，無力再掩飾什麼，失聲慟哭，任原本層層包裹著的脆弱的心徹底暴露於她眼底。

哪怕是孩童時，我也從來沒有流過這麼多的淚，無論我受到怎樣的壓迫與欺凌。但這一刻，那些淚如決堤之水奔湧而下，我無法控制，也不想控制，就這樣任這種溫熱的液體隨著我的悲泣沖刷我的恥辱，宣洩我的傷痛。

我低首而泣，看不見公主彼時的表情，而她也一直沉默著，既未哭泣，也未曾對我說任何撫慰的話。少頃，她支身坐起來，又朝我俯身，伸出雙臂把我擁入懷中，像母親擁抱孩子那樣，把一側臉頰貼在我額頭上。

保持著這溫柔的姿勢，她輕聲說：「都過去了，我們還在一起。」

我向自己的情感妥協，不再去想怎樣離開她，雖然我知道這是不可避免，遲早會發生的事。

我們還如以前一樣，她畫墨竹時我隨侍點評，她彈箜篌時我吹笛試音，下雨了為她撐傘，起風了為她披衣……似乎一切都未改變。但是，我們都自覺地不去嘗試在夜間相處，也都小心翼翼地迴避著肌膚的碰觸，更不去提我們之間發生過的那些跟傷痛有關的隱事，怕那裡的記憶像未癒的傷口，輕輕一碰就會流出血來。

公主與駙馬李瑋圓房次日，據說楊氏是很高興的，準備入宮向帝后報喜，但李瑋大發雷霆，激烈反對母親將此事告知宮中人。他那盛怒的樣子楊氏從未見過，吃驚之下也被他唬住了，就未去通報此事。後來又來旁敲側擊地勸公主再次接納李瑋，公主均冷面相對，楊氏只好悻悻地回去，恐怕此後也格外留意我與公主的情況，見我們亦能守禮，便未再生事，只重提納妾之事，讓李瑋納韻果兒，李瑋也從命，很快將韻果兒收房。

納妾後，李瑋除了偶爾與韻果兒同宿，其餘生活一切如常，還是潛心研究書畫。韻果兒雖過上了錦衣玉食、奴僕隨侍的生活，但也並無多少新嫁娘的喜色，不過對公主倒也依舊是畢恭畢敬，侍奉主母的禮數一點兒不少。公主宅中眾人就這樣表面維持著平靜的模樣，卻各自心事重重地暫時過下去了。

到了十一月，嘉慶子如期與崔白完婚。離開公主宅之前，嘉慶子跪在公主面前，哭得肝腸寸斷。公主含笑安慰她：「大喜的日子，別弄得像生離死別一樣。妳出嫁後還能經常回來看我的，咱們又不是再也見不到了。」

其餘侍女也紛紛勸慰，好一會兒後嘉慶子才止住哭泣。公主讓人給嘉慶子補好妝，又拉住她手左右細看，想了想，左手往右手腕處一擼，把一個戴了好些年的羊脂白玉鐲子沿著她們牽著的手推到了嘉慶子手腕上。

嘉慶子一驚，推辭不已，急著要還公主玉鐲。公主按住她手，道：「給妳的嫁妝都是讓別人準備的財物，我一直想著要送妳個禮品，卻總也找不到好的。這個鐲子好歹我戴過幾年，如今妳帶去，平日看著，就跟我還在妳身邊一樣。」

嘉慶子這才收下，再次含淚拜謝。公主雙手挽起她，仔細端詳了半晌，最後頗感慨地一嘆：「說起來，我從小到大身邊的女子，幾乎沒有一個是過得開心的。而妳嫁了如意郎君，總會跟我們不一樣吧……客氣的話不必再說，只要妳跟崔白好好地生活下去，就是謝我了。」

吉時將至，嘉慶子必須出門了。她最後拜別公主，一步步朝外走去。公主情不自禁地起身走到庭中送她，在嘉慶子將要出閣門時，公主忽然又開口喚了她一聲。

嘉慶子止步，回首探詢：「公主？」

公主和暖的目光撫過那相隨多年的侍女的眼角、眉梢，她微笑著，和言表達最後的囑咐：「如果妳想感謝我，就一定要幸福。」

待嘉慶子出了門，她才轉身回房，抑制了多時的淚旋即溢出，滑落在那位新娘看不見的身後。

嘉慶子出嫁後，公主更顯落寞，對我的依賴也越來越深，她需要我形影不離地相伴，就算我暫時離開一瞬，她的目光也會追隨著我，面上帶著悵然若失的神情。

只要是白天，我都盡量守在她身邊，答應她所有的要求，不讓她因我的緣故有一絲不愉快。我珍惜著我們之間每一刻的相處，因為明白這種看似平靜的時光就像琉璃盞一樣，隨時都有被打碎的可能。尤其，在我遇見司馬光之後。

我原本以為，在我們相遇的第二天，他就會請今上下令把我逐出公主宅，再流放到某個遠小偏僻處，而我竟還是有了這一月的安寧，私下想起來，倒很有幾分詫異。不過，也很快得知了個中原因。

這月公主帶我入省禁中，在福寧殿向今上請安時，今上斟酌著詞句，向公主提起準備把我調回宮內的事：「天章閣的勾當內臣老了，在申請致仕休養。我看前後兩省的內臣，不是身兼數職不好調任，就是不學無術，當不得這管理御製文書的官。想來想去，懷吉倒是個合適人選……」

他甫提及此，公主即瞬目以對，直接問：「爹爹是想把懷吉調離女兒身邊嗎？」

今上頗為尷尬，踟躕著說：「並非如此……確實是找不到合適的人……」

「爹爹找不到，就讓女兒來找。」公主即刻道：「既通文墨又有閒的內臣，女兒倒也知道幾個，可以列出名單，任爹爹選用。」

今上默然，良久不應。一旁的皇后見狀，嘆了嘆氣，跟公主明說了：「徽柔，事已至此，我們也不好再瞞妳。早在一月前，同知諫院司馬光便知道了懷吉回來的事，上疏請妳爹爹不改前命貶逐他。妳爹爹壓下不理，他便又同楊畋、龔鼎臣等言官接連論列，都請求貶逐懷吉。妳爹爹一直未表態，司馬光昨日又再上疏，這一次措辭尤為激烈，而且，還提到了妳……」

皇后頓了頓，轉顧今上，目中有請示之意。今上明白她意思，便喚過任守忠，低聲吩咐了兩句，任守忠隨即走向書案，取出一個劄子，然後過來，把劄子給了公主。

公主展開掃了幾眼，大有怒意，將劄子擲於地上，憤憤道：「這司馬光如此出言不遜，狂妄無禮，爹爹竟不責罰他？」

帝后相視一眼，都未說話。我拾起劄子，先展開確認司馬光的署名，再從頭瀏覽了內文。

司馬光開篇先說之前論列未蒙允納之事，繼而矛頭直指公主與今上。「臣聞父之愛子，教以義方，弗納於邪。公主生於深宮，年齒幼稚，不更傅姆之嚴，未知失得之理。臣謂陛下宜導之以德、約之以禮，擇淑慎長年之人，使侍左右，朝夕教諭，納諸善道，其有恃恩任意非法邀求，當少加裁抑，不可盡從，然後慈愛之道，於斯盡矣。」

他既直言抨擊公主恃恩任性不明事理，又暗暗批評了今上教導無方，對女兒過於遷就。在下文中，他再提我此前被貶逐之事，用了更嚴厲的語句，說我「罪惡山積，當伏重誅」，而「陛下寬赦，斥之外方。中外之人，議論方息，今僅數月，復令召還。道路籍籍，口語可畏，殆非所以成公主肅雍之美，彰陛下義方之訓也」。

在箚子文末，他重申了自己的態度與要求：「臣實憤悒，為陛下惜之。伏望聖慈察臣愚忠，追止前命，無使四方指目，以為過舉，虧損聖德，非細故也。」

【貳】依戀

我把箚子交還給任守忠，再起立整裝，無言地拜謝今上。若依照司馬光的意思，我大概應該被凌遲處死，而今上並未從言官所請，想出的處理方法還是擢我為天章閣勾當官，這是他愛屋及烏之下對我天大的恩賜，雖然這樣做的目的也是為使我與公主分離。

公主快步過來，阻止我謝恩的動作。「不可！」她蹙眉對我搖頭，顯然把我對今上的感激理解為接受他的安排。回身面對父親，她道：「這些言官終日不管正事，只顧盯著宮眷閨閣，細論這等瑣事，當真無聊至極。爹爹不必理他們，讓他們嚼幾天舌根，等他們自覺無趣，這事也就過了。若爹爹這次也順了他們意，他們勢必更囂張，下次還不知會拿什麼芝麻綠豆大的事折騰爹爹呢！」

今上擺首道：「我原本也想拖著不理，等他們自己偃旗息鼓，但結果他們卻越發來勁，步步緊逼……因為懷吉是內臣，妳又是帝女，身分不同尋常，言官們便援引祖宗家法中防範宦者的種種道理，來勸我不可讓你們繼續相處……」

公主聞之冷笑：「宮中的內臣多了，伺候的又都是身分特殊的宮眷，難道他們也都要援引祖宗家法把所有宦者都逐出宮去？」

今上重重一嘆：「宮中內臣雖多，卻沒有像你們那樣徒惹物議！」

公主一怔，轉眸顧我，不由得雙頰微紅，默然垂下了眼簾。

皇后看在眼裡，此時便緩步過來，牽公主手，引到自己身邊坐下，再溫言對她說：「言官們其實並不一定真要懷吉性命，只是見他回來，又回到公主宅做事，他們覺得以前諫言未被接納，官家還寵著妳，按妳的心意行事，便尤為氣憤，怕此例一開，官家以後難納忠言，而眾內臣也會因此氣焰大熾，生出更大的事端。因此，他們這回是鐵了心要分開你們。若官家不給個說法，他們勢必會不依不撓，追究下去。如今妳爹爹想出這個法子，讓懷吉回宮在天章閣做事，既表示接納了言官的意見，又保得懷吉周全，可說兩全其美……」

「可是，那跟把懷吉流放到西京有什麼不一樣？」公主打斷皇后的話，道：「他離開了我，且不在後宮做事，我們就不能再相見……無論我們之間相隔的是幾座城池還是一道牆壁，結果都是一樣的——我見不到他了！」

皇后無語，而今上思忖著，又出言寬慰她：「你們未必不能再相見。妳回宮之時也許有機會遇見他，再或者，年節慶典時……」

「年節慶典時，隔著千山萬水、重重人海，遠遠地對望一眼？」公主即刻反問，冷冷地拭去眼角泛出的一點兒淚光，她凝視著父親，又道：「就算言官不逼迫，爹爹一定也想分開我與懷吉。像你設想的這樣讓我們慢慢疏遠，是你深思熟慮後決定選用的策略。」

今上頓時大怒，拂袖掃落几上的杯盞，直斥公主道：「為了一個內臣，妳竟然不顧身分，屢次做下失態的事，將父母的處境、夫君的尊嚴、宗室的聲譽和自己的名節完全拋諸腦後！司馬光指責妳『不更傅姆之嚴，未知失得之理』，如今看來真是一點兒也不錯！現在全天下人都在等著聽妳的醜聞、看妳的笑話，而妳竟然還不知悔改，不懂避忌，一意孤行，挑戰言官公論，不明事理至此，真是辜負了從小所學的賢媛明訓！」

一語及此，今上怒意仍不減，揮臂直指我，又對公主說：「看看妳甘冒天下大不韙一心維護的這個人，他只是一個內臣、一個宦者，一個不能稱之為男人的人！駙馬那樣愛敬妳，妳卻對他不屑一顧，而這樣依戀這個人，不覺得可笑嗎？」

這一席話聽得公主兩目瑩瑩，她以手掩住顫抖的雙唇，艱難地控制住彼時情緒，好半天才抬起頭來直視今上，輕聲道：「你說駙馬愛敬我，但是他愛的是我這個人嗎？不，他愛的是公主！他可以愛任何一個公主，就像愛那根鑲金綴玉的擊丸球棒和晉人尺牘、唐人丹青一樣。他苦練擊丸和收藏書畫，原不是有發自本心的興趣，而是因為這是皇族宗室及士大夫們的清玩雅好。」

「他對我百般討好，希望做我真正的夫君，也並非源自對趙徽柔本身的感情，而是因為我來自九重宮闕，而這裡寄託了他的嚮往。就如池沼裡的青蛙仰望上空的飛鳥，他渴望過我們的生活，變得與我們一樣。如果我不是公主，對他而言，恐怕就只會是個傲慢、蠻橫和冷漠的女子，他豈會仍對我保有現在的愛敬？」

聽著她的訴說，今上面上怒色開始消退，取而代之的是沉默之餘露出的一絲迷惘。

公主再看看我，聲音多了些嗚咽意味：「而懷吉，他對我的照料和呵護，並不僅僅是遵從本職要求。我們初見時，他並不知道我是公主，但已經決定冒著被你寵妃迫害的危險而維護我。我不管在你們眼中他是什麼人，我只知道，這十幾年來，他陪著我長大，指導我讀書寫字，陪我學習音律，與我一起焚香點茶，又一起作畫填詞……他並不僅僅是服侍我的內臣，倒更像是我的兄長、師父和朋友。」

「我們是這樣心意相通，以致我只看他一眼，他便知道我想傳遞的意思……他希望我快樂，但也不會無原則地討好我。他甚至會小小地嘲笑和激怒我，但那只是為督促我做應做的事……在他面前，我可以拋棄公主的外殼，還原為一個尋常的小女子。李瑋看我的目光總是瑟縮的、仰視的，而懷吉則不，當他凝視我的時候我可以感覺到，他看見的並不是公主，而是一個他珍視的女子。」

此時今上雙脣微啟，似有話要說，但公主搶在他之前又開了口，向他提起一個尖銳的問題：「爹爹，在你幾十年的生涯中有沒有遇見一個這樣的女子，愛你敬你只是因為你是你，而並非因為你是皇帝？」

今上徹底失語，目光掠向皇后，與皇后相視的雙眸閃過一點兒微光，他又側過了頭去。

而皇后倒顯得頗為鎮定，見今上不語，便接過話頭勸公主道：「懷吉服侍公主的心意，我們自然都明白。公主信賴懷吉，希望可以保護他，我們亦能理解。只是外間俗人不知，見你們相處融洽，便易胡亂生疑，若妳繼續與懷吉這樣相處，太過接近，未免更落人口實……」

公主一哂：「外人怎麼說，我不管。我只知道我不能讓懷吉離開，否則我再也找不到如他這樣的人。」

皇后蹙了蹙眉頭，但終於沒反駁公主，保持著安靜的姿態，聽她說了下去。

「他能讀懂我所有的喜怒哀樂，也與我一同經歷過悲歡離合。孃孃，妳知不知道，他是這樣的人：在妳快樂無憂時，他默默退後，甘於做妳背後的影子；但當妳處於逆境，悲傷無助時，他又會向妳伸出援手，使妳免於沉溺……他是除了父親、母親之外天下對我最好的人，就算全天下人都捨我而去，他仍會守護著我。而且他全心待我，我永遠不會擔心他背叛我、傷害我，為別的女子疏遠我。」

皇后鳳目微睜，有所動容，但也只是稍縱即逝的一瞬而已，她很快恢復了端雅神情，半垂眼睫，若有所思，亦不再多言。

公主和緩了容色，溫柔顧我，須臾，又面朝今上，徐徐道：「爹爹說我依戀懷吉，是的，我承認，我確實依戀他，就像暴風雨依戀鄉間屋頂，旅人依戀天際遠山。面對你給我安排的命運我曾幾次想一死了之，而之所以還能活著，是因為每次回首看身後，都能看見他在那裡……對我來說最值得恐懼的不是死亡，而是漫長地活著，卻再也見不到他。」

【參】中閣

公主的話卓有成效，此後帝后暫不再提調我離開之事。我想公主比我曾經以為的要聰慧得多，她有意無意地觸及帝后堅固防線之後的隱痛，使他們感同身受，也讓自己欲傳遞的心意可以順利抵達父母內心深處。在兒時天真嬌憨和現在言行無忌的外表下，其實她一直睜著心裡那雙慧眼，安靜地觀察身邊的人情冷暖、世事變遷。

只要她願意，她應該也可以妥善處理一切關係，讓自己不至於落入困境。不過，她也一直都是驕傲的，驕傲得不肯對違背心意的事稍作俯就。但這不是一個允許女子縱恣胸臆的時代，哪怕公主也不例外，遵循不負我心的原則，總是會不可避免地頭破血流。即便我每日小心翼翼地守護著她，還是沒能使她免於傷害。

雖然今上決定讓我繼續留在公主身邊，但不見得是他放棄了修復駙馬與公主夫妻關係的努力，何況還有一眾言官在密切關注著公主閨閣之事，逼迫著他尋求解決方法。

此後一月中，今上頻頻召楊氏、李瑋、韻果兒和現在勾當公主宅的入內都知史志聰入宮商議。我猜他應是想與他們找出個令公主接納李瑋的法子，讓她將來自然而然地疏遠我。這個猜測後來被證明大致不錯，但他們採用的方案卻不是我事先可以想到的。

一日深夜，我毫無理由地陡然驚醒，起身在床頭坐了片刻，心仍狂跳不已，而就在心神不寧之時，一聲淒厲的女子尖叫聲從公主所居的中閣方向傳來。

夜深人靜，那叫聲顯得格外清晰而刺耳，交織著極度的恐懼和憤怒。那女子又接連尖叫了數聲，聲音聽起來極為悽慘。

我辨出那是公主的聲音，頓時如罹雷殛，惶恐而焦慮，渾身不自禁地顫抖起來。一把抓過衣裳披上，我跌跌撞撞地找到出門的路，迅速朝中閣奔去。

中閣早已是燈火通明，十數名侍女和小黃門圍聚在公主臥室內外，跑來跑去，手忙腳亂的，有的口中喚「公主」或「都尉」，有的招呼同伴做事，有的不知道看見什麼，也在驚聲尖叫，現場人聲鼎沸，一片混亂。

見我過來，他們才稍稍禁聲，也自覺地讓道，請我入內。

公主披散著頭髮，恨恨地怒視前方，手握一支玉簪，簪子尖端朝外，是被她用作了武器，而那尖頭上赫然有鮮紅的血跡。

我循著她目光看去，發現她注目的焦點是李瑋。李瑋怔怔地站在她正前方，脖頸和肩頭已有多處被簪子戳傷的痕跡，還有血不斷溢出。

他們都衣冠不整。

若不是有四名侍女竭力阻攔，公主一定還會撲過去狠狠地刺李瑋，她被怒火灼紅的眼睛也像是即將流出血來。

我有點明白此時的狀況，但不及細想，三兩步搶至公主身邊，去奪她手中的玉簪。

公主仍處於狂怒之中，拚命反抗，大概根本沒意識到接近她的人是我，又揮舞著簪子來刺我。我一邊招架一邊連聲喚她，終於她有所反應，動作放緩，我才把那根染血的簪子從她手中抽了出來。

「懷吉。」她拉住我袖子，睜著紅紅的眼睛一指李瑋。「殺了他！」

我轉身半摟著她，也藉機擋住她直視李瑋的目光，輕拍她背溫言安撫，再越過公主向她身後的兩名侍女遞了個眼色。侍女會意，繞到李瑋身邊，扶著他出了門去。

公主神志仍不十分清醒，口中喃喃地只是說：「殺了他，殺了他……」在我撫慰下，她怒氣才漸漸平息，但旋即悲從心起，埋首在我懷中，像個受盡了委屈的孩子一樣放聲哭泣。

我為她披上衣服，陪她坐了許久，直到她哭得累了，漸有睡意。見她雙睫低垂，是在打盹的樣子，我便喚了侍女過來，要她們扶公主入帷歇息。但侍女才走近，公主即驚醒，她惶惶然站起，又猛地推開侍女，激烈地說她不要在這裡睡，然後自己往外奔去。我跟著去追她，見她只是在胡亂奔跑，完全沒有一個明晰的方向，於是迅速上前，拉她回到中閣廳中，她便在廳中止步，說什麼也不肯再入臥室。

我只得讓她留在廳中，她也強睜雙眼，堅持不肯睡覺，我便吩咐侍女服侍她梳洗，自己起身，準備出外迴避。她卻又驚慌地連聲喚我，很憂慮地問我：「懷吉，你要去哪裡？」

她的模樣看得我心裡難受，於是重又在她身邊坐下，對她微笑道：「臣哪兒也不去，只是坐久了，所以站起來舒展一下手足。」

天亮後，史志聰及楊氏先後來探望，公主都拒而不見。少頃，任守忠從宮中來，說有官家賜公主與駙馬的禮物。禮物一一呈上，卻是嶄新的鴛鴦錦、合歡被，婚禮上撒帳用的金錢彩果之類。

「官家說，駙馬與公主是夫妻，原不必分閣而居，昨日已曉諭駙馬搬到中閣來。今日特賜禮品，是表喜賀之意。」任守忠笑對公主說。

看來他尚不知夜裡發生的事。我擔心地觀察公主，而公主飄浮的目光徐徐掃過面前那一對金銀錦繡，暫時沒有什麼特別的反應。但當李瑋的身影出現在閣門邊時，她頓時呼吸急促起來，蹙著兩眉一抬手，她舉起一個盛滿金錢彩果的盤子就朝李瑋劈頭劈臉地砸過去。

「滾！不要靠近我！」她怒斥李瑋，又失控地抓起身邊所有拿得動的東西向李瑋砸去，不住重複著「不要靠近我」，而新湧出的淚又開始沿著臉頰滑落。

任守忠看得呆若木雞，是我制止了公主對李瑋的下一輪攻擊，而李瑋身後也有人站出來，擋在了呆立不動的他面前。

那是崔白。嘉慶子也旋即現身，走進廳內，微笑著輕喚：「公主。」

這是他們婚後三朝拜門之後的首次來訪，看來李瑋這時原本是引他們來見公主的。

看見了親近的侍女，公主情緒稍稍平復，在嘉慶子的攙扶下落坐，但神情仍恍惚，怒火未熄的眼睛還在望向李瑋那邊。

任守忠快步出門，拉著李瑋從公主的視線中逃離開去。

嘉慶子亦很懂事，含笑對公主噓寒問暖，隻字不提剛才的事。公主偶爾開口問她新婚生活，她也說一切都好，跟公主說起一些生活中的趣事，還取出一個著彩衣的懸絲傀儡給公主看，笑道：「我見公主喜歡木傀儡，便又請崔郎做了一個。上次公主留下的那個是書生，這回是個美人，正好配成一對呢。」

公主接過看看，脣邊浮出一點兒淺淡笑意，提著手柄讓木傀儡動了幾下，再問我：「懷吉，這個傀儡好不好？」

我亦對她笑，說「好」。她卻搖了搖頭，道：「我想要個不一樣的。」

嘉慶子立即陪笑道：「公主想要什麼樣的只管告訴崔郎，他一定會給公主做出來。」

公主微微頷首，對崔白笑了笑。

其間我沒有與崔白多說話，而他也一直沉默著，很專注地觀察著這一場風暴之後略顯狼狽的我們。

嘉慶子陪了公主許久，趁崔白去拜會李瑋時，我亦隨他起身，送他出了中閤門。

目送崔白走遠後，我並未立即折返回中閤，而是朝楊氏居處走去。

我想，昨夜的事，必定又是她出的主意。

但行至中途，有人在身後喚我，回首一看，是已成為駙馬側室的韻果兒。

她緩緩走到我面前，擋住了我去路，向我發問：「梁先生要去哪裡？」

我直言：「去找國舅夫人，有些事，我想問問她。」

「是昨晚都尉與公主的事吧？」韻果兒道：「先生別去了，此事與國舅夫人沒什麼關係。」

我鎖著眉頭向她投去詢問的一瞥。而她平靜地迎上我的目光，淡淡道：「是我勸都尉昨晚入中閣的。」

【肆】妾室

她和緩的語調有異乎尋常的冷漠，令我彷佛是在聽做完筆錄的文吏向判官陳述一段公案。

「官家最近常召國舅夫人和我去商議公主的事，聽說公主曾與都尉同寢，便要我們在公主面前多說都尉好話，讓公主以後繼續與都尉做真夫妻。但是我們都知道，公主厭惡都尉，看他的眼神就像在看一塊發霉的炊餅，誰的美言都不會使公主回心轉意。所以，我就建議官家索性下令讓都尉搬到中閣去，夫妻獨處一夜，勝過旁人說十車好話……」

「妳明知公主厭惡都尉，還讓官家下這種明顯違背她心意的命令？」我看著韻果兒波瀾不興的表情，暗自訝異這熟悉的眉眼何時變得如此面目可憎。

「恕我直言，梁先生你博涉多聞，但一些關於女人的事，未必是你都知道的。」說完這句，大概是為免令我太尷尬，她移目注視中閣重簷粉牆，才又道：「許多夫妻間的閒氣都是在深夜的閨房中化解，以前雲娘也曾跟我們說，夫妻是『床頭打架床尾和』。魚水之歡是彌補夫妻裂痕的良方，如果公主跟都尉同床共枕幾次，對都尉的態度一定會有所改善。」

她談論著這私密話題，但態度如此坦然，倒令我顯得有幾分侷促。好一會兒我才開口：「公主第一次請都尉留宿，結果妳我都看到了，她與都尉的距離非但沒有拉近，還越來越遠了。妳又為何出此下策，讓都尉激怒公主？」

韻果兒道：「女人的第一次，除了痛，還能有什麼感覺呢？但以後就不一樣了。都尉也說公主不會接納他，我勸他對公主強硬一點兒，他很驚訝，說這樣公主可能會恨他。我就跟他說：『反正公主已經很恨你了。就當是下一次賭注吧，贏了從此公主會與你好好過下去，輸了也不會有更壞的結果，頂多不過是公主繼續恨你。』」

我冷眼看她。「現在妳看到更壞的結果了。」

「都尉優柔寡斷，還是做不到適當的強硬，昨夜入中閣後猶猶豫豫，倒驚醒了公主，讓她大鬧起來。」她回眸直視我，道：「公主如今這樣，先生你也難辭其咎。你把她保護得太好，不肯讓她受一點點傷害，可是有些疼痛是生命中必須經歷的，就像若要學會走路，摔跤是不可避免的一樣。如果她出降之初就與都尉同宿，事態應該就不會像現在這樣不可收拾了。」

我不由得心驚，如觀察一個陌生人那般打量著她。我認識她十幾年，竟沒有發現她有這樣清醒的頭腦和敏銳的洞察力。她已按自己的心意把握住她的命運，而現在我需要思考的是她對公主的態度，在共事一夫的情況下她如此設計，是真的要修復公主與駙馬的關係，還是要用傷害公主的方式造成他們夫妻間的徹底決裂？

此後兩天公主情緒仍然很不穩定，但凡看見李瑋，甚至只要聽見李瑋的名字都會發怒，哭罵、擲物、發狂似的奔走都可能發生。有次無意中看見今上這次賜給她與李瑋的一個繪有鴛鴦戲水圖案的瓷枕，便舉起摔碎，然後拾起一塊瓷片就朝自己脖頸刺去，幸好我彼時就在她身邊，及時阻擋，才沒有造成慘劇。

而且，她從此拒絕在中閣臥室睡覺，只肯坐在廳中，晝夜不眠。我勸她入內安歇，她堅決地搖頭。「有賊會進來的。」我說已經囑咐眾侍女好好守護，不會再發生任何意外，她仍不答應。「不能相信她們。」

那些侍女其實也挺無辜。那一晚韻果兒在公主入睡後帶李瑋入中閣，宣布今上讓李瑋搬來與公主同寢的命令，侍女們不敢違抗，便讓李瑋進了公主臥室，不料此事不諧，也連累她們失去了公主的信任。

僅僅兩日，公主已憔悴得不成人樣。史志聰不敢隱瞞，只好入宮把公主宅發生的事告訴了帝后及苗賢妃，苗賢妃立即派王務滋來接公主入宮住了幾天。苗賢妃看見公主慘狀，心疼之餘怒氣難消，便撒在史志聰身上，向今上控訴他監管公主宅失職，致使公主受駙馬及其妾室欺負，今上遂把史志聰免職，連帶著把他原來入內都知的官階也削去了。

在今上反覆承諾再不讓李瑋與公主同寢一室之後，公主才勉強答應回公主宅。隨我們一起回到宅中的是王務滋，在苗賢妃舉薦下，他成了公主宅新的勾當內臣。

苗賢妃選他去公主宅原因有二：首先，他在苗賢妃閣中多年，看著公主長大，既了解公主又對公主很忠誠；其次，他頭腦靈活，對待下屬很有手段，用苗賢妃的話說是「既不是梁全一那樣的老好人，也不是史志聰那樣只知道奉承官家的馬屁精」。

王務滋一上任便給了韻果兒一個下馬威——重重的一耳光扇在前來迎接的韻果兒臉上，他瞪著她厲聲斥道：「賤婢，下次再理不清妳這幾根花花腸子，仔細我拿把剪刀給妳剪了去！」

然後，在楊氏、李瑋等人瞠目結舌的注視下，他又恢復了和悅神情，幾乎是和藹可親地笑著對韻果兒拱手：「韻姑娘恕罪，剛才那句話是苗娘子要我轉述給妳聽的，老奴不得已而為之，得罪了。」

韻果兒紅著眼睛、捂著面頰，冷冷地別過臉去。

王務滋保持著那親切的笑容，以很禮貌的方式宣布了對韻果兒的處罰：「我看韻姑娘氣色不佳，應是連日操勞所致，不如現在便回房歇息，此後一月，宅中諸事無須再管，只安心靜養便好。我也會派人在姑娘房前伺候，絕不讓閒雜人等入內打擾姑娘。」

語罷他微微一側首，立即便有兩名小黃門上前，左右挾持著韻果兒，帶她回房軟禁起來。從此公主宅中侍女人人自危，見了王務滋便像老鼠見了貓似的，退縮低首，大氣也不敢出。在他面前，連一貫囂張的楊氏也收斂許多，對他說話客客氣氣，乃至輕聲細語，全不見以往氣焰。

在宅中住下後，王務滋格外留意李瑋的舉動，派了很多人監視他，李瑋從清晨起身到夜晚就寢之間的狀況，事無巨細，都會有人跑來向王務滋報告。我看在眼裡，不免覺得過分，便私下對他說：「先生保護公主自然盡心，只是關注駙馬動靜至此，豈非太過？」

王務滋嘆道：「你與我共事多年，與公主又是這般情形，我也不必瞞你。此番苗娘子讓我前來，原是有所囑託。她明白公主痛恨駙馬，兩人之間絕無和好的可能，因此命我留心觀察駙馬行為，若有一絲不妥，例如對公主不敬或口出怨言，都要上報官家，以便日後請求官家允許公主與駙馬兩廂離絕，讓公主回宮長居。」

我不知道他的意圖李瑋有沒有感覺到，反正李瑋以後的表現實在無懈可擊，每日早晚過來向公主請安，知道公主不想見他，便遙拜於閣門外，隨即默默離去，絕不驚擾公主。他待公主恭謹，對王務滋也尊重，有時面對王務滋刻意的挑釁也無一句怨言。而且在韻果兒被軟禁的情況下他也沒有讓任何侍女侍寢，使王務滋連說他「好色」的藉口都找不到。

韻果兒也是有氣性的，在被禁足後她開始絕食，不久即氣息奄奄，而王務滋也沒有放她出來的意思，無論李瑋和楊氏如何懇求。後來，是我去打開韻果兒的房門，把她扶了出來，送她到楊氏那裡。

楊氏很吃驚：「梁先生放她出來，是王先生許可的嗎？」

我搖頭，說：「沒關係，我會向他解釋。」

我準備離開時，韻果兒忽然開口請我留步，然後低聲問：「你也認為，我是要害公主嗎？」

我想了想，實話實說：「我不確定。」

「那你還要救我？」韻果兒問。

我說：「我不能眼睜睜地看著一個人在我面前死去。」

她惻然一笑：「你一直都是這樣……」

瞬了瞬乾澀的眼，她抹去多餘的情緒，又尋回了平靜的語氣：「我要設法讓公主接受她的夫君，如果不行，那讓她懷孕，生下一個自己的孩子也是好的，她那麼喜歡小孩，這樣一來，她以後的生活就有了寄託，她也就有了活下去的理由——在你離開後。」

半晌沉默後，她又略略勾起了脣角。「不要這麼驚訝地盯著我。你一定也能想到，你與公主，遲早是會被人拆散的。」

【伍】裸戲

嘉祐七年正月十八日，今上照例駕臨宣德門觀燈，召后妃、公主、諸臣及命婦隨行。此前諫官司馬光、楊畋等人進言說去年諸州多罹水旱，鰥寡孤獨，流離道路，希望今上減少遊幸，罷上元觀燈，以憫恤下民，安養聖神。但今上仍決定不罷燈會。登上宣德門後，他一顧左右從臣，說出一個理由：「正是因為去年發生了許多不愉快的事，所以朕才想藉此佳節，與歷經苦難的萬民同樂，而並不是為滿足朕一人的遊觀之興。」

在今上眼中，公主顯然也是「歷經苦難的萬民」之一。觀燈間隙，他頻頻轉顧公主，問她可否喜歡足下這片燈火樓臺，公主總是淺笑著說喜歡，但投向火樹銀花的目光散漫無神，在長期心情鬱結之下，這兒時最喜歡的遊觀項目已激不起她多大興致。

觀燈之時，城樓下依舊有諸色藝人各進技藝，在兩名女子相撲士表演時，公主難得地傾身垂視，表示了特別的關注。

那些女相撲士還是短袖無領、袒露大片胸脯的裝束，令我想起前年上元聽阿莸和張夫人提起司馬光對這一點表示憤慨之事。如今上元百戲仍有這種表演，也不知是他當年沒有進諫還是今上聽了置之不理。

相撲結束，觀者紛紛喝彩，今上下令賜女相撲士銀絹若干，而司馬光從百官席位出列，走到今上面前，躬身長揖，一臉嚴肅地奏道：「陛下，宣德門乃國家之象魏……」

「今上有天子之尊，下有萬民之眾，后妃侍旁，命婦縱觀，而使婦人裸戲於前，殆非所以隆禮法，示四方也。」今上未待他說完便正色續道，旋即失笑，擺擺首，又對司馬光道：「卿每年都這樣說，朕都會背了。只是上元節女子相撲是傳統百戲之一，東京臣民觀此表演已成風俗，每次比試，觀者如堵，相撲士裝束百姓也已習以為常，並不覺有何不妥，卿又何必強令罷去呢？」

司馬光正色道：「子曰：『非禮勿視。』女子袒露肌膚，乃寡廉鮮恥之舉，而觀者直視，有違聖人明訓，實屬無禮。大宋受命於天，太祖、太宗常告誡臣下，天下之禍生於無禮也。無禮，則壞法度、敗風俗，久之天下蕩然，臣民莫知禮義為何物，勢必天下大亂，世祚不永，敗亡相屬，生民塗炭。今若不禁這女子裸戲，國中淫靡之風日盛，恐將招致惡果，陛下不可不防呀！」

今上做出認真傾聽的姿勢，但表情卻是漫不經心的。待司馬光說完，他微笑著，給了司馬光一個並不明確的答覆：「卿的意思，朕已明白。請卿先回列繼續欣賞百戲，此事我們來日再議。」

司馬光卻不肯就此甘休，又上前兩步，提高聲調對今上道：「陛下，此事已拖兩年，豈可再次延而不決？陛下決策，當以事理為先，不為非禮，不為非義，宣布善化，銷鑠惡俗，如此才能長治久安，使天下臣服，萬民歸心。」一語及此，他整裝再拜，跪倒在今上面前。「臣斗膽，懇請陛下即刻下旨，頒發法令，嚴加禁約，使今後婦人不得於街市以此聚眾為戲。」

今上不悅，微微蹙眉，但一時也未出言回絕。司馬光等待片刻後又再次伏拜，以響徹城樓殿閣的聲音重申了自己的請求。

今上仍不語，其餘眾人也不敢開口，在這微妙的氣氛下，連教坊樂工也停止了奏樂，宣德樓上鴉雀無聲，只有樓下庶民的遊樂嬉鬧聲還在連綿不斷地傳來。

忽然，公主朝司馬光的方向移動幾步，隔著一重珠簾，她對跪在地上的司馬光說了話：「司馬學士，你勸諫之時常提祖宗家法，想必對太祖、太宗皇帝的教誨都是很信服的了。」

她這一插言，四座之人均轉首看公主。宮眷在簾後直接與臣子對話是不符禮制的事，何況又是目前常有異動的公主在問屢次指責她的司馬光。

今上揮揮手背，示意公主退後，但公主並未從命，目光仍然定定地落在司馬光身上。今上猶豫，但終於沒有阻止。

司馬光亦很驚訝，側首望向公主所處方位，疑惑地凝視那珠簾後隱約的身影須臾，他還是回應了：「當然，太祖、太宗睿智神武，躬勤萬機，人主英明，群臣懾服。」

公主又道：「既如此，對婦人相撲一事，太宗皇帝已有明訓，司馬學士為何卻又不理？」

司馬光愕然：「太宗皇帝何曾論及婦人相撲？」

公主從容答道：「當年太宗皇帝上元觀燈，馮拯亦曾說女子露乳有傷風化，請他對女子相撲下禁令。太宗皇帝便問馮拯：『適才那兩位女子比試，最後是誰取勝？』馮拯答不上來，太宗皇帝便笑了：『今日我看了一場精采的相撲比賽，而卿看到的卻只是裸戲女子露出的雙乳。』現在我也想問司馬學士，剛才那兩位相撲士中，最後獲勝的是哪位？」

司馬光思索著，卻未能說出答案，周遭開始有壓抑過的嗤笑聲陸續發出，令這位不久前還振振有辭的學士略顯尷尬。

公主微微一笑，繼續說：「太宗皇帝又對馮拯說：『所見即所思。心性無染，本身圓成，只要保持清淨心性，那麼那些虛幻皮相又豈會引起淫邪之念？卿憂心至此，是把天下萬民全看作淫邪小人了。』如今司馬學士力求禁絕婦人相撲，莫不是也對大宋臣民全沒信心，抑或是質疑今上對子民的教化成效？」

這不是容易正面回答的問題。司馬光語塞，好一會兒才又說話，卻也並非反駁公主，而是問：「太宗皇帝此事，可有明文記載？」

「自然有。」公主即刻應道：「就在《太宗實錄》裡，司馬學士難道沒有見過嗎？」

司馬光誠實地回答：「我看過《太宗實錄》，但不記得有此事。」

公主一哂：「那學士就回去查查《太宗實錄》吧。」

司馬光默然，少頃，他轉朝今上，伏拜告退。今上頗有喜色，頷首答應，在司馬光站起時，也許是出於對士大夫的尊重，他多說了一句：「小女無狀，還望卿勿以為意。」

這讓司馬光立即意識到公主的身分，他步履一滯，又恢復了此前精神，目光炯炯地朝公主方向刺去。今上微驚，忙又連聲促他歸位。司馬光佇立片刻，最終選擇了隱忍，驀地轉身，闊步回到從臣之列。

公主的表現贏得了珠簾後的宮眷一致讚揚。她最近情緒失常，面對李瑋時狀若癲狂，宮中甚至有謠傳說她瘋了；而今日她對司馬光說話，聲音聽起來雖顯虛弱，但所言內容卻條理清晰，能看出她思維縝密，與前些日子判若兩人。

宮眷們紛紛上前誇讚公主出言擊退司馬光之事，皇后亦對她微笑，但也不忘問她：「剛才徽柔說太宗與馮拯一事《太宗實錄》上有記載，卻不知是在哪一卷？」

公主擺手笑道：「這事是我杜撰來騙司馬光的。《太宗實錄》有成百上千卷，等他回去慢慢翻完，這年早就過了，咱們該看的相撲也都看完了。」

公主如今體弱，待不到百戲演畢已體乏無力，拜別父母後便先行下樓，回宮安歇。我一路跟隨，走至樓下，忽見有一著釵冠霞帔的外命婦快步趨近，在她身後輕輕喚了聲：「公主。」

公主訝然轉身，打量著喚她的人。

那女子很年輕，冠上有花釵七株，身穿七等翟衣，看起來應是三品官的夫人。她在簷下花燈的陸離光影裡對我們友好地笑著，彷彿遇見了久違的故人。

而我們也很快認出了她——馮京的夫人富若竹。她看我們的眼神帶有朋友般的熱度，必然已經確定了我們就是當年在白礬樓中結識的人。

「富姊姊。」公主微笑著，沒有被若竹的突然接近嚇到，也沒有要避忌的意思，很坦然地這樣與她打招呼，等於是向她承認了自己的身分。

若竹很高興，興匆匆地向前兩步挨近公主，對公主說：「公主請恕若竹冒昧……我只是想告訴公主，我也喜歡看女子相撲。」

她是三品命婦，席位離宮眷不是太遠，可能此前窺見公主身影，又聽見她對司馬光說的話，聲音與印象中相符，故此敢前來相認。

聽了她的話，公主不由得解頤，與她相視而笑。而若竹旋即把一塊白色絲巾遞到公主手中，低聲道：「我那司馬姊夫是塊頑固不化的愚木頭，我從小就想捉弄他，可是一直都沒機會。不過我知道他年輕時填過一闋詞，現在說出來簡直沒人相信是他寫的，他如今也很後悔，一聽別人提這詞就又惱又羞，恨不得找個地縫鑽進去。公主不妨記下來，下次他再說什麼禮啊義啊那些悶死人的大道理，公主就拿這詞去羞他！」

我與公主之事早已成為士大夫之間流傳的話題，司馬光對我們的指責若竹肯定亦有所聞。從她最後一句話裡我感覺到別樣意味，於是移目看了看她，而若竹也於彼時抬頭，我們視線相觸，她對我淡淡笑開，柔和的目光毫不掩飾地向我表達著她的理解和同情。

此時的公主在展開看若竹給她的絲巾，我目光越過公主肩頭望去，見上面寫著一闋〈西江月〉，字跡殷紅，散發著薔薇花瓣般的清香，應是若竹臨時用隨身攜帶的胭脂膏子寫的：「寶髻鬆鬆挽就，鉛華淡淡妝成。青煙翠霧罩輕盈，飛絮游絲無定。相見爭如不見，多情何似無情。笙歌散後酒初醒，深院月斜人靜。」

【陸】卮酒

公主那樣反擊司馬光，在旁人看來固然是痛快，卻不能說是一個明智的行為。等司馬光查閱完《太宗實錄》，他對公主的不良印象勢必會得到新的補充：目無君上，無所畏憚。一個女子擅自杜撰君父祖先言行，對重孝義講禮法的他來說絕對是無法容忍的。

我多次勸公主不要再與司馬光針鋒相對，更不能拿出若竹給她的詞來刺激他，公主不置可否，但那詞被她收了起來，沒有多看。上元之後她精神一直欠佳，又不想回公主宅，苗賢妃便請今上留她在宮中住了下來。在宮中她也只是終日病懨懨地躺著，話很少，在一月以內，她沒有再提起跟司馬光有關的話題。

今上也沒再向我們透露任何言官的諫言，但我猜司馬光等人一定就公主的言行跟今上提出了新的意見。因為我每次見到今上時，他的神情都很沉鬱，看公主的眼神是憂心忡忡的，那模樣簡直可用愁苦來形容。

他愁眉不展，還有另一原因，也是司馬光等言官頻頻上疏要他考慮的事——立儲。三年之內連生五位公主對他應是不小的打擊。嘉祐六年，宰相富弼因丁母憂而辭官免職，臨行前他上表今上，意指天不眷顧今上，以致其無子為嗣，力勸他選宗室為儲，說「陛下昔誕育豫王，若天意與陛下，則今已成立矣。近聞一年中誕四公主，若天意與陛下，則其中有皇子也。上天之意如是矣，陛下合當悟之。」

今上雖然仍堅持不立儲，但如今年事既高，他對求子一事看起來也不甚熱心了，平日除了找皇后與苗賢妃敘話，便是與秋和相守一處。秋和病痛纏身，早已骨瘦如柴，不復昔日玉容。據她閣中侍女向苗賢妃透露，今上也未必是要她侍寢，大多時候只是與她默默相對，或在她身邊閉目安歇。

今上的愁苦也影響到秋和。有次我去探望她，見她啼眼未晞，分明剛剛哭過。見我入內，她立即含笑以迎，刻意掩飾剛才的淚痕。我們閒談時，十一公主午睡醒來，開始哭泣，秋和忙去哄她，我趁此時詢問閣中提舉官趙繼寵秋和落淚的原因。趙繼寵說，今日今上上早朝回來，先在秋和這裡坐了坐，卻也不說話，怔怔地出了半天神。秋和很小心地問他為何不樂，他看著她，長長地嘆了口氣，說：「秋和，為什麼咱們生的不是兒子？」

我立即理解了秋和的感受。今上那樣說或許只是單純地感嘆命運不濟，但秋和必會因此自責，再添一心結，往後的日子更是憂多於喜了。

「懷吉，我有一個好消息要告訴你。」秋和抱著十一公主回到我面前坐下，微笑道：「我擔心官家聽從言官建議，又把你和公主分開，昨天就跟他說起這事，然後他向我承諾，這一次，言官左右不了他，他絕對不會再把你逐出京城了。」

我沒有特別驚喜，只是由衷地向秋和道謝。為我與公主的事，她不知又花了多少心思，費了多少口舌去勸說今上。

「你不高興嗎？」秋和覺得我神情有異，漸漸斂去笑容，但很快又向我呈出帶點兒鼓勵意味的愉悅之色。「別擔心，沒事了，以後你們會過著平安喜樂的生活，沒人能分開你們。」

我亦朝她笑了笑，表示接受她善意的祝福，卻沒告訴她，在這個我們無法逃離的空間裡，我們的生活不會再有平安喜樂，只有或長或短，暫時的安寧——和她一樣。

長居宮中一月，令公主漸漸習慣了這刻意尋求的單身生活，也刻意忘卻了她還有個宮外的丈夫，所以，當李瑋來接她回去時，彷彿往日的恐懼又襲上心頭，她發出了一聲驚叫，一壁後退一壁讓周圍的人把李瑋趕出去。

苗賢妃忙讓王務滋把李瑋請出閣去。翌日，在升平樓上的家宴中，今上向公主提起李瑋的來意：「都尉是說，過兩日便是花朝節，他那園子中春花都開了，添了些京中少有的品種，想來比別處的好，公主一向喜歡奇花異草，不妨回去看看……他現在就在樓下，妳若答應，我便讓他上來，你們說說話，今晚讓他在宮中安歇，明日你們一同回去……」

公主一言不發地霍然站起，逕自衝向樓閣中的朱漆柱子，一頭撞在柱上。

事發突然，沒有人能及時拉住她。好在那是木柱，不像石柱那樣堅硬，而公主體弱力乏，撞擊的力道不足以致命，饒是如此，她仍被撞得額裂血湧，立時暈倒在地。

當公主在苗賢妃閣中醒來時，首先看到的人除了我和苗賢妃，還有她的父親。而李瑋，在她撞柱之後，已被悲痛不已的苗賢妃怒斥著趕出宮去了。

公主睜開眼，在迷迷糊糊地看看周遭環境後，她對今上說了第一句話：「我不要見他。」

今上引袖拭了拭眼角，黯然問她：「爹爹為妳安排的這樁婚事，真的讓妳這樣痛苦嗎？」

公主飄浮的眼波在今上的臉上流連，尋找著他的眼睛，半晌後，她徐徐對今上說：「我可以奉旨嫁他，卻無法奉旨愛他。」

她在今上凝滯的目光下艱難地轉首向內，闔上的雙眼中有淚珠滴落。「對不起，爹爹。」

今上無言起身，拖著沉重的步伐離開了女兒的病房。

公主有發熱現象，我與苗賢妃不敢擅離，一直守在公主身邊。夜間苗賢妃就睡在公主房中，而我則坐在隔壁廳中閉目小寐。午夜過後公主忽然驚醒，哭喊著叫「姊姊」和「懷吉」。我們立即趕到她床前，苗賢妃一把摟住她，輕拍著她連聲安撫，公主才漸漸安靜下來。

「姊姊，我還是在宮中嗎？」她抽泣著問母親。

苗賢妃給了她肯定的答案，她依偎著苗賢妃，開始訴說剛才的夢境：「我好像看見李瑋又進來了……他掀開我的被子，那雙噁心的手在我身上遊走……」

未能說下去，她已泣不成聲。苗賢妃緊擁著她，又是連聲勸慰，但自己的眼淚也忍不住撲簌簌地落了下來。

公主哭了一會兒，又淒聲道：「我不要再跟他在一起……哪怕只是想到他張著嘴喘著氣觸摸我身體的樣子，我就已經恨不得馬上死去！」

「不會的！」苗賢妃的下頷從女兒肩頭抬起，臉龐轉朝光源方向，一雙淚眼中有兩簇冰冷的火焰在隨著燭光跳躍。「姊姊就算拚卻這條性命也要保護妳，不會再給那孽障欺負妳的機會。」

在公主臥病期間，苗賢妃開始了拯救她的計畫。先是哭求今上對公主與李瑋賜予離絕，讓公主另適他人，但愁白了頭髮的今上只是咳聲嘆氣：「國朝開國以來，公主都是從一而終，從未有過離絕夫婿再改嫁的。」

苗賢妃與她的好姊妹俞充儀商議，俞充儀的想法跟她差不多。「自公主受傷後，官家的態度明顯有所鬆動，並沒有一味袒護李瑋。現在他應是怕無故賜予離絕會落人口實，讓言官又嚼舌根，但若是駙馬有過，這離絕一事他也就有理由拿去跟言官說了。」

她們反覆細問我和王務滋，李瑋平時可有錯處，我沒有說李瑋一句壞話，而王務滋也表示李瑋一向謹慎，根本無把柄可抓——而諸如闖入公主閨閣這種事是不能當作罪證告訴言官的。

隨後兩日，苗、俞二位娘子還是頻頻與王務滋商量公主的事，想尋求一個解決問題的辦法，而我沒有再參加她們的討論，只是終日陪著公主。

在看不見明天的情況下，我只能把握住今天。看著公主昏睡的模樣，我經常會想，不知道第二天太陽升起的時候，我還在不在她身邊。

花朝節那天，二位娘子午後與王務滋密議一番，然後前往福寧殿見今上，許久都未歸來。我服侍公主進膳服藥，又看著她閉目睡去，才離開她的房間，走到閣門外眺望福寧殿方向，猜想著二位娘子可能向今上提出的建議。

後來福寧殿中有人過來，卻不是苗賢妃或俞充儀，而是隨侍今上的都知鄧保吉。

「公主呢？」他行色匆匆，一見我便這樣問，語氣中有一種非同尋常的焦慮。

「公主服藥後在閣中歇息。」我回答，旋即問他：「都知有事要見公主？」

他有些猶豫，但還是很快告訴了我此中緣故：「今日苗娘子與俞娘子去見官家，對官家說，公主與駙馬決裂如此，是絕無可能和好了，再讓公主與駙馬共處同一屋簷下，她一定會再次尋死，而國朝公主又無與夫婿離異的先例，要讓公主擺脫眼下狀況，便只能讓李瑋消失了。」

我一驚：「她們是什麼意思？」

鄧保吉嘆道：「官家也是你這樣的反應。然後王務滋上前，說：『只要官家下旨，務滋可用卮酒了結此事。』」

他指的是賜毒酒給李瑋，再對外宣稱李瑋暴病而亡。這是歷代宮廷屢見不鮮的一種殺人手段。

「官家沒有答應吧？」我問鄧保吉，想起他剛才焦慮的表情，我其實對這點並無把握。

鄧保吉說：「官家瞪了王務滋半天，但沒有立即表態。苗娘子便向官家跪拜，聲淚俱下地要他在公主和李瑋之間選擇，看是要誰活下去。俞娘子也隨她跪下懇求，還說起許多公主小時候的事，描述公主那時天真活潑的模樣，聽得官家眼圈都紅了。最後他長嘆一聲，也不說什麼，朝著柔儀殿的方向去了，大概是去找皇后商議。兩位娘子也跟著趕去，現在他們正在柔儀殿，也不知有了抉擇沒有。」

我明白了他此行的目的。「所以都知來找公主，是想請她前去阻止，救下駙馬？」

鄧保吉點點頭。「我思前想後，覺得皇后不會認為駙馬可殺，但若兩位娘子執意請旨，官家首肯，皇后難以勸說，那便只有公主能讓他們回心轉意了……駙馬是老實人，雖然木訥了點兒，不討公主喜歡，但人是挺好的，若因此便丟了性命，那也太冤了！」

我相信公主會如鄧保吉猜想的那樣，雖然厭惡李瑋，但不會認為其罪當誅，如果知道父母因為她的緣故對李瑋起了殺心，應該會阻止他們的——但那是在公主清醒和有判斷力的情況下。而今她頭部受了重創，高熱之下正在昏昏沉沉地睡著，就算即刻喚醒她，我也不敢保證她能立即明白現在的狀況而趕去救李瑋。

我迅速做了決定，快步朝柔儀殿趕去，希望可以盡我所能，勸說他們放棄這個殘酷的方案。但我還未到柔儀殿門前，便已遠遠望見苗賢妃與俞充儀相繼出來，而王務滋並不在她們身後。

我心下一凜，僵立在原地。苗賢妃看見我，很是詫異，走到我身邊開口問：「懷吉，你來這裡做什麼？」

我勉強笑笑，沒有回答這個問題，卻反問她：「王先生去哪裡了？」

「他去李駙馬園。」苗賢妃面無表情地回答：「今日是花朝節，按例官家是要向宗室戚里賜酒的……」

我沒有聽她說完，轉身闊步朝宮門方向奔去。

【柒】心意

我見到李瑋時，崔白跟他在一起。

園中翠蔭蓊鬱，花滿香徑，方几、石案置於錦石橋邊，案上陳有古器瑤琴、書畫數卷，鈿花木椅邊爐煙嫋嫋，又有幅巾青衣的崔白處於其間，儼然是一副文人墨客雅集景象，想必是李瑋藉佳節之機請崔白前來賞花切磋的。

韻果兒與嘉慶子分別立於他們之側，而出現在這幅畫面中的還有攜御酒而來的王務滋及數名內臣。

一位小黃門端著注子酒盞已送至李瑋面前，而他行禮之後含笑托起酒盞，還在說謝恩的話。

我快步過去，目視酒盞，揚聲道：「都尉，不可！」

他一愣，托酒盞的手便低了低。

王務滋看見我，眉頭皺了起來。「懷吉！」

我未理睬，走到李瑋身邊，明確地告訴他：「這酒不能飲。」

李瑋愕然下顧，凝視盞中玉液，面色一點點黯了下去。

王務滋頓時大有慍色，瞪著我斥道：「懷吉，你胡說什麼！這是官家和皇后特賜都尉的御酒，他焉能不飲？」

然後，他又對李瑋微笑欠身。「都尉，這第一盞還請現在飲了，讓老奴可以及時回宮交差。」

李瑋看看他，又看看御酒，一時未答。而旁觀的韻果兒已看出端倪，焦急地插言阻止：「都尉，這酒萬萬不能喝！」

嘉慶子與崔白相視一眼，一定也明白了此中異處，雙雙上前喚李瑋，對他搖了搖頭。

李瑋對他們的呼喚與暗示沒有太大反應，還是垂目看酒盞。那散發著濃郁甘香的酒液在金色日光下微微漾著波光，使我留意到那是李瑋的手在輕顫。

須臾，他托起酒盞，有引向脣邊的意思，我不及多想，立即揮袖拂落酒盞。酒盞墜地，應聲碎裂，酒水四濺。王務滋大怒，指示左右要將我押下，李瑋卻在此時對他躬身長揖，道：「我有幾句話要跟梁先生說，還望王先生通融。」

他的姿態這般謙恭，王務滋自然不好拒絕，遂點了點頭。

李瑋轉而顧我，和言示意我跟他走：「懷吉，來。」

我沒有忽略他對我稱呼的變化。以前他都是稱我「梁先生」，跟公主宅中的內臣、侍女一樣，在他身分高於我的情況下，這樣的稱呼聽起來客氣而疏遠。喚我的名字，這是多年來的第一次。

他引我到石案邊，選出一卷畫軸雙手呈給我，道：「煩勞懷吉將這幅畫轉交給公主。」

我接過，展開看了看。那是一幅絹本水墨畫，畫的是一所竹林掩映的重門深院，門前芳草如茵，院後小徑蜿蜒至雲煙深處。屋舍廳中畫屏之前坐著一位身姿綽約的美人，身後有侍女在為她理妝，而美人旁邊另有一位寬袍緩帶、體態微豐的男子，以閒適自然的姿勢坐著，正面朝美人，含笑打量著她。

竹枝高直剛勁，而雙鉤竹葉卻描繪得極細緻，千簇萬叢，各盡其態，這是李瑋墨竹的特點，這畫顯然出自他筆下。院落他是照著園中公主居處畫的，畫中人物身形也與公主、韻果兒及他自己的特徵相符，但這樣的畫面在他們婚姻生活中從來未出現過，應是他平日心裡憧憬的情景。

他是個沉默而不善與人交流的人，作畫時也經常把自己鎖在房中，不許人入內旁觀。他的作品讓我見到的都不多，也許是怕我察覺出他流傳於筆端的心意。但這一次，他卻藉這個方式，向我公開了多年來他獨守於心的不能言說的祕密。

「其實，她身邊的人，應該是你。」他指著畫上男子對我說：「有一天我路過公主閣，見你坐在她身邊看她理妝，就是這個樣子。」

我的目光由畫卷移至他面上，心裡有萬千感慨，卻不知該從何說起。而他此刻與我相對，神情有大異於從前的冷靜和從容，帶著一點兒友善笑意，又道：「我曾經恨過你，覺得你鳩占鵲巢，奪去了我在公主身邊和心裡應有的位置，也讓我淪為天下人的笑柄。當你離開時，我見公主那麼痛苦才意識到，她想尋覓的是與她性情生活都能契合的伴侶，你與她青梅竹馬地長大，你們彼此了解，心意相通；而對她來說，我只是個愚魯的陌生人，未獲她許可，便突兀地闖入了她的生活。」

所以他決定為我說話。想起回京之事，我黯然道：「都尉為懷吉在官家面前求情，懷吉卻一直未當面致謝，實在無禮至極。」

李瑋搖頭。「不必謝我。我那時不是為了幫你，而是不想看著公主因此自尋短見。」

我說：「當時物議喧譁，無論如何，都尉能做此決定極為不易，懷吉所承的情，豈是一個謝字可以相抵。」

「我知道請你回來我會顏面盡失，但是，我的顏面跟公主的生命比起來是微不足道的。」李瑋道，隨後，又苦澀地笑笑。「可惜，我還是沒有自知之明，總是心存僥倖，以為我們婚姻的困境可以用時間和我的努力來改變……我嘗試一切辦法，自己想到的和別人建議的都去嘗試，即便面對她一次又一次的冷眼黑面，我也還是不死心。後來，我都不明白自己在堅持什麼，而結果也是一次比一次糟，到如今，又害慘了她。」

我很難找到合適的言辭，也怕一說就錯，因此只是保持緘默，傾聽他的訴說。

「跟你比起來，我是慚愧的，無論是對書畫還是對她。」他喟然長嘆：「欣賞、珍視而不時刻想著如何擁有，這才是愛人愛物的真諦吧。」

助我把畫軸捲好，他鄭重地把畫交到我手中，以最後的囑咐結束了這番懇談。「請把畫交給公主，告訴她，如果來生有緣再見，希望我不再是陡然撞入她領域的陌生人。」

然後，他邁步走到兀自端著注子侍立著的小黃門面前，提起注子揭開壺蓋，揚手仰面，決然飲下了其中剩餘的酒。

【捌】正家

韻果兒一聲驚呼，撲到李瑋面前想奪去他手中的注子，但待她奪下時，酒早已被李瑋飲盡。李瑋引袖拭去適才潑濺到臉上的些許酒水，長長吐了口氣，如釋重負的樣子，然後便木然站著，目光漫無目的地投向天際雲深處，任旁邊人怎麼呼喚都無反應。

韻果兒虛脫般地跪倒在他身邊，嘉慶子忙上前扶她，她便雙手擁著嘉慶子放聲痛哭。嘉慶子安慰著她，但自己也忍不住落下了淚，其餘家奴、婢女看見也都紛紛跪下，掩面哀泣。

崔白隨我過去攙扶李瑋，關切地喚他，見他不答，也不免眼角溼潤，面露憂戚之色。

楊氏有恙在身，此前大概是在自己房中歇息，這時園中哭聲震天，驚動了她，她拄著拐杖踉踉蹌蹌地出來，抓住個侍女問了問，知道李瑋飲了王務滋帶來的御酒，立即明白此中原因，頓時老淚縱橫，先是抱著李瑋喚了幾聲「我的兒呀」，旋即又勃然大怒，操起拐杖就去打王務滋，哭喊：「你們殺了我兒，老娘跟你們拚了！」

小黃門們忙七手八腳地拉住她，她掙扎著，又是哭又是罵，王務滋後退兩步，穩住剛才躲避她杖擊時碰歪的襆頭，這才冷冷笑了。

「哭什麼！」他環顧眾人，揚聲道：「這酒沒毒！」

聽者驚愕，哭聲稍止。王務滋又繼續道：「都尉喝下的是皇后親手釀的美酒，名叫『瀛玉』，何曾有半點兒鴆毒！」然後，他緩步踱到李瑋面前，含笑道：「都尉，這酒味道不錯吧？皇后的酒輕易不給旁人的，連官家去討她都未必給呢。」

李瑋怔怔地看著他，少頃，深呼吸兩、三次，大概是沒覺出體內有異狀，於是側首對楊氏和韻果兒說：「我沒事。」

楊氏拉著他左右端詳，確認他並無不妥，這才放下心來，雙手合十，拜謝上蒼。韻果兒也破涕為笑，拖著嘉慶子的手赧然退到李瑋身後去。崔白看著李瑋，也釋然笑了。

李瑋回過神來，立即朝王務滋作揖，說適才母親對他多有冒犯，請他諒解。而王務滋不置可否地笑笑，未多加理睬，轉身喚我：「懷吉，我們走。」

回宮路上，他狠狠責備了我的莽撞行為，追問我為何懷疑酒中有毒。我自然不會供出鄧保吉，只說他與兩位娘子在閣中商議時我無意聽到一、二句。

他嘆道：「你既已聽見，我也不瞞你了。本來苗娘子確實是想請官家賜駙馬鴆酒的，但官家難以決定，便去與皇后商量。皇后聽了說：『陛下當年是念章懿太后顧復之恩，覺得無從相報，才想到榮寵舅家，讓李瑋尚公主，如今卻又為何會起這樣的念頭？若殺了李瑋，將來朝廟謁陵，如何面對章懿太后在天之靈？』」

「任守忠當時在帝后身邊，也插嘴說：『皇后之言確有道理。何況，若駙馬暴病而亡，只怕世人皆會生疑，言官們也會鬧得更厲害了。』官家聽後便放棄了賜鴆酒的想法，皇后隨即命人取來瀛玉酒，讓我帶去賜給駙馬，並對他多加撫慰，讓他耐心等公主回去。我帶了酒去，正跟駙馬說著話呢，你就慌慌張張地跑來了……」

回到宮中後，我與王務滋把此事經過告訴了帝后及苗賢妃，我也把李瑋讓我轉呈公主的畫給他們看了，今上甚感慨，面有愧色；皇后沉吟不語，而苗賢妃提起李瑋時那種憤懣表情也消退了許多，凝視著李瑋的畫，只是搖頭連聲嘆道：「唉，冤孽，真是冤孽……」

公主景況仍不佳，清醒的時候很少，我也不敢立即呈畫給她看，怕她又有激烈反應，便暫時把畫收起來，想等合適的時機再交給她。

我本以為我會受到處罰，因擅作主張跑去駙馬園報訊之事，但結果跟我想的大不一樣。

翌日，都知鄧保吉和任守忠雙雙前來向我報喜，說今上剛才傳宣他們及入內內侍省押班，告訴他們已罷去王務滋勾當公主宅之職，將讓我隨公主回公主宅，依舊做勾當內臣，命他們安排好一切相關事務。

按慣例我該入福寧殿謝恩，但我入內後是向今上請辭，說我是受到過貶逐的罪臣，不應當再任此要職，還是讓王先生留下吧。

今上擺首，道：「王務滋行事狠辣，不擇手段，險些陷我於不義，讓他留在公主宅，他勢必會繼續挑撥離間，生出更多事端。而你之前雖犯過錯，但好在一直保有一顆純良的心，在如今這般狀況下都還知道顧惜駙馬性命，所以，我願意相信你，相信你以後在守護公主的同時，也會尊重駙馬，並兩廂勸解，促使他們夫婦言歸於好……」頓了頓，他加重語氣問我：「你會不負我囑託的，是嗎？」

我緘默不語，良久，才叩首伏拜。「臣領旨……」

謝恩的話尚未說出，殿外忽傳來一陣輕微的喧囂聲，似有人在爭論些什麼。我與今上都舉目朝殿外望去，見一內侍匆匆趕來，對今上稟道：「同知諫院司馬光在外請求官家賜對。」

今上蹙眉不悅。「跟他說，早朝已罷，諫官非時不得入對，有事等明日殿上再議。」

內侍道：「臣已說過，但他不肯離去，堅持說此事不能拖，一定要今日面君進言。」

今上問：「他將議何事？」

內侍偷眼看了看我，輕聲道：「他說，是官家讓梁先生回兗國公主宅，依舊勾當的事。」

內侍話音未落，便聽司馬光在殿外高聲道：「臣司馬光有要事面君，懇請皇帝陛下賜對！」稍待須臾，不見今上答覆，他又再重複，反覆說的都是這句。

今上撫額，似頭痛不已。司馬光繼續不停歇地請求，一聲高過一聲。終於，今上朝我指指一側帷幔，示意我迴避到其後，然後對內侍說：「宣他進來。」

司馬光闊步入內，行禮如儀，然後開門見山地提起了我的事：「臣先曾上言，說前兗國公主宅勾當內臣梁懷吉過惡至大，乞不召還，但未蒙陛下允納。不想今日臣等竟然聽說陛下傳宣入內內侍省都知及押班，令梁懷吉赴公主宅，依舊勾當。消息傳出，外議喧譁，無不駭異。」

今上苦笑道：「你們倒似長了順風耳，消息十分靈通。」

司馬光躬身道：「關心陛下家國之事，是臣等本分，臣等不敢懈怠。」

高舉朝笏，他開始引經據典地勸說今上：「臣聽說，太宗皇帝時，做兗王宮翊善的是姚坦，但凡兗王有過失，姚坦必進諫言，請兗王改正。兗王及左右侍從因此都很忌憚他。後來，那些侍從教唆兗王謊稱有疾，踰月不朝見君父。太宗很擔憂，便召兗王乳母入宮，問兗王起居狀。乳母說：『大王本來沒病，只是姚坦管束太嚴，大王舉動不得自由，所以鬱鬱成疾。』」

「太宗聽後大怒，說：『朕選端士為兗王僚屬，是欲教他為善。而今他既不能納用規諫，又詐疾欲朕逐去正人義士以求自便，朕豈能縱容他！兗王年少，想不出這種詭計，一定是你們教他的。』於是太宗命人把兗王乳母拖到後園打了數十杖，又召來姚坦，好言慰勉。」

「太宗如此做，難道是不愛其子嗎？正是因為愛重其子，才要嚴厲待他，納之於善。若縱其所欲，不忍譴責，其實無異於害了他。如今兗國公主受內臣離間，與駙馬不諧，陛下宜效法太宗，訓導公主，嚴懲罪臣，方能使公主自知悔悟，安諧其家。」

今上道：「兗王是太宗之子，若行為不端，可能妨礙國家社稷，自然應當嚴加訓導。而公主雖是朕之愛女，卻也不過是一介女流，縱有過失，亦不過是小女兒心性所至，不算什麼大事，朕私下自會加以規誡。卿以親王之事作比，未免失當。」

「無論親王、公主，皆為天子之子，一舉一動都為天下人矚目，他們的行為將來都是要寫進國史，為後人觀瞻的！」司馬光反駁道，很快的，他又想起了另一個例子。

「齊國獻穆大長公主，是太宗皇帝之女，真宗皇帝之妹，陛下之姑，於天下可謂至貴矣。然而獻穆公主仁孝謙恭，有如寒族，奉駙馬李氏宗親也備盡婦道，愛重其夫，無妒忌之行。至今天下人提起有婦德者，莫不以獻穆公主為首。獻穆公主不會不知其身之貴，卻貴而不驕，所以能保其福祿，其賢名亦可流傳千古。」

「臣竊以為，陛下教導公主，宜以太宗皇帝為法；公主事夫以禮，宜以獻穆公主為法。如此，陛下良好家風必將流於四方，而陛下與公主之美譽亦會傳於後世。而今陛下曲徇公主之意，不以禮法約束，以致其無所畏憚，觸情任性，甚至動輒以性命要脅君父，又憎賤其夫，不執婦道。若陛下一味縱容，將何以在國中推行仁孝禮義之風，做後世表率？」

他慷慨激昂地說完這一番話，今上仍默然不語，於是司馬光上前數步，在今上近處下拜，又嚴肅地提出了自己的請求：「國君與尋常人不同，行事將為天下典範，故家道尚嚴，不可專用恩治。臣伏望陛下斥逐梁懷吉，讓他復歸以前貶竄之處。若公主左右之人欲使陛下召還梁懷吉，那便是想教導公主為不善，也應悉數治罪，全放逐出去，而別擇柔和謹慎者以補其缺。」

今上仍以一貫拖延的客套話應之：「卿的意思，朕已很明白了，所言之事，朕必會三思。卿請先回去，我們明日殿上再議。」

司馬光卻並不鬆口，秉笏再拜，一定要今上立即做決定。「陛下，臣聞重新任命梁懷吉做公主宅勾當內臣，是今日的事。陛下若肯納臣忠諫，應趁此刻敕令未發之際，召回入內內侍省都知和押班，收回任命的口諭，否則聖旨一旦頒布，勢必激起朝廷內外更多議論，屆時朝堂之上免不了又是一場廷諍，豈非小題大做？」

今上不懌，語氣帶了幾分火氣：「為朕家中這點兒小事就上殿廷諍？」

司馬光朗聲道：「天子之家無小事，家事即國事。陛下若不能正家，將何以治國平天下？」

這話說得今上無言以對，司馬光又放緩語調，繼續勸道：「陛下應當機立斷，若明日上殿議此事，大庭廣眾之下，言者論及公主細行便不好了。」

這確實是個會令今上有所顧忌的情況。他為此思量許久，終於無奈地向司馬光妥協，喚內侍召來入內內侍省都知和押班，宣布復我為兗國公主宅勾當內臣之事還須斟酌，暫且押下。

司馬光聞言當即下拜，稱「陛下英明」，旋即又說出了這日最後的諫言：「還望陛下戒敕公主，以法者天下之公器，公主屢違詔命，不遵規矩，雖其為天子之子，陛下亦不可偏私。陛下應嚴加規誡，令其率循善道。如此方能使公主永保福祿，不失善名。不然，人言可畏，國家尊嚴、公主清譽，必將毀於一旦。」

第十四章

長煙落日孤城閉

今上與我一樣，能感覺到司馬光阻止我復職之事只是第一步，他肯定會繼續請求今上再次將我逐出京城。為此今上在儀鳳閣中與苗賢妃私語許久，大概與她商量如何將我調離公主身邊，但最後苗賢妃非常反對，驀地站起淒聲道：「不能再讓懷吉離開了！現在的他就像是公主的麻藥，有他在，公主還能有些安靜的時候；如果他不在了，公主會痛死的呀！」

或許今上也認同這個觀點，他沉默下來，不再提此事。

苗賢妃又憤憤道：「那司馬光真是個刺兒頭，老盯著公主的事不放，步步緊逼，簡直讓人氣都喘不過來。官家不如把他外放，越遠越好，省得他又再生事端害了咱們女兒！」

今上長嘆：「司馬光忠良正直、德行無虧，哪裡尋得出一絲錯處！無故將他外放，勢必朝野譁然，會掀起更大的風波。」

苗賢妃泫然道：「那官家日後處理公主的事，仍須處處看他的臉色嗎？」

今上想想，道：「我把他調離諫院吧。不在其位，他的話也許會少一點兒。」

於是，他下旨將司馬光升為知制誥。知制誥與翰林學士統稱「兩制」，分管外制、內制，為皇帝草擬詔令，職位清貴，又易於向上晉升，館閣之士莫不以致身兩制為榮。而且，僅從俸祿上看，知制誥的錢糧也比諫官多得多，因此，世人都以為司馬光會欣然接受任命，卻不料司馬光接連上表推辭，稱自己才疏學淺、文采不足，不能勝任詞臣之職，懇請今上留他在諫院，讓他繼續做言官。

起初今上還道司馬光這是升職前的例行謙辭，不改旨意，促他上任；而司馬光居然又連續五、六次上表，態度堅決，反覆重申詔令文章非其所長，不敢領旨。最後今上把他那厚厚一疊辭呈給苗賢妃看，兩人面面相覷，無計可施。

今上終日愁眉不展，只有在清醒時的公主面前才會露出一點兒溫柔的微笑。他凝視公主的模樣終於讓我領會到什麼是「舐犢情深」——他的目光像一隻柔軟的手，總在嘗試撫平女兒無形的傷口。

除了考慮我的事，他們也很擔心李瑋會詢問公主的歸期，他們也不知在這樣的狀況下，公主與李瑋的婚姻該如何維繫。而李瑋忽然主動提出了一個解決方案：他上疏自劾，說自己奉主不周，罪無可恕，懇請今上將他外放。

苗賢妃大喜，力勸今上允其所請，今上考慮後也答應了，宣布以駙馬都尉李瑋知衛州，其母楊氏歸李瑋兄長李璋處，兗國公主入居禁中，公主宅內臣隨其回宮，其餘諸色祗候人皆散遣之。

如此一來，公主實際便與李瑋分居了，雖未離絕，但可使公主暫時從她厭惡的婚姻中擺脫出來。

在今上做此決定之後，苗賢妃悄悄把這消息告訴了公主，公主茫然盯著苗賢妃，聽她說了好幾遍才似聽懂其中意思。斜倚衾枕，她褪色的朱脣彎出上弦月的弧度，卻意態清苦。

我能想到言官不會平靜地接受今上的決定，但他們反應之激烈在我意料外。今上讓人在殿上宣讀這個詔令之時，我原本在儀鳳閣中與公主及嘉慶子閒聊。經我建議，苗賢妃把嘉慶子召入宮來陪公主兩天。嘉慶子帶來幾卷崔白的畫和他做的一些有趣的小玩意兒，在公主面前一一鋪陳開來，請公主賞玩。其中有個錦盒她卻沒有打開，瞟了我一眼，似有顧忌，而公主逕自接了過去，略略開啟盒蓋看了看便擱在身邊，也不像是準備給我看。我想也許是女孩兒閨中物事，便沒有多問，只與她們一起欣賞別的物品。

少頃，有內侍從今上視朝的垂拱殿過來，對我道：「官家請梁先生即刻上殿。」

我不免錯愕，怎麼也未想到今上會在視朝之際宣我上殿。

公主聽見，立即很關切地問：「爹爹讓懷吉去做什麼？」

內侍踟躕道：「臣也不知……適才官家在跟一些諫官、臺官討論駙馬補外的事，那些官兒提到了梁先生，所以官家命臣來傳宣梁先生……」

公主十分不安，起身靠近我，拉緊了我的袖子。

我給她一個安慰的微笑，輕輕把衣袖從她手中抽出，和言道：「沒事的，我去去就來。」

我闊步朝外走，走到閣門處忍不住回頭，見公主跟上幾步，扶著廊柱目送我，蹙眉凝眸，意極悽惶。

我到垂拱殿時，見殿中已有多人出列，有諫官有臺官，有的站著有的跪下，都秉笏低首、神色凝重，看來進行的又是一場臺諫聯合的廷諍。而御座中的今上側首朝一旁，耳郭赤紅，雙手緊握御座扶手，手背上青筋凸現，是憤怒至極時才會有的樣子。

我進到大殿正中，未及下拜，今上已霍然回首，揮袖一指我，揚聲對眾人說：「你們好好看看，這就是你們逼朕去殺的人！從他的眼中，你們可能看出一絲奸佞邪氣？從他的身上，你們可能感知到一點兒禍國殃民的氣息？」

「陛下！」立即有人上前回應，我不必移目，只聽聲音已知他是司馬光。「忠奸豈可以外表分辨？人心之所以叵測，也因奸佞之人可能會有溫良的皮相。」

「那麼你們再仔細看他。」今上道：「所謂日久見人心。他此前曾在前省服役多年，你們多是館閣出身，或多或少會有過與他接觸的機會，近年朝會慶典，也可能見過他。請你們仔細想想，你們所見的他，可曾犯過一點兒錯？你們說他『罪惡山積，當伏重誅』，那就請你們列出他的具體罪狀，只要有切實證據，哪怕只是一樁，朕都會依照你們所說的，將他誅殺！」

群臣語塞，眼光都在我身上巡視著，但均未開口回應今上，連司馬光暫時都找不到反駁的話。須臾，有個穿綠袍、臺官模樣的人出列，秉笏躬身道：「陛下說梁懷吉無罪，但此前他又以罪貶謫至西京，若懷吉無過，豈會至此？陛下曾親自頒布放逐他的詔令，而今又稱其無罪，豈非自相矛盾？」

這話令今上難以駁斥。他斜睨著眼，開始打量面前這位三十多歲的低品階臺官，問：「你是何人？」

臺官欠身道：「臣是監察御使裡行傅堯俞。」

見今上無語，傅堯俞又道：「駙馬都尉李瑋知衛州，事出倉遽，驚駭物聽。聞者都說李瑋素行循謹，不聞有過，卻不知陛下為何忽然將他斥逐居外。而梁懷吉本以罪謫，卻又非時召還，朝廷事體，乖戾莫過於此。李瑋夫婦之事，原不為外人所知，如何處理，應由陛下父女自己決定，賤臣本不當開說，但如今駙馬無過而被譴，內臣有罪而得還，聞者驚詫之餘都在猜測其中原因。」

「臣相信公主自幼蒙陛下悉心教導，嫻雅淑慎，不會有失禮之舉，但萬口籍籍，傳相譏議，浮謗滋生，在所難免。故臣懇請陛下保全公主姻緣，不使駙馬補外。至於梁懷吉，即便不加誅殺，也應依舊放逐，如此方可清除流言，公主清譽亦不致受損。」

此言一出，即有多名言官附議，都要求留下李瑋而放逐我。今上擺首，道：「公主是朕的女兒，朕比你們中任何一人都要關心她的名節。如果懷吉真的做過有損公主清譽的事，朕會毫不猶豫地殺了他。懷吉之於公主，亦師亦友，豈如你們想的那般不堪。何況，他又是內臣……他與一卷書畫、一爐香煙並無不同，不過是公主不愉快生活中所能找到的一點兒慰藉……」

提到公主的不愉快生活，他的目光越發黯淡了，低眉凝思須臾，他又抬頭直視眾臣，說了幾句令所有人驚訝的話：「兗國公主的婚事，是朕所下的一著昏詔。朕曾經以為這是個最佳選擇，既可報答章懿太后之恩，又可讓你們都滿意，但沒想到，卻害苦了朕的女兒……既然事與願違，結果如此，那朕也只能設法彌補這個錯誤……」

他坦承自己為公主安排的婚事是昏詔已足以令人驚異，而其後竟又說如此許婚是為了「讓你們都滿意」，顯然暗指公主的婚事涉及朝廷政事，他選李瑋這樣一個在朝中全無根基的人，也是為協調朝中千絲萬縷糾纏不清的黨派利益。直言至此，難怪殿中官員都睜大了眼睛，不顧君臣禮儀，一個個都去窺看今上表情。

而最先回神應對的還是傅堯俞。在今上意欲進一步說出彌補錯誤的決定時，他截住了今上話頭：「陛下何曾有錯！陛下選李瑋尚主，完全是為了賜殊榮予舅家，以報章懿太后顧復之恩。當時天下聞之，皆爭相傳頌，無不感嘆陛下仁孝，並勸兒曹仿效，國人莫不以孝義為先，此風至今猶存，可見陛下抉擇之英明。」

「因此，陛下更應不改初衷，不使李瑋危疑，以全初寵；不使懷吉僥倖，以嚴後戒。何況，陛下幾位小女依次成長，舉動必以兗國公主為榜樣，陛下不可不在意。臣望陛下精選宮嬪，以道理磨切公主，讓她收斂性情，安於其家。如此，陛下對章懿太后之孝心增廣，而朝中坊間對公主的浮謗也將平息。」

說完，他對今上頓首再拜。「臣肺腑之言，望陛下三思；區區之心，冀陛下加察。」

【貳】幻舞

「區區之心……」今上重複著傅堯俞這話，惻然道：「那麼你們可否也體諒一下朕的心情呢？朕的女兒無意求生，朕每次上朝都會擔心，午時回到禁中，是否還能再見到她。」

他屏息坐正，抹去了聲音中的蒼涼之意，先淺笑著問傅堯俞：「卿有女兒嗎？」

傅堯俞遲疑，但還是回答了：「臣有二子，並無女兒。」

今上又轉而看司馬光。「司馬卿家呢？」

這問題令司馬光稍顯不安，有惆悵之色自他眼中一閃而過，但他旋即又肅穆如故，欠身作答：「臣無親生子女，但膝下有一族人之子為嗣。」

今上再環顧殿中所有臺諫官，徐徐道：「如果你們做過父親，就應該能設想朕如今的感受吧？兗國公主是朕的女兒，在此前十幾年的光陰中，她曾是朕唯一的骨血。她在朕眼中，遠比所謂的『掌上明珠』珍貴，江山都是身外物，何況那些如同過眼雲煙的金銀珠寶。而公主，卻與朕血脈相通，是朕生命的一部分。她受傷之時，看到她那氣息奄奄、命懸一際的模樣，朕真的很怕失去她。」

「如果她不在了，朕失去的不僅僅是一個公主，還有一段斷裂的生命。見她如此痛苦，朕也能感到摧心損肝般的疼痛，更令朕難受的是，她的痛苦是朕這個父親一手造成的……如果你們也有兒女，眼見著他們因你們的錯誤陷入困境，你們又會是何等心情？公主的餘生大概已與喜樂無緣了，所以，朕現在也懇請你們，給朕一個亡羊補牢的機會，讓朕略做補救，讓她至少得到些許安寧。」

這一席話盡顯父母之心，聽得大多數官員啞口無言，目中的銳氣也斂去不少。傅堯俞也沉默著，只是秉笏低首肅立，但與此同時，亦有另一人趨身向前，擺出了進言的架式——

司馬光。

「陛下憐惜女兒，其情可感，但臣也想請問陛下，可曾想過李國舅夫人的感受？」司馬光道，繼而慨然陳詞：「她是駙馬的母親，也有一顆父母之心。當初承蒙陛下賜婚，想必國舅夫人也滿心歡喜，期待新婦進門，早日安享兒孫之福。卻不料公主與駙馬不諧，欺侮家姑、寵信內臣，以致外議籍籍，無不怪愕。國舅夫人面對如此景況，心中悲苦可想而知。」

「如今陛下又因公主之故貶逐駙馬，使李氏母子離析，家事流落，大小憂愁，殆不聊生。這等結果，豈是陛下決意與李氏聯姻之初衷？陛下為求女兒順意，卻又可全不顧國舅夫人愛子之心，強令其骨肉分離嗎？陛下鍾愛公主，國舅夫人亦愛其子，雖上下有別、尊卑有差，但舐犢之情都是一樣的，陛下豈可以他人之痛來療公主之傷？」

「章懿太后忌日就在二月中，陛下閱太后奩中故物，再想想太后平生之居處，獨能無雨露之感、悽愴之心嗎？陛下追念章懿太后，使李瑋尚主，是欲申固姻戚，富貴其家，以報母恩。而今令李瑋母子落得如此結果，陛下面對章懿太后在天之靈，能不慚愧？再欠李氏的這一筆人情，又該如何償還？」

他確實是個擅長做言官的人，這一連串追問語氣依次遞增，輔以揚臂振袖的手勢，使他在今上面前全無頹勢，倒像個教訓學生的夫子，所說的話聽起來又句句在理，今上面露難色，垂下了眼簾，緘口不語。

略停了停，不見今上回答，司馬光又建議：「臣愚以為，陛下宜留李瑋在京師。公主宅祗候人等，未曾有過者皆可留在宅中，家具什物也都安堵不移，以待公主經陛下義理曉諭後回心轉意，率德遵禮，復歸本宅。不然，公主必無復歸李氏之志。」一語及此，他又側首看我，目中多了一分冷肅之光。「而梁懷吉，若陛下決意寬仁待之，也可饒其不死，但務必遠加竄逐，貶放於外，終其一生，不可召還。」

其餘臺諫官頻頻點頭，都請今上採納司馬光建議。傅堯俞亦附議，再對今上道：「陛下鍾愛公主是人之常情，但鍾愛不能等同於溺愛。因溺愛而容許公主不遵禮義、不守法度，終將害了公主。何況，公主恃愛薄其夫，陛下斥逐李瑋而召還隸臣，是悖禮之舉，已為四方笑，若不依司馬學士之言補救，日後陛下將何以教誨其餘幼女？」

而今上經過一番思量後鎮靜地抬起了頭，開口對眾臣說：「很抱歉，我還是不能按你們的意見去做。如果再給我的女兒這樣的打擊，她會死的。」

我察覺到他語氣的改變。今上在朝堂上自稱用「我」而不用「朕」，如果不是刻意為之，用以表達與眾臣推心置腹的態度，便是他情不自禁，用普通人的口吻說話而不自覺。

「我十五歲大婚，到二十九歲才迎來了兗國公主這第一個女兒，其中足足等待了十四年。」今上說，還是用那種平常人的語氣緩緩道來：「為了迎接她的到來，我忐忑不安地等了三天三夜，幾乎不曾闔眼。她出生的那晚，我立在苗娘子生產的館舍外等待，風露蝕骨，我著了涼。但是，看到我的第一個孩子這麼美麗、這麼可愛，我實在是很快樂，三天不睡覺也快樂，著涼也快樂。那天晚上，頭一次見到她，她睜開眼睛，哭得驚天動地，我居然跟著落淚了。」

說到「落淚」，他的語調有異。我垂目而立，沒有窺探他的表情，但彷彿看見了他含淚的眼，也可以感覺到他現在是如何感傷地憶及當年的喜極而泣，透過他微顫的話音。

這微微的變調只是一瞬間的事，今上調整好情緒，又繼續說：「在等待她出生的那段時間，我每天都在想，除了把她帶到這個世上，我還能為她做些什麼。當我第一次抱起她的時候，我看著她的眼睛，在心裡暗暗發誓，我會珍愛她一生一世，讓她擁有幸福無憂的人生。自從跟她有了那個漫長的約定開始，我便時刻提醒自己要對她好，為讓她平安喜樂地成長和生活，我會做我力所能及的所有事情。」

「而我的悲哀是，我給了她最大的承諾，卻是我無法保證可以實現的承諾……她與李瑋的婚事，我曾以為會讓所有人都滿意，是最佳選擇，但結果卻讓她如此不快樂。我當年那錯誤的決定已經令她喪失了快樂和健康，我便不能一錯再錯，按你們的意思，留下她的丈夫，逐出她信任的侍從，繼續困她在這場婚姻裡，也任她的生命消磨在連一絲慰藉也無的慘淡人生裡。」

最後，他深呼吸，換回了皇帝的語氣，很堅定地再次表明自己的態度：「朕很感謝眾卿家對兗國公主家事的關注，但朕不會收回之前的旨意。李瑋仍舊知衛州，朕也不會再將梁懷吉放逐出去。對章懿太后和李氏一家朕自然是有愧的，也會盡量設法補償。眾卿嘲笑朕也好，指責朕也罷，朕都不會介意，只請你們容許朕這個父親，為了保全女兒的性命，如此自私一回。」

今上話已至此，眾臺諫官亦無更多意見，何況今上那番話說得頗動情，其間諸臣相互轉顧，有唏噓之狀。原本出列在殿中與今上僵持的官員逐漸開始歸位，連傅堯俞都默默地退回了原來所立之處，只有司馬光一人非但不退回，反而迎面趨近，直視今上。

「陛下！」

他朗聲喚今上，語調沉穩，暗蘊威儀。

「世人皆稱陛下為『官家』，是取『三皇官天下，五帝家天下』之意。皇帝以天下為家，天下萬民無不是陛下兒女，陛下豈可獨愛公主而將其餘子民拋諸腦後？如今眾議紛紜，煩瀆聖聽，皆因公主縱恣胸臆，無所畏憚，數違君父之命，寵信內臣，凌蔑夫家。女子婚姻從來都由父母決定，女子自當遵命，既嫁從夫，豈有因嫌棄夫君而哭鬧要求離異之理？」

「何況公主身分與眾不同，又有宦者從旁蠱惑，公主今日既可以性命要脅陛下插手其家事，明日便可依樣要脅陛下許其干涉國事。謹防宮闈之變是祖宗家法重中之重，漢唐教訓，陛下不可不引以為戒。再者，天地綱常不容淆亂。今李瑋因公主而遭斥逐，是婦得以勝夫。婦若得以勝夫，則子可以勝父，臣可以勝君。其源一開，其流勢必不可塞，上行下效，風俗敗壞，陛下又將如何以安天下國家？」

然後，他搢笏於腰間，屈膝跪地，拱雙手於地，頭也緩緩點地，手在膝前，頭在手後，向今上行最莊重的稽首禮，再道：「臣伏望陛下秉公處理公主之事。若李瑋蒙斥出外不可改變，公主也應受到處罰，爵邑請受，不可全無貶損，如此，陛下方能以至公之道示天下。至於梁懷吉，萬不能再姑息，至少要貶逐於外，才可使流言平息。公主無受閹宦教唆之虞，陛下亦可防大患於未然。」

聽他說完，今上並無改變主意的跡象，只是揮了揮手。「今日之事就議到這裡，卿退下吧。」

司馬光毫不領命，又再次下拜，揚聲請求：「臣肺腑忠言，請陛下三思！」

今上冷了面色，緘口不答。

司馬光反覆請求數次，仍未等到回音，最後他直直跪立著，伸手摘下了頭上的漆紗襆頭。

今上冷笑：「卿想辭官嗎？」

司馬光擺首，肅然道：「陛下，臣當初十年寒窗，求的不是紆金曳紫、出人頭地，而是期望可以輔佐一位賢明的君主，以使天下歸心，河清海晏，時和歲豐。而今臣無能，無力說服陛下屏卻一己私愛，示天下至公之道，將來勢必會令陛下蒙上不明事理、罔顧道義的罵名。臣無法盡責，亦無地自容，只能殉職謝罪了。」

今上聽出他意思，又驚又怒：「你想碎首進諫？」

他驀然站起，但急怒之下氣血攻心，一按胸口，臉上露出痛苦的表情，又重重落坐在椅中。

這時司馬光已把樸頭端端正正地擱在面前地上，站了起來，目光直視左前方的殿柱……

這不過是電光石火的一瞬，殿中眾人，包括我，都不及反應，驚愕之下只是盯著司馬光，尚未意識到應採取何種行動阻止他。而這時，殿外傳來一個女子聲音——

「司馬學士。」

在此刻一片靜默的環境中，這聲呼喚顯得尤為清晰，眾人立即舉目去看，司馬光詫異之下亦停下即將邁開的步伐，回首望向殿外。

我與眾人一樣，訝異地發現那是公主。

她裡面穿的還是臥病時所著的白綾中單，外披一件大袖褙子，淡綠緙絲，外罩一層薄如煙霧的青色紗衣。長髮披於腦後未綰起，她素面朝天，尚無著妝痕跡，像是梳妝之時跑出來的。

她臉上帶著一片殘餘的淚痕，應是不久前流過許多淚，但此刻又全無哀戚之色，冷冷淡淡的雙眸凝視著司馬光，她一步步走近，脣邊勾出譏誚笑意。

走到司馬光面前時，她徐徐抬起此前一直垂著的右手，如水衣袖自腕上褪去，一個一尺高的懸絲木傀儡從她大袖之中露了出來。

那傀儡看起來是女子模樣，亦穿著跟公主衣裳色彩相似的綠紗衣裙，頭上戴著花冠，臉部覆有一個面具，粉面朱脣倒暈眉，是化得很精緻的女兒妝。

面對困惑不解地觀察著她的司馬光，公主幽幽一笑，提起傀儡，雙手把持引動懸絲，讓傀儡手舞足蹈。她自己也輕擺衣袖，嫋嫋移步，身姿優雅，宛若舞蹈。與此同時，她輕啟雙脣，開始唱一闋詞：「寶髻鬆鬆挽就，鉛華淡淡妝成。青煙翠霧罩輕盈，飛絮游絲無定……」

聽著歌詞，司馬光面色大變，鎖著眉頭緊盯公主，既惱怒又尷尬。

按詞意推測，這〈西江月〉上闋寫的應是個穿綠色衣裙的妙齡女子，踏著笙歌翩翩曼舞，公主此舉模仿的正是這景象。

聯繫公主尚未唱出的下闋，想來詞中女子應該不會是司馬光的夫人，如果實有其人，很可能是一位歌姬舞伎，那麼，司馬光年輕時，也曾有過一段事關風月的溫柔情懷了。

想來眾臣也知道此詞來歷，開始交頭接耳、竊竊私語，甚至有人微露笑容，戲謔的目光投向了司馬光。

公主仍銜著那抹冷淡笑意，一壁操縱傀儡，一壁以游絲般虛弱的聲音繼續吟唱：「相見爭如不見，多情何似無情……」

唱至「無情」時，可能是公主有意為之，傀儡先有一次低頭，再猛地抬起，花冠和面具都因此擺脫，傀儡露出的真容令許多旁觀者發出了一聲驚呼——凹目露齒，那頭部竟是個木頭雕成的骷髏頭！

綠袖微揚，青絲飄拂，公主輕顰淺笑，牽引懸絲，從容歌舞，而那傀儡舞動的幅度越發增大，青煙翠霧般的一層層舞衣亦隨之漸漸散開，悄然自傀儡身上滑落，袒裎於眾人目光之下的，不出我所料，是一排排肋骨……

這個懸絲傀儡原本就是做成一具骷髏的樣子，比例與人體完全相同，只是縮小了些。原來這就是她要崔白做的「不一樣」的木傀儡，怪不得嘉慶子剛才不敢給我看。

「笙歌散後酒初醒，深院月斜人靜……」公主的歌聲在寬闊寂靜的大殿中迴旋，一曲唱罷，她又重按曲調，再次唱過。

她雙眸微矇，舞步飄移，與她操縱的傀儡一起舞動。而她面色蒼白、雙目凹陷，寬大的衣裙下只餘一把瘦骨，看起來也跟她手下的傀儡差不了太多。

眾人就這樣看她帶著漫不經心的微笑且歌且舞，沒有人出言阻止，一個個只是圓睜兩目注視著她，帶著驚駭表情，霎眼如見美豔鬼。

而司馬光看著在這詭異氣氛中呈現的骷髏之舞，目中的凌厲神色逐漸隨之化去。凝神再聽公主細弱的歌聲，他最後發出一聲嘆息，默默垂下了起初高昂的頭顱。

清歌未絕，與兩側金狻猊吐出的青煙一起縈繞於殿間。公主旁若無人地舞動傀儡，廣袖飄蕭，纖弱身姿如垂楊風嫋。而周圍的人恍若被這兩重紅顏枯骨施了定身術，都保持著紋絲不動的狀態，中蠱般地聆聽著她這一闋冰冷婉約詞，看她豔冶輕盈，春山淡遠，旋身回眸，任一縷瑞腦煙飛過她素白梨花面。

御座上的今上幾度引袖掩面，還曾顫聲喚公主：「徽柔……」但公主恍若未聞，一逕舞下去，後來打斷她的是今上左右近侍的一聲驚呼：「官家！」

公主舞步滯澀，垂下雙袖，怔怔地望向今上所處的方向。而今上身體側向一邊，頭無力地低垂著，像是已然暈厥過去。

公主手一鬆，骷髏傀儡委頓於地，她匆匆奔至今上面前，握起他的手連聲喚「爹爹」。

而不見今上回答。我快步上前，與其餘內侍一起扶起他。但見他雙目緊閉，眉頭呈緊鎖的狀態，而眼角有淚水滑過的痕跡。

回到禁中，太醫診斷後說今上這是連日憂愁，思慮過多所致。他這幾年龍體並不十分康寧，公主不幸的婚姻與立儲之事，是給予他重負的兩樁心病，而最近公主頻頻出事，壓在他心上的石頭一點點累積，終於令他瀕臨崩潰。

公主堅持要守在父親身邊，雖然她自己也虛弱不堪。而後今上甦醒，見了她第一句便是：「妳怎麼在這裡？快回去歇息。」

他還是以和顏悅色的表情對她，並對大殿上的情形隻字不提，只是反覆催她回去將養休息。最後公主含淚離開，我隨她出去，走到門邊時忍不住回首，見今上一直在目送公主，此前對她呈出的笑意尚未隱去，而眼中卻有莫可名狀的憂傷。

兩天後是先帝真宗忌日，今上雖然聖躬欠安，但仍強撐著主持儀式祭典，接受群臣進慰。晚間一切儀式結束後，他獨自前往收藏真宗御書的天章閣，命閣中內侍出去，把自己一人鎖在供奉真宗御容的天章閣影殿內。

須臾，影殿中傳來一陣慟哭聲，哀戚無比，聞者皆動容，幾名內侍奔入後宮報訊，苗賢妃與公主聽見，立即雙雙趕往天章閣。

以前二十多年中，我多次見過今上落淚，但這樣的放聲慟哭卻是聞所未聞的。若不是悲苦難言已達極點，身為一國之尊的他絕不可能如此失態。

公主聽見父親的哭聲，憂慮之下越發著急，親自上前雙手拍影殿門，揚聲喚父親，但裡面並無回音，傳出的依然是今上哀泣之聲。

「爹爹，是女兒的事讓你難過嗎？你是在生女兒的氣嗎？」公主惶然問。還是無人回答。

公主無措之下跪倒在影殿門前，淚如泉湧。父女倆一人在內、一人在外，各懷心事，卻都是一樣地悲傷。苗賢妃的勸慰沒有起到應有的作用，反而令公主更加難受，一壁抽泣著一壁朝殿中叩首，她用哀求的語調反反覆覆地喚：「爹爹，爹爹……」

「讓他獨自待一會兒吧。」皇后緩步走到公主身邊，對她說：「妳爹爹抑鬱已久，現在能哭出來倒是好的。」

公主淚眼看皇后，轉身欲行禮，皇后止住她動作，俯身以絲巾拭去她臉上淚痕，再和言問她：「徽柔，我可以跟妳說說話嗎？」

公主頷首，嗚咽道：「孃孃有何教誨？」

皇后牽著她手拉她起身，對苗賢妃說帶公主去閣樓之上說話，侍從不必跟隨。賢妃答應，讓公主侍從都留下，我亦隨之止步，但皇后卻回首顧我，說：「懷吉，你也來。」

公主隨皇后上了樓，仍在擔心今上景況，又走到欄杆邊，憂心忡忡地向下探視。皇后見狀跟過去，對她說：「不必擔心，妳爹爹不會有事。他是稱職的皇帝，知道自己負擔的責任，自會保重的。」

公主黯然低首。皇后又攜她手，引她到閣中坐下，端詳她須臾，再輕聲問她：「徽柔，妳知道妳這名字的意思嗎？」

公主點點頭，說：「爹爹告訴過我，元德充美曰徽，至順法坤曰柔，《尚書·

無逸》亦有云：『徽柔懿恭，懷保小民。』」

今上向公主解釋徽柔之意時我也在，關於「柔」的解釋今上還曾說過另一重意思——順德麗貞。看來公主是為避「貞」字之諱而沒提這點。

「是這樣。」皇后又問：「那妳是否知道當年妳爹爹為何給妳取這個名字？」

公主道：「這兩個字都有很好的意思，爹爹是用來表達對女兒的祝福吧。」

皇后向她呈出一點兒柔和笑意：「不僅如此。這是對妳的祝福，但也包括了對妳的期望。」

「期望？」公主蹙眉，有些迷惑。

皇后頷首，道：「元德充美，至順法坤，他希望妳既有碩人之姿，更有王姬邦媛必不可少的肅雍之美；最重要的是，還要擁有一顆善良仁慈的心，以溫和謙恭的姿態對待天下子民，善加恩惠，澤被四方。」說到這裡，她著意看看默不作聲的公主，再道：「這也是大宋臣民對天子妻女的要求。」

公主搖頭道：「孃孃那樣的肅雍之美，我一輩子也學不會。我也不想做王姬邦媛，像一個普通仕宦家的女兒那樣平平凡凡地活著就很好；再或者，做一個農家女都不錯，沒有人整天盯著妳，觀察妳一舉一動是否符合肅雍之美，那生活就會輕鬆得多吧？」

「她們的生活未必像妳想得那麼簡單。」皇后一嘆。「每個要在這世上生存的人都必須承擔一定的責任。農家女從小就要跟著母親採桑養蠶、飼養家畜，再窮一些的，甚至要隨父兄下地耕種；普通人家的姑娘可能要學會織布裁衣，操持家務的技藝是必不可少的；仕宦家的女兒除了女紅針黹，還要學習詩書禮儀、孝經女則，以備將來做士大夫家的女主人，相夫教子之餘還要管理一個家族的事務……」

「無論是誰，從降生的那一刻起，就面臨著不同的身分帶給他們的不同責任，而世上也不會有不必承擔任何責任卻還能無拘無束地生活的人。」

公主開始明白了。「孃孃是想說，擺出元德充美、至順法坤的姿態，做有肅雍之美的王姬邦媛，就是我的責任。」

皇后淡淡一笑：「那些寒門士子，在寒窗苦讀，憧憬書中黃金屋時常會勉勵自己：沒有白白經歷的磨難和痛苦；而對我們這樣，已經身處黃金屋的人來說，需要經常提醒自己的則是：沒有白白領受的榮華與喜樂。」

「那我的代價就是按大臣們說的那樣，與懷吉分開，繼續和李瑋生活下去？」公主呼吸漸趨急促，適才掩去的淚光又泛了出來。「可是那些榮華富貴是我想要的嗎？我一生下來就是公主了，我沒有選擇！如果有選擇的餘地，我不會希望生在皇家。」

「所有人都沒有選擇。」皇后旋即答道，語調溫和，但凝視公主的眼神透著她慣有的理智與冷靜。「出身是我們無法決定和改變的，我們能做的只是接受現狀，去適應我們的身分，去盡到我們的責任。天家女子，一生衣食用度，無不極天下之養，受萬民供奉。而臣民對我們的要求便是，我們擁有女子應有的一切美德，未嫁時做孝順的女兒，出嫁後做賢慧的妻子，誕下子女，又化身為慈愛的母親……」

「我們對他們來說並不是尋常女子，而是畫中的美人、書上的賢媛、廟裡的菩薩，一些可供他們讓妻女仿效的神像。保持完美的形象，做國朝女子的典範，便是我們澤被天下的方式。所以，妳不可以露出血肉之軀的真相跌入凡塵，否則他們會驚詫、憂慮，甚至憤怒，步步緊逼，一定要請妳退回到神龕上去。」

公主泫然，只是擺首。「我不要做他們的泥塑菩薩，我也不要他們的供奉，我什麼都不要，我可以簞食瓢飲居於陋巷，只要他們不干涉我的生活……」

皇后眼波一橫，略微提高了聲調：「可是妳已經受了他們二十多年的奉養！」

公主一怔，斂眉垂淚，無言以對。

皇后緩和了容色，又溫言道：「身居高位者，只享受尊榮富貴而不顧及所處地位給予他的責任，是可恥的，必將為世人所唾棄。妳的身分高貴，享有得天獨厚的福澤，自當懂得珍惜。」

「妳的爹爹就是個惜福之人，珍視自己的身分，更明白肩負的責任。他會克制自己的欲望，去俯就臣民的要求，寬仁恭儉、禮賢下士，即位至今數十年，而百姓終不聞兵戈之聲……徽柔懿恭，懷保小民，他是做到了。那麼徽柔妳呢？妳可否體諒一下他的慈父之心，為了不負他和天下萬民的期望，做一點兒適當的犧牲？」

說最後一句話時，皇后的目光有意無意地掠過了我的臉，公主頓時很不安。「孃孃也要我與懷吉分開？」

「如果妳堅持，妳爹爹會保護你們的。」皇后說，其實她只是在陳述事實，但聽起來卻比朝堂上任何一個言官的諫言更有打動人心的力量。

「他是要保護妳，為妳抵擋言官的唇槍舌劍，和他們以道德大義、祖宗家法為武器掀起的攻勢。但可想而知，只要妳和懷吉還在一起，言官就不會偃旗息鼓，但凡你們有何風吹草動，這回的廷諍便會重現，讓妳爹爹面對他們一次又一次的責難與攻擊。這會讓他很痛苦，就像今日一樣。但他還是會保護妳，因為妳是他最珍視的女兒，他愛妳甚至超過愛他的生命。」

公主淚流滿面，為了避開皇后的注視，她捂住口，側過了身去，但雙肩仍在止不住地顫抖，使她掩飾悲傷的舉動收效甚微。

皇后嘆了嘆氣，又對公主道：「當初晉封妳為兗國公主時，妳爹爹曾親自援筆，在學士擬好的制書上給妳加了一句：『聰悟之姿，匪繇於外獎；徽柔之性，乃蹈於自然。』……」

似一言未盡，但她也沒再繼續說，只是轉顧我，吩咐道：「懷吉，照顧好公主。」然後自己先起身離開，朝樓下今上所處的影殿走去。

我移步靠近公主，輕聲喚她。她遽然轉身，雙手摟住了我的腰，把滿是淚痕的臉埋於我懷中。

「懷吉，我該怎麼辦？」她沉悶的哭聲聽起來如此絕望。「我們都被困在這裡了！」

【肆】蓼莪

我擁著她雙肩，逐漸加大力道，彷彿想拉她脫離一個無邊的漩渦，但自己心底卻也是一片空茫。仰視上方，我看不到任何光亮和希望。

最後我選擇回到這個擺脫不了的空間，鬆開手，低下身子，半跪在她面前，讓她能平視著我，然後，對她說：「皇后的話，請公主三思。」

她含淚凝視我雙眸。「你也覺得他們說的是對的？你也要離開我？」

我避而不答，另尋了話頭：「公主當年不喜歡張貴妃，是因為她身居高位就在宮內濫用權力，為所欲為，自恃得寵便對官家軟硬兼施，為自己和家人謀利求封賞，卻沒有天子夫人應有的德行。如今公主若堅持留臣在身邊，在天下人看來，公主此舉必定也與張貴妃所為一樣，是失德的行為。」

公主惱怒道：「為何拿我與她比？這是不同的……」

「在旁人眼中並無不同。」我向她解釋：「沒有人目睹和關心公主家事的起因和經過，他們只看到了結果，而他們看到的結果是公主不願與駙馬繼續生活，堅持要留我這個有離間公主、駙馬之嫌的內臣在身邊，為此幾度自盡，脅迫官家答應……」

「不是這樣！」公主激烈地否認，阻止我說下去。

我壓抑住心中起伏的情緒，冷靜地看著她，向她說明必須面對的現實：「那些在議論和評判這件事的人，都是遙遠的旁觀者，他們都不可能接近我們，探尋事情的來龍去脈，他們所能感知的，只有最後的結果。這個結果被他們斷章取義，可能是很片面的，但他們不會有興趣和耐心去像公主的母親那樣了解其中真相，而立即就被這片面的結果激怒了。」

「因為公主的一切衣食用度皆靠天下人供奉，公主的一襲華服、一爐沉香，公主宅的每一塊磚瓦，都用到了他們的稅錢，他們當然希望自己奉養的公主是擁有完美德行的國邦賢媛，而非一個不守婦道的悍妻，更非一個寵信內臣、忤逆君父的惡女……而這個願望，本身是合理而正當的。」

公主泣道：「為了滿足他們的願望，我們就要任由他們冤枉？我必須按他們的意思，去做一個泥塑的磨喝樂？」

我只應以一笑，苦笑。不這樣，又能如何？公主與內臣的感情，任何不認識我們的人聽了都會覺得荒謬而可笑吧。他們看到的，只是一個厭棄丈夫、要脅父親的公主，以及一個挑撥離間的內臣，他們甚至會聯想到一些骯髒的東西，但絕不會嘗試去理解，更遑論同情。

「爹爹，爹爹明白的……」公主嚶嚶地哭著，提到了她的父親，但聲音卻顯得虛弱而無底氣。

我黯然道：「是的，他明白，他也會努力保護妳，但是他的保護會令大臣們更加憤怒，因為每當君王流露出對某個人非同尋常的寵愛時，總會引起臣子的特別警惕。當這種情況出現在公主身上，他們一定會聯想到太平、安樂之禍。皇帝越維護公主，大臣便會越反對，就如皇后所說的，官家會一次次地陷入如今這樣的痛苦之中。」

公主無語，只是低首飲泣，好半天才又問我：「你要我怎樣做？」

我一手握著她柔荑，一手牽出中單衣袖，像以前那樣輕輕拭去她面上的淚痕，待她看起來略微平靜些了才問她：「那日官家敘述公主出生時的情形，想必公主在殿外都聽見了吧？」

公主頷首，雙睫旋即垂下，又有兩滴淚珠滑過了剛才被我拭淨的面頰。

我再次引袖為她抹去那溼潤的痕跡，又道：「我聽見官家那樣說時，真是很羨慕公主呢……我幼年喪父，母親改適他人，自那以後，我再也沒見過她……」

「你長大後有出宮的機會，可以去找她呀！」公主說。

「我後來也曾打聽到她住處，每年都會派人送銀錢給她，但自己沒去見她，因為她與後來的夫君又生了幾個孩子，她見了我會尷尬吧，何況……」我對公主勉強笑了笑。「我想，沒有人會願意看到自己的兒子做了宦者……」

公主反手握住我的手，安慰般地輕喚：「懷吉……」

我瞬了瞬目，蔽去眼中潮溼之意，又對公主道：「父兮生我，母兮鞠我。拊我畜我，長我育我。顧我復我，出入腹我。欲報之德，昊天罔極……我這二十多年中，常常會為無法報答父母顧復之恩而感到遺憾，因為我連在他們身邊盡孝的機會都未曾有過。公主能在父母身邊長大，本來就是難得的福分了，何況他們都如此珍愛公主……官家常提及章懿太后恩典，而官家對公主的顧復之恩，公主亦不會漠視吧？」

公主垂首拭淚而不答。我凝視著她，誠懇地勸道：「如那首《蓼莪》所說，這世上有兩個人，我們從出生之時起，對他們就有所虧欠，那便是我們的父母。他們生養我們、撫慰我們、庇護我們，不厭其煩地照顧我們，無時無刻不牽掛著我們，對我們的恩德如青天一樣浩瀚無際，是我們終其一生都難以報答的。」

「而官家，是我見過的最好的父親，他為公主可以傾盡所有，願意捨棄的不僅僅是財富，還有他最重視的帝王尊嚴和原則。他對公主的關愛可使一切相形見絀，包括我能給予公主的這點兒微不足道的溫情。面對這樣的父親，公主如何還能一意孤行，讓他繼續為保護我們而付出健康，乃至生命的代價？」

我沒有說下去，因她已經泣不成聲。她的堅持逐漸被淚水瓦解，消融在那無邊的悲傷裡，身子一點點滑落於地，散開的衣袂掩住一把瘦骨，像一朵凋零的花，隨時會被雨打風吹去。

這一夜的悲泣又使公主病勢加重，昏沉沉地在床上躺了兩日，清醒之後她既不願進食也不願服藥，只是倚於床頭怔怔地出神。

後來今上親臨儀鳳閣來看她，雖然他也心神恍惚，步履蹣跚。

他讓人呈膳食給公主，公主只瞥了一眼便厭惡地轉過頭去，毫無食慾的樣子。

「是沒胃口嗎？」今上微笑著問公主。

公主點點頭。

今上目中笑意加深，變戲法似的從袖中取出一個東西，遞至公主面前。「看看這是什麼。」

公主低目一看，立時睜大了眼睛，訝然回視父親。

那是一碟釀梅。

「我聽說妳不想進食，便帶了這個來。釀梅是開胃的，妳小時候最愛吃了……但現在只許吃兩顆，然後吃點兒飯菜，服了藥，爹爹再把剩下的給妳……」

公主默默聽著，頃刻間已淚流滿面。未待今上說完，她陡然掀開被子下了床，跪倒在他面前。

「爹爹。」她仰面看一臉驚訝的父親，一字一字無比清晰地說：「我可以和懷吉分開。」

【伍】結髮

對我的處置，是在一種溫和的氣氛中討論決定的。今上再度表明不會逐我出京，只是調到前省，且重提擢我為天章閣勾當官之事。我婉言謝絕，說：「內臣進秩向來有固定程式，須依序而來。臣品階不足，不能當此重任，若陛下加恩擢升，臺諫必有論列。」

今上便問我：「那你想做什麼呢？」

我說：「臣當年是從畫院調入後省的，如今請陛下允許臣回到那裡去。亦無須讓臣領何官職，臣若能在畫院做一個普通的內侍黃門，每日整理一下畫師圖稿，便於願足矣。」

這事便這樣決定了。我這起初的公主宅勾當官被調為前省畫院內侍黃門，連降數階，又遠離後宮，在外人看來也無異於受到了嚴厲懲罰，故此這旨意宣布後臺諫亦能接受，不再提將我貶逐之事。

這期間李瑋已離京前往衛州，也許是出自他的授意，其兄李璋上言請求今上允許李瑋與公主離異。「瑋愚矣，不足以承天恩。乞賜離絕。」

帝后試探著再問公主意見，我也取出李瑋的畫向公主敘述了李瑋飲御酒前後的情形，公主看了看畫，命人收好，但還是搖頭。「我知道他是好人，但偏偏不適合我。我們就像兩根被綁縛在車子兩邊的轅木，看似可以一起走過千山萬水，卻永遠都不會有遇合的一天。」

於是，嘉祐七年三月壬子，今上宣布李瑋落駙馬都尉，降為建州觀察使。與此同時，為示公允，他亦降兗國公主為沂國公主，按司馬光的意思，損其爵邑俸祿。

國朝公主的封號跟命婦的名號相似，國名不同，爵邑請受亦不同，沂國遠不如兗國。不過，這種處罰對公主來說幾乎沒什麼影響，就現時的她而言，最不重要的就是名位錢財了。

今上對李氏心存歉意，雖李瑋落駙馬都尉，但今上待其恩禮不衰，且賜黃金二百兩，命人傳話予他：「凡人富貴，亦未必要做公主夫婿。」

一切塵埃落定，我也到了必須跟公主道別的時候。我離開公主閣的前一晚，公主苦苦懇求苗賢妃允許我再陪伴她一夜，讓我們兩人獨處，最後說說話。

見苗賢妃很猶豫，公主幽幽一笑，目意蒼涼。「姊姊，一待明日天亮，我與懷吉此生便不會再見了。」

我們此前約好了，一旦分別，以後便不會設法相見，哪怕在節慶典禮時都不會再見，這既是為了遵守向今上許下的承諾，也是為避免相見後的情難自禁。

聽女兒這樣說，苗賢妃也忍不住紅了眼圈，遂頷首答應了她的要求。

這夜銀河瀉影，玉宇無塵。我與公主並肩坐在廊中階前，簷下風鈴淅瀝，香階亂紅堆積，起風時她瑟瑟地有嬌怯之狀，我展袖護她，她亦輕靠在我胸前，我們就這樣彼此依偎著，看夜深香靄散空庭，看月明如水浸樓臺，良久無語，唯聽漏聲迢遞。

彼時桃李凋零，梅妝已殘，但有一叢海棠正紅豔豔地開在中庭槐影裡，短牆邊的荼蘼架亦綴滿白色繁花，微風過處，清香不絕。

公主看得有些興致，取下頭上漆紗冠子，走到庭中摘下花來往冠子上插。我亦隨她過去，為她選取鮮豔花朵，任她裝飾冠子。不一會兒，她的冠子上已插滿紅紅白白的海棠和荼蘼。

「像不像新娘的花冠子？」她微笑著托起冠子問我。

那冠子花團錦簇的，如紅纈染輕紗，確實有幾分像婚禮上用的花冠，於是我含笑朝她點了點頭。

她雙眸晶亮，忽然提了個建議：「現在我戴上它，與你拜堂好不好？」

我大為震驚，看著她無言以對。

「我聽嘉慶子說起她與崔白的婚禮，很有趣呢，跟我下降時的儀式不一樣。」她說，帶著憧憬的神色。她的婚儀是歐陽修等學士根據周禮制訂的，頗循古制，的確跟坊間百姓的婚禮大有不同。

「我也想有個她那樣的婚禮……當初嫁給李瑋的是公主，現在與懷吉拜堂的是徽柔……」她兩睫低垂，有些羞澀地輕聲問：「懷吉，你願意嗎？」

我最終答應了她。之前苗賢妃按公主的要求已屏退了所有侍從，現在公主閣中只有我與她兩人。何況，即便有人看見也無妨。現在還有更壞的結果嗎？就算是死，對我來說也不具威脅性了。

於是她歡歡喜喜地戴上花冠，又到房中找來一幅彩緞，綰了個同心結，讓我與她各執一端，搭於手上，她倒行著徐徐牽我入寢閣。

「這叫『牽巾』。」她告訴我。

然後，我們在房中對拜，再就床相對而坐。我按她的指示撥出一綹頭髮剪下，她亦做了同樣的事，隨即將我們的頭髮用絲帶綰在一起，也是同心結狀。我觀察著她動作，忽然意識到，這是「合髻」之禮，民間亦稱「結髮」，是百姓婚禮上很重要的儀式。公主當年下降，歐陽修說合髻之禮「不知用何經義，固不足為後世法」，於是公主與李瑋的婚禮上便少了此節。

公主又讓我取來兩個銀酒盞，用彩帶連結了，再與我互飲一盞，這便是俗稱的「交杯酒」了。飲完後她告訴我，我們要把酒盞和花冠子一起擲於床下，然後看酒盞仰合，若一仰一合，就是「大吉」。

我依言而行，與她一同擲出酒盞和花冠子。她很關心結果，促我下床去看酒盞，我查看之後卻發現不盡如人意，酒盞都是口朝下覆於地面的。

「怎樣？」見我無語，她蹙著眉頭很緊張地問。

「很好，一仰一合。」我微笑對她說。與此同時，我悄然伸手到床下，把一個酒盞倒轉，使盞口向上。

她仍不放心，自己下床來查看，果真見到一仰一合的情況才鬆了口氣，開心地笑。

少了賓客祝賀的環節，此後便是「掩帳」了。我們默默共展鴛鴦錦，然後心照不宣地和衣並臥於床上，兩人之間保持著半尺左右的距離，暫時都沒去碰觸對方。

沉默半晌後，她問我：「懷吉，現在是什麼時辰了？」

「應該過三更了。」我回答，又道：「公主早些睡吧。」

「我不睡。」她黯然嘆息。「我怕醒來的時候你已經不在我身邊。」

【陸】空衫

這淡淡一語聽得我心中淒鬱，側首去看她，見她目中有微波一現，漾動在燭紅光影裡。

我們相處的時間所剩無多，我不希望最後的結局是執手相看淚眼，於是，我對她微笑：「公主，以後我也會守護在妳身邊。」

她回眸凝視我，顯得有些迷惘。

「我還會陪伴著妳。」我告訴她：「當妳賞月時，我就在這宮廷的某個角落，與妳沐著同樣的月光；當妳遊園時，我會站在拂過妳的清風觸得到的宮牆外，可以聞到從妳身側飄過的花香；當妳練習箜篌時，我還是處於離妳不遠的地方，或許也取出了笛子，在吹奏和妳一樣的樂曲……雖然不能像以前那般如影隨形……」

「影子在公主腳下，懷吉在公主心裡。」公主忽然接過話頭，提起了這句兒時的戲言，這令我心中一蕩，怔忡著忘記了原本想說的話。

她側身微微挨近我，輕聲說：「後宮與集英殿之間只隔著一道宮牆，宮苑內長著一株很高的桃花樹，枝葉伸出了牆頭。以後每年的立春、花朝、寒食、端午、七夕、重陽、立冬，我都會親手用彩繒剪成花勝，掛在那株桃花樹上。每逢那些節日，你就去集英殿外看看，看見花勝，就當見到了我。」

我頷首說好。感覺到她語意憂傷，身體在輕輕發顫，便握住了她一隻手，藉此將無言的安慰與我的溫度一起傳遞給她。

她與我相依須臾，又問：「懷吉，你說，人會有來生嗎？」

我答道：「應該有吧。人死了，也許就像睡著了一樣，等醒來時就換了個軀體和身分，可以開始全新的生活。」

「那麼，下輩子，你一定要找到我。」她給我下了這溫柔的命令，想了想，又道：「下一世，我肯定不會是公主了，就做一個尋常人家荊釵布裙的女子吧……你呢，多半會是個穿白襴的書生……有一天，我挽著籃子採桑去，你手持絲鞭，騎著名馬，從我採桑的陌上經過，拾到了我遺落的花鈿……」

她憧憬著彼時情景，嘴角不由得逸出了笑意。我亦隨之笑，卻也不忘提醒她：「如果妳是荊釵布裙的採桑女，一定不會有閒錢去買花鈿。」

「這樣呀……」她煩惱地蹙起眉頭，對這詩詞裡常描繪的情景不便實現深表失望。思前想後，她還是不準備放棄原來設計的情節，提出了個解決方案：「我可以早起晚歸，多採點兒桑葉，多掙點兒錢，就能買花鈿了。」

我心念一動，存心去逗她。「那妳一定要努力，幾天幾夜都不能睡，多採點兒桑葉，掙多點兒錢，才夠買兩盒花鈿……」

她很不解。「為什麼要買兩盒？」

「妳貼一盒在自己臉上，再撒一盒在我即將經過的路上。」我正色解釋：「因為妳著急嫁給我，只有這樣才能確保我拾到妳『遺落』的花鈿……哎唷……」

有這聲「哎唷」，是因為她狠狠掐了我一把。

「誰想嫁給你了？」她不忿地反問。

我笑而應道：「哦，原來剛才我是在作夢，夢見有人問我願不願意跟她拜堂……」

她又羞又惱，不輕不重地踹了我一腳，然後轉身背對我，還刻意拉開了距離，佯裝生氣不理我。

我這才抑住笑意，輕喚了她兩聲，她紋絲不動，於是我靠近她，在她耳邊溫言說：「好吧，我承認，是我著急想娶妳，所以整天騎著馬在妳身後晃悠……還舉著一把大扇子，對著妳拚命扇風……」

她果然很詫異，忍不住開了口：「為什麼要扇風？」

「為了要妳的花鈿盡快掉下來。」

她哧地笑出聲來，終於肯轉身回來面對我。「如果你下輩子還這樣貧嘴，惹我生氣，我就天天罰你跪磚頭。」

我故意嘆道：「有這麼慘的嗎？我這一世這樣過也就罷了，卻難道下輩子還要受妳奴役？」

大概是擔心剛才的話傷及我自尊，她立即補救：「我是說你惹我生氣我才這樣對你呀，如果你好好的，誰會折磨你呢？」

見我並不表態，她又向我描述了一個美好前景：「我會對你很好的……你讀書時，我會為你點一爐香；你寫字時，我會為你磨一泊墨；你作畫時，我會為你調好所有的顏料……有時候你累了，想活動活動筋骨，或舞劍，或投壺，我就在旁邊為你彈箜篌……」

想著那情景，我不禁笑：「吵死了。」

她瞪了我一眼。「真是對牛彈琴！」

興致並未因此消滅，她又仰望上方，含笑憧憬。「清明寒食，我們一起出去遊春賞花；七夕中秋，我們又可以一起坐在屋前簷下品月觀星……這樣的時候，你一定會想作詩，那麼我就……」

我不待她說完，即刻接話道：「妳就在旁邊吃芋頭。」

她坐起來，雙手舉起一只錦繡枕頭，朝我劈頭劈面地亂砸一氣，怒道：「我是說我就與你唱和！」

我本想繼續調侃她，但已笑得無力再說。她瞪了我半晌，到最後脣角一揚，那怒色終於掛不住，一下子消散無蹤，她又在我身邊躺下，抱著我一隻胳膊，把臉埋在我衣袖中，亦笑個不停。

聽著她一連串輕快的笑聲，我的笑容逐漸消散在她目光沒有觸及的空間裡。

這些天來，我見她流了太多的淚，現在很慶幸我們還能有這樣一段歡愉的時光，希望我最後留給她的是我明亮的笑顏，而那些無法泯滅的悲哀和傷痛，就讓它們暫時沉澱在心底，在我離開她之前，絕對不能讓她在我眸中看見。

在她抬眼看我時，我會再次對她笑，盡量讓她忘記，伯勞飛燕各西東，就在天明之後。

她後來也一直在笑，直到有了倦意，才迷迷糊糊地在我懷中睡去。

我擁著她，卻未闔目而眠。待到月隱星移，炷盡沉煙，我悄無聲息地起身，想就此離去，卻發現一段衣袖被公主枕於頰下，不好抽出。

我欲托起她的頭，再移開衣袖，但又想到她最近精神欠佳，睡覺極易驚醒，這樣碰觸，多半會令她醒來。於是，我一手停留在原來的位置，另一手解開衣帶，先抽出這隻手，小心翼翼地縮身脫離這件寬衫，最後才讓不動的手從被公主枕住的袖子中一點點滑出來。

如此一來，我可以脫身離開了，而公主依然枕著那段衣袖兀自沉睡。

我在她床前佇立良久，默默注視著她，想把她此時的樣子銘刻到心裡去。

少頃，漏聲又響，四更天了，我必須離去。

緩緩俯身，我在她額頭上印下一個輕柔的吻。她似有感覺，睫毛微微顫了顫，但終究沒有醒來。手無意識地撫上那件空衫的胸襟，她又側身朝那裡挨去，彷彿還在依偎著我。

枕著留有我餘溫的空衫，唇際笑意輕揚，她熟睡中的神情像嬰孩般恬淡安寧。

這是她此生給我留下的最後印象。

這一年，她二十五歲。

我回到翰林圖畫院，作為一位普通的內侍黃門，做著與少年時相似的工作，每日默默整理畫稿，為畫師們處理雜務，一切似乎沒什麼不同，除了知道我經歷的人偶爾會在我身後指指戳戳。

自回歸前省之後，我一直沒再見到今上，但嘉祐七年八月，他忽然親自來畫院找我，像是信步走來的，身邊只帶了兩名近侍。

他召我入一間僻靜畫室，屏退侍從，命我關好門，才開口問我：「你與崔白是好友吧？」

我頷首稱是，然後，他徐徐從袖中取出一卷文書遞給我，一言不發。

我接過展開一看，不由得大驚——那是當年我代崔白傳給秋和的草帖子，議親所用，上面序有崔白三代名諱及他的生辰八字。

「董娘子現在病得很重，臥床不起，一個內人幫她整理奩盒，在最深處發現了這草帖子。」今上面無表情地說。

我立即跪下，叩首道：「董娘子與崔白雖曾有婚約，但那是在她服侍官家之前，此後他們絕無來往，請官家明鑑，勿降罪於他們。」

今上看著我，淡淡問：「這草帖子，是你送進宮來的吧？」

我承認，低首道：「臣自知此舉有悖宮規，罪無可恕，請官家責罰，唯願官家寬恕董娘子與崔白，勿追究此事。」

言罷我向他行稽首禮，伏拜於地。

他嘆了嘆氣，道：「你平身吧。我今日來這裡，只是想求證這事，不是為追究誰的罪責。」

他從我手裡收回帖子，自己又看看，忽然問我：「這帖子是什麼時候給她的？」

我如實作答：「慶曆七年歲末。」

「慶曆七年歲末……」今上若有所思。大概是想起了其後發生的宮亂之事，他眼神甚惆悵，其間的因果於他來說也不難明瞭了。

「難怪，這麼多年來，她一直不快活……」他喃喃低語，隨後讓我取來火摺子，點燃草帖子，默然看它化為灰燼，再起身朝外走去。

見他步履蹣跚，我上前相扶，他亦未拒絕，在我攙扶下走到了畫院西廡附近，卻聽見前方不遠處有人喧譁，像在爭論什麼。

說話的人是兩位衛士。相隨的近侍欲上前提醒他們今上駕到，今上卻先擺手止住，自己往前逼近兩步，隱身於廊柱後，聽衛士說下去。

衛士甲說：「人生貴賤在命。命裡有時終須有，命裡無時莫強求，此乃至理名言，不可不信。」

衛士乙則道：「這話不對。天下人貴賤是由官家決定。你今日為宰相，明日官家一道聖旨下來，就可把你貶削為平民匹夫；今日你富可敵國，明日官家一不高興就可能會把你抄家沒藉。所以說官家是天下至尊，有這生殺予奪的權力。」

兩人繼續爭論，誰也說服不了誰，直爭得面紅耳赤。今上看在眼裡，也不現身評判，而是折回畫室，命我取來筆墨信函，手書御批：「先到者保奏給事，有勞推恩。」一式兩份，分別封入信函，然後喚來兩名衛士，先命乙攜一信函送往內東門司。等了片刻，估計乙將至半道了，再才命甲帶另一信函相繼而去。

今上留在畫院中等待。若按他的安排，應該是乙先到，經內東門司確認後會獲推恩補官，但少頃內東門司派人來回稟，卻是保奏甲推恩。今上訝異，問其中原因，得到的答案是乙跑得太快，半道上扭傷了腳，結果被甲趕超，所以先到的是甲。

今上聽後久久不語，最後喟然長嘆：「果然是命！」

第二天，他便命翰林學士王珪草詔，正式立養子十三團練趙宗實為皇子，賜皇子名為「曙」。據說王珪曾問他可否再等等，看後宮嬪御能否生下皇子，今上黯然道：「若天使朕有子，那豫王就不會夭折了。」

發現草帖子後，今上非但沒有怪罪秋和，還於九月中把她升為充媛。皇子既立，今上依制親赴近郊明堂，祭祀齋戒。而這期間秋和病情惡化，沒等到今上回宮便已薨逝。彌留之際，她懇求皇后勿遣人把自己病危的消息告訴今上，說：「妾不幸即死，無福繼續服侍官家與皇后。官家連日為國事操勞，又在宿齋之中，請勿再告訴官家此事，以免令他煩憂難過，損及心神。」

皇后泫然從之，未將噩耗傳往齋宮。

今上回宮，見秋和已香消玉殞、返魂無術，頓時大悲，親為其輟朝掛服，慟哭於靈前。臨奠之時，今上即宣布追贈秋和為婉儀，過了兩日，今上悽惻悲戚之情愈增，又加贈秋和為淑妃，還特遷了她父親及其弟姪四人的官，並讓秋和閣中的提舉官趙繼寵勾當天章閣。傅堯俞為此連續上疏三、四次，說趙繼寵資歷不足，不能擔此重任，但今上一概置之不理。

或許今上仍覺這並不足以表達他對秋和的虧欠，他又命臣下為秋和定謚，這是前所未有的事，國朝只有皇后才有謚號，妃嬪向來無此待遇，而且今上同時還宣布要為秋和行淑妃冊禮，下葬之日給予她有軍功者才能享有的鹵簿儀仗。

自張貴妃追尊溫成之後，他還沒有對哪位嬪御的離去表達過如此深重的悲傷，這又引起了司馬光的注意。他上言力諫今上罷議董淑妃謚號及冊禮之事，其葬日不給鹵簿，凡喪事所需，悉從減損，不必盡一品之禮，「以明陛下薄於女寵而厚於元元也」。

今上沒有立即允納司馬光諫言，於是宮城內外議論紛紛，都在猜測這回君臣誰將妥協。而聽說後來打破僵局的是皇后，她勸今上道：「淑妃溫柔和厚，生性淡泊，與世無爭。在她生前，陛下曾多次想令其進秩，她皆力辭不受，也是因仰慕陛下聖德，故一心秉承陛下恭儉寡欲之風。而今陛下加恩至此，淑妃賢德，自然當之無愧，但陛下恩寵過盛，卻非她所願。冊禮之事，淑妃若在世，必會再度堅辭，而謚號、鹵簿，淑妃泉下有知，更難心安。」

今上憶及秋和平生行為，亦同意皇后觀點，這才按下冊禮、謚號、鹵簿之事不提。

經歷公主一事，今上已心力交瘁，老了一輪。現在秋和病故，對他又是一次沉重的打擊，越發摧毀了他的健康。何況，從立皇子之時起，他似乎就對人生不抱什麼希望了。身體每況愈下，他人也一天天消沉下去，有次我在集英殿外遠遠看見他，發現他枯瘦憔悴、鬚髮花白，身形完全是個老頭模樣了，而其實他這時也不過才五十三歲。

這年十一月，宮中傳出李瑋復為駙馬都尉的消息。據說這是今上在病榻上向公主提出來的，他始終希望女兒回心轉意，仍做李家媳婦。而公主也答應在名義上與李瑋復合，但要求繼續留在宮中，不回公主宅與李瑋同居。

我可以猜到她的想法。她早已不冀望還能與什麼人有姻緣之分，那麼讓李瑋恢復駙馬名位也不是難以接受的事，只要他那丈夫的身分繼續停留在名義上。

於是今上隨即下旨，晉封沂國公主為岐國公主；建州觀察使、知衛州李瑋改安州觀察使，復為駙馬都尉。

嘉祐八年三月辛未晦，今上崩於福寧殿。

這天日間，宮內人並沒覺得他有何不妥，雖然有疾在身，但他飲食起居尚平寧。夜間睡下不久後，他遽然起身，呼喚左右取藥，且連聲催促近侍速召皇后來。

據福寧殿內的侍者說，皇后到殿中時，今上已虛脫無力，連話都說不出，看見皇后，他流下淚來，用手指了指自己的心。

皇后忙召醫官診視，投藥、灼艾等急救方法都試過了，仍回天乏術。皇后無措，最後只得坐於他床頭，半擁著他，低聲在他耳邊說著一些別人無法聽清的話。

時至丙夜，今上在皇后含淚凝視下鬆開了她的手，與世長辭。

在醫官確認今上晏駕後，殿中內臣欲開宮門召輔臣，皇后這時拭淨淚痕，站起來，厲聲喝止：「此際宮門豈可夜開！且密諭輔臣黎明入禁中。」

然後，她又喚來侍奉今上飲食起居的內臣，不動聲色地吩咐道：「官家夜間要飲粥，你快去御廚取來。」

環顧殿中，她發現醫官此刻已離開，當即命人再去召他進來，然後讓幾名內臣守著醫官，不許其擅出福寧殿半步。

後來她引導十三團練趙曙即位之事更成了朝廷內外流傳的傳奇。

皇帝暴崩後，皇后祕不發喪，只密召趙曙入禁中。次日，她命宣輔臣至福寧殿見駕。宰相韓琦等人至福寧殿下，叩簾欲進，內侍方才告訴他們：「皇后在此。」

韓琦止步肅立，皇后於簾後泣而告知官家上仙之事，眾臣隨即伏地哭拜。而皇后稍抑悲聲，問韓琦道：「如今該如何是好，相公？眾人皆知，官家無子。」

韓琦應道：「皇后不可出此言，皇子在東宮，何不便宣入？」

皇后道：「他只是宗室，又沒有太子名分，立了他，日後會否有人爭？」

韓琦斬釘截鐵地回答：「皇子是大行(註2)皇帝下詔所立，也是唯一嗣子，他人能有何異議！」

得到這個答案，皇后脣角微揚，示意侍從捲簾，這才對韓琦直言：「皇子已在此。」

簾幕捲起，韓琦等人驚訝地發現皇子趙曙已立於皇后身側，皇后神情淡定，而皇子一臉憂懼。

在輔臣一致擁護下，趙曙即位為帝，尊皇后曹氏為皇太后。

趙曙體弱多病，一向又敏感多思，陡然當此重任，一時難以承受如此重負，患上心疾，常於禁中號呼狂走，不能視朝。輔臣商議後請皇太后垂簾聽政。於是，在皇帝抱恙期間，皇太后御內東門小殿，面對滿朝重臣，端然坐在

註2　舊時皇帝或皇后初崩稱為「大行」。

了簾後。

大行皇帝廟號定為「仁宗」。嘉祐八年十月甲午，仁宗皇帝下葬於永昭陵。

那日宮中內臣送葬者眾，我亦在其中，待回到宣德門前時天色已晚，宮門將閉，卻見一位內侍從宮中匆匆趕來，對守門使臣說：「皇太后先前吩咐，這門暫且多留片刻，等張先生回來。」

我聽後不禁出言問那內侍：「你說的張先生，可是張平甫先生嗎？」

內侍回答：「當然是他。今日皇太后下旨，升他為內侍省押班。前幾日已派人去召他了，算好是今日回來，所以吩咐留門等他。」

話音才落，便聞門外傳來一陣馬蹄聲，我回首望去，見一全身縞素之人正策馬馳來，身材頎長、眉目清和，正是我們剛才提到的張先生。

他在宣德門前下馬，宮門內外的內侍辨出是他，立即蜂擁而上，有請安的、有牽馬的、有為他撣灰拂塵的，一個個皆爭相獻媚示好。而他平靜如常，只是朝他們很禮貌地略一笑，然後抬首舉目，大步流星地向柔儀殿方向走去。

夕陽西下，為鱗次櫛比的碧瓦粉牆鍍上了金色的光。我隱於宮牆下的陰影中，目送張先生走進覆於這九重宮闕之間的流霞金輝裡，漸漸意識到，對皇城中的宦者來說，這是張茂則時代的開始。

皇太后曹氏聽政十三個月後撤簾還政，皇帝趙曙開始視朝。

在太后垂簾期間，入內都知任守忠常在太后面前說趙曙不是，而一旦趙曙親政，他又在其面前換了副諂媚的嘴臉，編造事蹟詆毀太后，意指太后不欲還政，乃至有廢立之心，令趙曙心存芥蒂，甚至停止每日定省，公開流露對太后的不滿。

朝中重臣見兩宮不睦，都頻頻上言，兩廂勸解，而司馬光在勸解之餘更寫下洋洋千餘言彈劾任守忠，列出他結黨營私、收受賄賂、欺凌同列、貪汙財物、編造謠言、離間兩宮等十條具體罪狀，要求皇帝將其處斬。在他引導下，呂誨等臺官與言官連續進言，前後上疏十數章，交章劾之，終於迫使趙曙下令將任守忠貶黜出京，蘄州安置。

任守忠雖然被逐，趙曙與太后的關係卻未修復。趙曙待太后冷淡，又把仁宗留下的四名幼女遷出原來的宮室，讓自己的女兒住進去。

此舉令司馬光痛心疾首，怒髮衝冠，上疏直指皇帝忘恩負義，說：「臣請以小喻大。設有閭里之民，家有一妻數女，及有十畝之田，一金之產，老而無子，養同宗之子以為後，其人既沒，其子得田產而有之，遂疏母棄妹，使之愁憤怨嘆，則鄰里鄉黨之人謂其子為何如人哉？以匹夫而為此，猶見貶於鄉里，況以天子之尊，為四海所瞻仰哉！此陛下所以失人心之始也。」

此後趙曙略有慚色，在皇后高氏及歐陽修等輔臣斡旋下，才重新開始定省太后。

在冷對太后的同時，趙曙也對自己的親生父母流露出尊崇眷顧之意。趙曙生父汝南郡王趙允讓薨後被追封為濮王，趙曙即位次年下詔命群臣議崇奉濮王典禮。宰相韓琦、參知政事歐陽修等主張趙曙稱濮王為皇考，因為「出繼之子於所繼、所生父母皆稱父母」；而臺官呂誨、范純仁、呂大防及諫官司馬光等則力主稱仁宗為皇考，濮王為皇伯，說「國無二君，家無二尊」，若趙曙稱濮王為父，將置仁宗於何地？

臺諫派與宰執派互不相讓，長篇累牘地上疏辯論，令這一場爭論延續了近兩年，史稱「濮議」。治平三年，太后發出手書，允許皇帝趙曙稱濮王為父，尊濮王為濮安懿皇，其三位夫人並稱后。趙曙旋即頒布手詔，說：「稱親之禮，謹尊慈訓。」臺諫請罷詔命，趙曙置之不理，最後把呂誨、呂大防、范純仁三人貶放於外。

這場爭論中，朝中臣子更傾向於臺諫派，宰執派常被目為奸佞小人，尤其是在辯論中引經據典，為趙曙稱親提供重要理論依據的歐陽修。

趙曙多病，在位不足四年即駕崩，廟號「英宗」。此後登基的是其二十歲的長子，現已改名為趙頊的大皇子仲針。

在趙頊即位不久後，因「濮議」一事與歐陽修結怨的政敵便展開了對他的攻擊。先是歐陽修夫人薛氏的從弟薛宗孺與歐陽修有私怨，在朝中散布謠言，說他與其長媳、吳充之女私通，御史彭思忠、蔣之奇遂藉此飛語彈劾歐陽修。但他們拿出的證據卻是軟弱無力的。吳氏小字「春燕」，他們便找出了歐陽修的幾首詞，說裡面既有「春」又有「燕」，是暗藏吳氏之名。

皇帝趙頊在此事上很堅定地支持歐陽修，甚至當面怒斥蔣之奇，說：「你們大事不議，卻愛抉人閨門之私！」隨後將彈劾歐陽修的臺官一個個逐出朝堂，但仍有臺官繼續論歐陽修「私媳」之事，而歐陽修也心灰意冷地自請補外，趙頊不許，他便一再上疏懇求。

治平四年三月間，我送畫院畫師完成的英宗御容圖卷去祕閣供奉，偶遇從寶文閣出來的歐陽修。多年不見，他仍一眼便認出我，很友善地喚我：「梁先生。」

一直以來，他對我與公主都懷有一種長輩般的關愛之情，在我們受到言官猛烈抨擊的時候，他都沒有隨眾指責過我們哪怕一次。如今聽見他招呼，我心中一暖，立即向他施禮，寒暄道：「久不相見，相公安否？」

參知政事是副相，平時眾人亦尊稱其為「相公」。但歐陽修一聽卻搖頭，微笑道：「從今日起，我不再是參政了，先生不可再稱我『相公』。」

別。

我訝然脫口道：「這卻從何說起？」

歐陽修道：「今上已接受我辭呈，免去我參政之職，命我出知亳州。明日我便要離京了，所以適才去寶文閣，拜別仁宗皇帝。」

寶文閣內藏仁宗御書，亦供奉有其御容，仁宗朝臣子離京通常都會前來拜別。

歐陽修的事被臺官鬧得沸沸揚揚，我是知道的，此刻聽他這樣說，不免深感遺憾，道：「臺官所言之事，今上已辨查其誣，貶黜構陷之人，相公為何仍要求去？」

歐陽修沒有細說原因，僅應以寥寥一語：「我只是覺得累了。」

我聞之感慨，又聯想到當年言官說他「盜甥」一事，遂嘆道：「相公一生性直不避眾怨，惜為言者所累。」

歐陽修聽了展顏一笑，道：「我年少時曾請僧人相面，僧人說我『耳白於面，名滿天下；脣不著齒，無事得謗』，如今看來，這話倒是應驗了。」

我聽後仔細打量他，果然發現他耳朵比面部要白，「脣不著齒」外表倒看不出，不知是何意，我亦不好開口去問他，便只是微笑。

與我相對而笑須臾，他又斂去了笑容，對我正色道：「我這一生確實受『風聞言事』所累，兩次名譽受損，也弄得身心皆疲、苦不堪言，然而，我還是很慶幸，我的仕宦生涯是在這個言路開明的時代度過的。」

我一怔，開始品味他的話，而他繼續說了下去：「臺諫言事有效，上可防止國君濫用皇權，宰執獨斷專行；下可監察百官，肅清風紀，令奸佞腐敗之徒無處藏身，不致政事敗壞。而言者強調身居高位者的品行道德，乃至不容其有一點兒瑕疵，動輒上言論列，其實也是政治清明的表現，儘管在兩派相爭中，不矜細行，常被對方用作構陷定罪的藉口。」

「國朝臺諫之中，固然也有利用職權以報私怨、伐除異己的小人，但更多的卻是不畏權貴、不圖私利、剛正敢言的君子。有他們在，夏竦那樣的權臣不能一手遮天，溫成那樣的女寵沒有禍國的機會，張堯佐那樣的外戚難以藉後宮之勢雞犬升天，而任守忠那樣的奸佞內臣更無法弄權干政……風聞言事自然有其弊端，但總好過言路堵塞。」

「若有朝一日，臺諫形同虛設，國君恣意，為所欲為，以致女寵、近侍、外戚皆可典機密、干涉朝政，又或朝廷重臣獨攬大權，不避親嫌，以致一門盡為顯官，騶僕亦至金紫，道德淪喪、風俗敗壞，而言者又畏懼強權，既無法獨立言事，又不敢指責身居高位者的過失，百姓縱有意見，亦不能明說，只能把對其供奉之人的不滿化作滿腹譏議，私下流傳……那麼，大宋也到了氣數將盡的時候。」

此時他肅然回首，望望身後的寶文閣，目露感懷留戀之意，然後再道：「好在我遇到的君主仰懼天變、俯畏人言、嚴於律己，又並不乏辨識力，知人善任、禮賢下士、從諫如流，國家言路開明，所有人都受到言者監督，無人可肆意妄為、獨斷專行……所以，我很慶幸生在這個堪稱海晏河清的時代……」

說到這裡他略略停頓，著意看了看我，才又道：「雖然我們都曾被時代誤傷。」

【玖】桃夭

無論是仁宗在世的最後一年，還是在英宗治下，公主皆隨母親苗娘子居住，儘管宮外的公主宅內還有一位她名義上的夫君。但這種情況在趙頊即位後有了變化。

趙頊是公主鍾愛的姪子，從小便與她相處融洽。即位後不久，他便把公主晉封為楚國大長公主，給予她的爵邑為當朝皇女之最。他對公主的態度令苗娘子忽然懷有了新的希望，幾次找人代為勸說，想請趙頊允許他這位大姑姑與姑父離異，改嫁他人。但趙頊並不答應，當面正告公主母女：「仁祖當年復李瑋駙馬都尉之名，便是希望姑姑能繼續做李家媳婦，尊人倫之婦順、廣天下之孝思、彰邦媛之賢，以儀我皇室。姑姑事仁祖純孝，故願遵父命，與李瑋再續前緣，以篤外家之愛，如今豈可因仁祖上仙，便不顧遺訓，而有改適他人之心？若姑姑執意如此，頊不敢阻止，但請姑姑三思。姑姑與姑父不諧，已使仁祖有遺恨，若再離絕李氏，仁祖泉下有知，又該如何痛心？」

公主默然，並不反駁，而趙頊又提出了一個要求：「姑姑既與李瑋有夫婦之名，長居宮中總有不便，外人得知，亦有譏議。不如仍回公主宅居住，琴瑟相調，方為兩宜。」

在他的極力勸說下，公主終於同意，按他的意思，回到了公主宅。而趙頊也隨後宣布廢除「尚主之家，例降昭穆一等」的規定，並正式下詔，要求以後公主下降都要行舅姑禮，如尋常人家新婦那般侍奉舅姑。

據說，在公主將要上車回本宅之時，趙頊曾向她欠身致歉，說：「對不起，姑姑。可是所有皇室中人都一樣，既不能放縱自己的欲望，也不能迴避自己的責任。」

有好事者把經過原原本本地告訴我，一邊說一邊窺探我的表情，而我沉默地聽著，面上波瀾不興，心裡也沒有他們期待的情緒騷動。因為我知道，對公主來說，結局早已註定。公主的花期已在她二十五歲時結束，凋零的花瓣棲身何處，其實已並不重要。

可想而知，她在公主宅與李瑋過的是絕對「相敬如賓」的生活，他們彼此都受傷太重，破裂的關係他們也不會再嘗試修復，能各自保持安靜的狀態便好。有一次我聽一位畫師說起他在李瑋園中看見李家小公子，細問之下我得知，那是韻果兒所出，而公主並沒有自己的孩子，當然，很可能永遠都不會有。

每逢節慶，我都會去集英殿的宮牆下，看公主為我裁剪的花勝。她也從不失約，當天黎明即把花勝掛上桃花樹梢，待我等到集英殿院門開啟，進到院中的時候，那些越過牆頭的彩繒花片早已迎著清風在枝頭飛舞，像一群尋香的蝴蝶。

年復一年，都是如此。她回公主宅長居之後都沒有放棄這個習慣，總會在節日前一天入宮，依舊於黎明時分掛上花勝。

有一年七夕，她不知為何來得晚了，我等到將近午時才見桃花枝頭有花勝掛出，是挑在一根竹枝之上，伸到桃花樹上掛好。

是公主親自掛的嗎？我快步靠近宮牆，隱隱聽見裡面傳來的環珮聲。

我呆立在原地，看著那竹枝高低起伏，使一片片彩繒裁成的花朵綻放在花期已過的桃花樹梢，久久難以移步。

「梁先生！」忽然有人從對面的祕閣處跑來，揚聲喚我。

他的聲音很大，我尚未收回的目光察覺到花樹上方的竹枝顫了顫，然後帶著枝頭的花勝倒了下去。

來人已跑到我身邊，我倉促地轉身面對他，發現他是許久不見的白茂先。

他當年在公主夜叩宮門之後也遭到了處罰，被貶往前省書院做小黃門。後來英宗即位，幾位年輕公主入禁中居住，缺少內臣服侍，白茂先便又被調到後省做事。

白茂先現在已長成了一位俊秀的青年，穿著內侍高品的公服，手中捧著一些卷軸，神采飛揚。

「不錯，進階了。」我含笑對他說。

他謙恭地朝我欠身，微笑道：「全仗先生教導。」

我與他寒暄幾句，看看他手中的卷軸，又隨口問：「這是什麼？」

「公主在學飛白，要我來寶文閣取仁宗皇帝御書給她臨摹。」白茂先回答。

公主？我有些訝異，但旋即明白了，他指的是他現在服侍的某位長公主，因他是在英宗朝入侍那位長公主，所以現在還保留著原來的習慣，稱她為公主——與我一樣，他口中的公主就是指他心裡、眼裡的公主一人。

「公主的飛白已經練得很好了，太皇太后也經常教她，說她很有靈氣呢……」白茂先繼續描述他的公主的情形，目中閃爍著從心底浮升而出的喜悅。

我惘然地看他，有一些不安的感覺。

他渾然不覺，又獨自與我說了半天，仍忘了跟我解釋那位公主是誰，彷彿認為這是普天之下的人都會知道的事。

最後他終於意識到時間問題。「哦，公主還在等我呢，我得走了。先生多保重！」

不待我回答，他便樂呵呵地捧著仁宗御書跑開了。我上前數步，本想喚住他，為他與公主的相處方式稍作提醒，但他已迅速消失在院門外。我默然止步，也想到或許我的勸誡不會起到任何作用。當年的皇后與張先生何嘗未提醒過我，但一切還是如此發生，無法逃避的是宿命的淵藪。

回首再觀桃花枝頭，已不見竹枝探出。我本以為公主已離開，但佇立之下，卻又聽見越牆的微風送過一聲若有似無的嘆息。

我緩步上前，雙手撫上深院粉牆，面朝她可能存在的方向。

也許她就在這面牆的後面。

也許她也正以手撫牆，探尋我所在的方向。

也許就在這一刻，我們手心相對，而彼此目光卻在這紅牆屏障兩側交錯而過……

起風了，她會冷嗎？我伸出了手，她還能感覺到些許溫度嗎？

我愴然仰面，望向浩渺天際。

秋水長空有彤雲飄渺，今晚應可見煙霄微月，星河皎皎。但少的是金風玉露，多的是銀漢迢迢，又有誰能伴在她身邊，與她同品這銀燭秋光，共度那天階微涼？

自那日以後，花勝掛出的時間越來越晚，我有不祥的預感，留意打聽，才得知公主已有頑疾在身，常常胸口疼痛，體虛乏力，偶爾還會有暈厥現象。

每到節慶之時，她還是堅持回宮來掛花勝，我還是早早去等待，雖然可能會等到很晚，但無論如何，總能等到。

但，熙寧三年花朝節這天，我從黎明時分直等到將近黃昏時仍未見花勝出現在樹梢，只有那滿樹的桃花，正對著春風開得喧囂。

她一定是回了宮的，我還聽人說，昨日最後進入宮城的是她的車輦。

而為何花勝始終不見？

我眼睛牢牢盯緊桃花枝頭，那上方每一次的花枝搖曳都令我心跳加速，而事實證明，那只是春風開的一場又一場玩笑。

夜幕降臨時，我終於等到了結果，牆頭升起的不是彩色的花勝，而是刺目的白幡，層層疊疊的，像即將迎面蓋下的白色巨浪。

一陣哀戚哭聲從後宮傳來，不久後宮中殿門開啟，許多內臣奔相走告：楚國大長公主薨……

她死於我們分離後的第八年，熙寧三年的春天。

皇帝趙頊命人把她靈柩送回公主宅，然後親幸其第臨奠，哭之甚哀。

他追封公主為秦國大長公主，並命輔臣為她議謚，最後他親自選定了「莊孝」二字，因為「主事仁祖孝」。

另外，他還把李瑋貶到了陳州，公布於眾的罪名是「奉主無狀」。

【拾】雙喜

熙寧三年，崔白再次步入闊別已久的翰林圖畫院，而這次，他的身分是圖畫院藝學。

此前皇帝趙頊要尋畫師為垂拱殿屏風畫一幅〈夾竹海棠鶴圖〉，又嫌畫院諸人畫風呆板，流於形式，欲覓筆法有新意者執筆，太皇太后曹氏便向他推薦崔白，讚其畫風不俗，於是趙頊召崔白入宮，與另外幾位著名畫師艾宣、丁貺、葛守昌共畫這巨幅屏風。

完成之後，崔白所作部分為諸人之冠，趙頊龍顏大悅，當即下旨將崔白補為圖畫院藝學。而崔白一向灑脫疏逸，不想受畫院約束，再三力辭求去，最後趙頊恩許其不必每日在畫院供職，「非御前有旨，毋與其事」，崔白這才勉強接受，做了這畫院高官。

如今的年輕天子與兩位先帝不同，充滿蓬勃朝氣，從即位之初起便立志革新，以富國強兵，後來任王安石為相，大刀闊斧地變法度、易風俗，而畫院格局也在他變革計畫之內。故此，崔白如魚得水，改變了近百年來畫院較藝以黃筌父子筆法為格式的狀況，令大宋畫院進入了一個生機勃勃的全新時代。

自我回歸畫院後便幾乎沒有出宮的機會，在崔白重入畫院之前我們未曾相見，久別重逢，我們格外欣喜。獨處敘談一番後，崔白取出了一卷畫軸，雙手遞給我，道：「當年離開畫院時我曾向懷吉承諾，要送你一幅畫。這麼多年來，我畫過許多，但都沒有覺得很滿意、不辱君子清賞的。幾年前總算畫成一幅，稍可一觀，如今便贈予懷吉，望賢弟笑納。」

我謝過他，接過一看，見畫的是郊野一隅，山坡上立有秋樹竹枝幾株、衰草數叢，一雙山喜鵲斜飛入畫面上方，雌鳥已立於殘樹枯枝上，在對著左下方一隻蹲著的野兔鳴叫；而雄鳥尾隨著牠，正展翅飛來。

這是幅我前所未見的佳作，運用了多種技法：山喜鵲、竹葉、秋草是雙鉤填彩，筆法工謹細膩；而荊棘和部分樹葉葉脈用的卻是沒骨法，暈染寫意，不用墨筆立骨。樹幹筆意粗放，土坡線條是用淡墨縱情揮毫而成。

那野兔皮毛更是一絕，並沒有輪廓邊線，也很難用某種特定的技法來形容，毛是一筆筆畫出的，與真實皮毛一樣，層次分明，長短不一，既有柔密細軟的內層絨毛，也有粗直挺健的外層長毛，一根根描畫細緻至極，彷彿一伸手便可體會到那一片溫軟細密的觸感。整幅畫可說是集國朝眾家之長，筆意粗細共存，卻又能和諧相融，令人嘆為觀止。

然而，最令我驚訝的，是他對畫中鳥獸神情的描繪。那隻雌鳥體態玲瓏，但俯身向下，對著野兔張翅示威時鳥喙大張，眼睛圓睜，表情憤怒至極，竟透著幾分淒厲。牠身後的雄鳥曳著長長的白色尾羽，身形漂亮，表情不像雌鳥那麼憤怒，看上去有些驚訝，亦有點兒迷惘，雖在朝雌鳥飛去，但不像是要和牠一起與野兔對抗，似乎還未想好下一步該怎麼做。而那有著豐厚皮毛的野兔正回首仰望，愣怔著看朝牠怒斥的雌鳥，右前爪不知所措地抬起，像是進退兩難，不知如何是好。

我觀察著畫中景象，隱隱猜到崔白畫中深意，而他也指著雌鳥從旁解釋：「山喜鵲性機靈、喜群聚，有衛護自己所處領域的習性。若有外來者闖入，牠們便會激烈地對其鳴叫示威。而這隻野兔可能是經過山間時誤入這一對山喜鵲的領域，雌鳥不滿，所以憤怒地要逐牠出去……」

我點點頭，銜一抹淺淡笑意，最後把目光鎖定在畫面右側的樹幹上，那裡有崔白落款：「嘉祐辛丑年崔白筆。」

我把這幅〈雙喜圖〉懸掛在房中，常常沉默地凝視著，一看就是半晌，而那些前塵往事也隨之浮現於腦海，明晰得如同只隔了一宿清夢。

數月之後，我決定把這幅畫送入祕閣收藏，既是為了不再觸摸那些舊日傷痕，也因為它太過精美，美得不像是我可以保留住的東西。

我這一生的閱歷印滿了各式各樣美的痕跡：我見過輝煌的皇城、雅致的書畫、精巧的玩物，以及這清明時代的美人如玉、江山如畫……可是，他們都不屬於我，我特殊的身分決定了我只能是這些美好事物的旁觀者，我習慣去見證他們的存在，卻不會試圖去擁有。

送〈雙喜圖〉入祕閣那天是熙寧四年的花朝節，宮中人大多隨帝后去宜春苑賞花了，殿宇之間空蕩蕩的，稀見人影。

走到集英殿外時，我側首朝院中與後宮相連的宮牆處望了望。這是長年來形成的習慣，雖然剛一轉頭我便已想起，公主不在了，桃花枝頭的花勝已有一年未見。

但這一回眸，結果全然在我意料外——牆頭的花樹上有花勝，已掛上四、五片，還有一根竹枝正顫巍巍地向上伸著，要把一片蝶形彩繒掛上去。

那一瞬我耳中轟鳴，完全僵立在原地，直視著那片掛上枝頭的彩繒，身體不由自主地輕顫著，胸中痛得難以呼吸。

終於，多年來的禁忌被我徹底拋開，我邁步繞開宮牆，以驚人的速度穿過一重重有人或無人把守的殿門，朝後宮跑去。

只是一牆之隔的距離，真的繞過去卻像是翻越了千山萬水。直奔至精疲力竭、氣喘吁吁，我才進到了闊別九年的後宮，看見了那株紅牆後桃花樹之下的景象。

一位十六、七歲的少年負手立於桃花樹前，著紅梅色圓領窄袖襴衫，身姿挺拔、面容俊美，此刻正注視著面前的女孩，目中盡是和暖笑意。

而那女孩背對著我，身形看上去甚嬌小，還梳著少女雙鬟，應是十二、三歲光景。她穿著柳色衣裙，正舉著竹枝往桃花樹上掛花勝，嬌怯怯的，行動亦如弱柳扶風。

這次她的目標是花枝最高處，但她個頭小，搆了好幾回都無法如願將花勝掛上枝頭。那少年看了笑道：「我來幫妳掛吧。」

女孩回首道：「不要。苗娘子說，大姊姊每次都是自己親手掛的。」

她這一轉頭，讓我看見了一張酷似秋和的臉。剎那間我曾以為時光倒流，我又回到了多年以前，在儀鳳閣中偶遇秋和的那一刻。一樣的明眸皓齒，一樣的語調輕軟，只是這個女孩還要小些，比當年的秋和多了兩分嬌憨。

又聽她提苗娘子和「大姊姊」，我旋即明白，她便是秋和的女兒朱朱，仁宗的十一公主，現在的封號是邠國大長公主。與她同母的九公主已於治平四年夭折。

再打量那少年似曾相識的眉目，我亦推測出他是當年的仲恪，現在已改名為趙顥的英宗四皇子。不久前，今上剛晉封他為嘉王。

見朱朱這樣回答，趙顥一哂：「誰讓妳那麼矮！不要我出手我便回去，明年花朝節再來，妳一定還在這裡，搆來搆去還是搆不著。」

他語氣隨意，全然不像是對姑姑說話，兩人相處的樣子倒似兄妹一般。

朱朱聽了他這話竟也不生氣，側首想了想，忽然對他招了招手：「過來。」

趙顥問：「幹什麼？」

朱朱指了指足下地面。「你過來給我墊墊腳。」

趙顥擺首道：「讓親王做這等事，真是豈有此理！我不去。」

朱朱嘟起嘴，佯裝惱怒。「我是你姑姑！」

趙顥笑道：「什麼姑姑，明明是豬豬。」

話雖如此說，他卻還是朝朱朱走了過去，俯身彎腰，果真讓朱朱去踩他的背。

朱朱一手扶著牆，另一持竹枝的手按著趙顥的肩，小心翼翼地踏上他背部，然後晃悠悠地站起來，又把花勝朝最高的枝頭掛去，一邊掛一邊說：「你要是不聽我的話，我就告訴王姑娘和龐姑娘『我的毛』的事……」

趙顥伏在地上應道：「她們跟我有何相干？」

朱朱道：「不相干嗎？那為什麼上次太后特意召她們入宮賞花？」

趙顥答道：「她是要為二哥選新夫人，可不關我的事。」

朱朱又問：「不關你事，那你那天巴巴地跑去找她們說什麼話？」

趙顥脣角一挑，勾出一抹狡黠笑意。「我是跟她們說，下次不妨跟邠國大長公主去玉津園看射弓，那裡除了珍禽異獸、外邦使臣，還有很多值得看的人，例如曹……」

他話未說完朱朱已是大驚，腳一滑，從趙顥背上跌落，連人帶竹枝一起摔倒在地上。

趙頵忙翻身起來伸手去扶她，我默默地在一棵槐樹後看了許久，此刻也疾步過去，與趙頵一起把朱朱攙了起來。

趙頵與朱朱打量著我，都有些詫異。

我感覺到自己現身得突兀，當即行禮致歉，請大長公主恕我唐突，然後低首告退，緩步退至宮院門邊。

當我轉身時，朱朱開口喚住了我：「老人家，請等等。」

她對我的稱呼令我有一瞬的失神——老人家？

這年我四十歲，已經成她眼中的老人了嗎？

似回答這個問題一般，我垂目窺見了地面上自己的影子，彎腰駝背，確實如耄耋老者。

朱朱走到我面前，遞給我一卷畫軸：「這是你剛才扶我時從袖子裡掉出來的。」

我雙手接過，躬身謝她。她憐憫地看著我，忽然退下手腕上的玉鐲，又喚來趙頵，扯下他腰懸的玉珮，然後全塞在我手中。

我怔怔的，不知該做何反應。而趙頵大概以為我是有顧慮，便對我鼓勵地微笑：「收下吧，這是大長公主賞你的。」

我沒有多話，只是頷首，恭謹地道謝，把玉鐲和玉珮收入懷中，又再次告退。

將要出門時，我回頭再看了看那一雙年輕美麗的孩子，他們又在那裡說笑著掛花勝，頭上金陽搖漾，周圍晴絲裊繞，彩繒與桃花對舞春風，時見落英飄零如雨。

我默然垂首，捧著〈雙喜圖〉一步步走出這春意盎然的深院、芳菲正盛的桃源。有內侍趕來，關閉了我身後的門，將這一片繾綣紅塵鎖於我遺失的空間，而我也沒有回顧，只是繼續前行，漠然踏上目標未定的歸途。

漸行漸遠，適才少年的笑語已自耳畔隱去，而遠處有教坊樂聲隱約傳來，是三五位女子清按宮商，在唱一首淒婉的歌。

「相誤，桃源路，萬里蒼蒼煙水暮。留君不住君須去，秋月春風閒度。桃花零亂如紅雨，人面不知何處。」

二〇〇八年十一月二十七日完稿於廣州

番外篇

沈郎歸

香櫞子看見沈遘的時候，他正在西湖邊的書院中小憩。

這日沈遘舊友王安石自京中來，途經杭州，他召集杭州文人雅士與王安石接風，請他們在書院內吟詠唱和，自己卻偷閒來到湖畔花廳中，斜躺於藤榻上，面朝廳外十里風荷，枕著一席詩書閉目眠。天地間蓮葉田田，煙波畫船，歌詩聯翩，似與他無關。睫毛的陰影、微翹的脣角，顯露著他對此間風物主人般熟稔之下的輕慢。

他有美好的眉目，卻與香櫞子記憶中金明池畔榜眼郎的模樣若即若離。她提著食盒進來，悄然駐足凝視良久，才開口喚他「沈知州」。

他徐徐睜眼看她，一絲淡淡的疑惑稍縱即逝，隱於眸中，他迤迤然起身，一展廣袖坐直，眉宇間有若在公堂之上的鎮靜與從容。

香櫞子施禮道：「奴家陳氏，名引香。暮雲姊已歸家籌備婚事，廚房執事說以後知州飲食果子便由奴家接掌。今日天熱，奴家做了冰雪甘草湯和生淹水木瓜給知州送來，還望知州嘗嘗，稍解暑氣。」

言罷打開食盒，將冷飲、甜品一一取出奉上。沈遘接過，兩種都聞了聞，問道：「這兩日我飲食用水似與往日不同，略含香氣，都是妳做的？」

香櫞子答道：「是。奴家用竹葉、稻葉、樟樹葉或橘子葉淘淨晾乾翻炒，加水煮開，晾涼後濾淨水入瓦罐，吊至深井中冷透，再用來製飲品是最清爽不過的了，很利於消暑。」

「這是東京熟水的製法吧？」沈謙又問：「姑娘是開封府人？」

「不，奴家祖籍杭州。」香櫞子立即否認，略一踟躕，又稍加解釋：「只是在東京住過幾年。」

沈遘笑笑，不再追問，逕自取了一碗冰雪甘草湯，在她注視下飲盡。

「妳給我喝的是什麼？」一月後，沈遘問香櫞子，冷肅的神情、蒼白的臉，目中有寒光掠過。

香櫞子冷冷一笑：「冰雪甘草湯、雪泡豆兒水、涼水荔枝膏、冰雪冷元子……都是知州愛吃的應季冷飲。」

「用的都是那有香草味的東京熟水？」沈遘語調輕緩，須臾猛地揮袖一拂，桌上水注子啷噹落地。

「近日我整日頭暈目眩、精神不振，甚至四肢乏力，頻頻嘔吐。看了幾位醫師都找不出病因，幸而遇見一位高僧，觀我面色便問是否飲食有異。我這才想起妳那熟水，取來給高僧看，他驗出其中除了妳說的竹葉、稻葉、樟樹葉、橘子葉，還有幾味草藥，配在一起便是陰毒的藥物，長期服用，會中毒身亡。妳每日在我飲用水中小劑量添加此物，是欲神不知鬼不覺地置我於死地吧？」

香櫞子沉默不語。沈邁又道：「妳隱姓埋名，潛入知州官邸，做廚中侍女大半年才獲得如今下毒的機會，可謂處心積慮。而我與妳素無冤仇，妳這般害我，是受何人指使？」略一停頓，見她依然不答，不由得唇角微勾，直喚她真名：「香櫞子！」

這名字令她悚然一驚，迅速舉目看他。

她的反應在他意料之中。注視她的眸光似一把利刃，直刺到她心裡去。「我知道妳姓袁，曾是兗國公主的侍女，公主給妳取名叫香櫞子。」

她下意識追問：「你何時知道的？」

他一哂：「妳犯了這麼大的事，我當然會把妳查得清清楚楚。」

那麼，他還是記不得她的……香櫞子鬆了口氣，旋即卻有一絲惆悵無法遏止地浮上心頭。

她恢復了鎮靜神情，亦不畏懼地直視他眼睛。「知州既已查清我底細，又何必再問我原因。我家破人亡，淪落至這般田地，皆拜知州所賜，知州豈會不知？」

沈邁屏息坐直，說出了他的答案：「是為任康敖？」

沈邁出身於錢塘沈氏，自吳越國起，至國朝大宋，沈氏皆有人入朝為官，可謂世代簪纓之家。沈遘年少時循蔭補制度做了個名為「郊社齋郎」的小官。但國朝推崇讀書人，滿朝朱紫，多數是科舉出身的書生，非進士出身不能得美職，靠蔭補出仕的人前途有限，且常被進士出身的同僚譏笑。因此，皇祐元年，二十二歲的沈遘放棄官職，鎖廳而去，參加貢舉。

殿試之後，試官與皇帝選定的進士第一人原本是沈遘，卻有大臣指出，沈遘以前做過蔭補的官，根據慣例，「已官者不得先多士」，不能點他做狀元，於是，皇帝欽點馮京為狀元，沈遘成了當年的榜眼。

此後沈遘先是通判江寧府，期滿回京，參加入館閣的召試，他選擇試策論，寫了篇《本治論》。皇帝閱後大為讚賞，道：「近來獻文者動輒寫詩賦，卻不如此文實在可用。」沈遘遂順利進入館閣，除集賢校理，不久後又像狀元馮京那樣，得以修起居注，又遷知制誥。怎奈後來父親沈扶犯了點兒事，他便自求補外，先知越州，後徙杭州。

一日沈遘召杭州官吏春宴望湖樓。此時杭州民眾無不知錢塘沈郎大名，聽說他設宴於樓上，凡往來乘騎者，到望湖樓前都會下馬步行而過，以示敬意。唯有一位士人例外，騎著一匹高頭大馬，大剌剌地縣轡揚鞭從望湖樓前走過。

沈遘在樓上看見，問此人身分，有人答說：「是名士任康敖，善吟詠，有才名，所作〈薄媚〉曾在城中傳唱一時，世人皆知。因此心氣甚高，自覺下一科的狀元就是他了，故而常有狂妄之舉。」

沈遘當即拍案，命將任康敖抓住押於樓下，且讓人取來筆墨，當場寫下判詞：「今日相逢沈紫微，休吟薄媚與崔徽。蟾宮此去三千里，且作風塵一布衣。」寫罷擲筆，命兵卒將任康敖推出去，於樓下就地處決。

「你殺的，不僅僅是任康敖。」香櫞子道：「我蒙兗國公主恩典，得以歸家侍奉雙親。父母帶我回故鄉杭州，一是為安享晚年，一是為一心願：杭州人傑地靈，望能在此為我覓一位才士為夫婿，將來封妻蔭子，光耀門楣。」

沈遘嗤笑：「最後他們找到的是任康敖。」

「是。」香櫞子怒目瞪沈遘，切齒道：「那天任康敖剛到我家下了聘禮，一時愉悅，走至望湖樓忘記下馬，雖然輕狂，但何至於死？」

沈遘淡然道：「且不論他是否該殺，妳先把此後之事說完。」

憶及當年事，香櫞子心中一慟，不由得落下淚來。「任康敖死後，他家人悲痛之餘受小人挑撥，覺得是我八字剋夫，為他招來殺身之禍，便召集族人到我家大鬧，索回聘禮，打砸一番，還指名罵我剋夫。我父親原有心悸之症，受此驚嚇冤枉，當天病發，棄我母女而去。我母親思念父親，又見我背負剋夫罪名再無人提親，於是終日悲泣，不出半年也鬱鬱而亡。」

沈遘了然。「所以妳將這一切都歸咎於我。」

「不是嗎？」香櫞子冷道：「沈知州如此草菅人命，罔顧大宋律法，胡亂判決，導致兩戶人家遭此大禍，難道不該為此付出代價？」

「妳外公曾是杭州名醫，想必妳此後鑽研他留下的藥典，找到了那慢性毒藥的配方。」沈邁說出自己的推測，香櫞子不置可否，沈邁又問：「但妳既做過兗國公主侍女，想必有通天的本事，何不返京向公主和今上告我。如此私下毒手，卻不怕事敗丟了性命嗎？」

「父母不在，我已了無生趣，活著已是苟且偷生，豈會顧惜這條性命？」香櫞子道：「何況，公主和官家為家事所困，已心力交瘁，我怎可再以此事相求？如今事敗，要殺要剮悉聽尊便，我領受便是。」

「死很容易，我不會那樣便宜妳。」沈邁微微一笑。「會有更適合妳的懲罰，妳要不要活著看看？」

【貳】弦徵

沈邁並未對香櫞子做任何責罰，反而令她做侍女，終日隨侍在側，只是不再吃她做的飲食。香櫞子猜不到他有何打算，而再要算計他卻也是沒機會也沒把握，只要他清亮的雙眸朝她一轉，她便覺得自己成了個透明人，整副心腸盡入他眼底。

沈遘習慣晨起處理公事，到中午事畢，便出門與賓舊往來，從容燕笑。自從停服有毒之水後，他像是迅速恢復了健康，看上去總是神采奕奕、精力充沛的樣子。

一日午後，沈遘帶香橼子來到一處粉牆黛瓦的小院。剛至門前，便聽其中有絲竹之聲傳出，進入院中，見一女子背對他們，主彈琵琶且唱曲，身旁有樂伎相和，對面則有數名舞姬揚袖作舞，聽那歌者唱至「翛然一榻枕書臥，直到日斜騎馬歸」，眾舞姬咯咯地笑了起來，舞姿也歪歪斜斜不成樣子。

旁觀的沈遘亦不禁笑了，揚聲問：「這詞誰寫的？似乎大有深意。」

眾人忙上前施禮。唱歌的女子放下琵琶斂衽道：「這詞是王安石學士在知州回府後寫的，旁觀者都說有趣，特意謄錄了送來，要我譜曲日後唱給知州聽。奴家斗膽，今日在此排練，還望知州恕罪。」

她聲音輕軟溫柔，十分悅耳，身姿也苗條曼妙，卻蒙著一塊深色面紗，把眼睛以下的面容遮得嚴嚴實實。

香橼子留意細看，見這女子露出的雙目晶瑩，顧盼間秋水瀲灩，頗有風情，僅看這半面已知必是位大美人。可惜兩眉間有一道凸起的疤痕，且色素沉著，雖已用脂粉和面花盡量掩飾，還是能被一眼看出，由此可推測，她雙頰上一定也有類似傷痕，才以面紗遮掩。

「妳若知罪，還會聽人唆擺編這曲來譏笑我？」沈遘笑道。

那女子低首解釋，意態溫婉：「知州，王學士這詞並非譏諷呢。意指知州閒時躍馬揚鞭，與友人過從宴集，其間枕書小憩，黃昏引馬歸家，待到清晨卻又能神采飛揚，落筆如風雨，連判數百紙，懲惡揚善。所以此詞明貶暗褒，實為盛讚知州有魏晉風度，乃真名士。」

沈遘拊掌道：「阮娘子才是真行首。尋遍杭州城再也找不出第二朵妳這般聰慧伶俐的解語花。」旋即命阮娘子帶眾樂伎、舞姬繼續排練，自己坐在一旁饒有興味地看至日暮，才和香櫞子回去。

「她臉上的傷……」香櫞子踟躕良久，終於忍不住問沈遘。一個歌喉容姿皆美，又如此善解人意的女子，不知遇何等變故，竟遭致毀容之災。

「她叫阮弦徵，曾是杭州城中最有身價的名妓。」沈遘道：「當年她與一位士人相戀，那人薄有才名，性情卻暴戾至極。弦徵難以忍受，疏遠那人，意欲斷絕關係。結果那人用利刃在她臉上連割數刀，並用墨汁塗抹，將她徹底毀容。弦徵將此事訴之州府，前任知州卻以『惜才』為由不追究行凶者刑責。」

「此後弦徵門前冷落，被迫當街賣唱為生。一次賣唱中途因容貌之事遭到路人奚落，她在街頭痛哭，我那日上任，碰巧遇見，問明緣由之後稍加安置，見她歌舞技藝出眾，便讓她來如今的樂坊做了行首，教導樂伎。」

細思此事及沈遘提及那士人時暗含不屑的語調，香櫞子漸感不安，心裡有了一個隱約的猜測，再將詢問的目光投向沈遘。

沈遘坦然與她對視。「不錯，那人就是任康敖。」

香橼子以前一直以為沈遘殺任康敖是有妒才的私心，未承想有阮弦微毀容案這一緣由。此事以前未有人向她提過，或是媒妁及親友中的知情者刻意隱瞞。每每思及此處，香橼子憤懣之餘也略感慶幸：未婚夫暴戾至此，若無沈遘這一變故，自己當真嫁給他，日後不愜他意，淪為第二個阮弦微亦未可知。

香橼子對沈遘的心結由此稍解，漸漸地開始覺出他的優點來。例如他雖不常看書，記憶力卻比常人好許多，寫文章引經據典，長於議論。他不愛填豔詞，但作的詩則清俊流逸，不染俗韻。他吏事精敏，斷案如神，且對杭州百姓懷有一顆父母心：若貧民之家死了人無錢安葬，他便給以公錢；孤女無嫁妝不能成婚，他也會同樣接濟；若有以歌舞技藝為業的倡優收良家女為養女，他知道後會立即命人把孩子奪回來交還給其父母……

既對他印象改觀，香橼子服侍他也比以前認真，添香加衣、點茶伴讀都頗用心。有次沈遘秉燭夜讀，香橼子在側陪伴，終感睏倦，頭一點一點地打瞌睡，忽聞沈遘喚了一聲她的名字，她陡然驚覺，抬眼見沈遘正在看她，頓時大窘，紅著臉站起，問：「知州有何吩咐？」

「嗯，我渴了。」沈遘微笑著，輕聲道：「可以為我做一碗雪泡豆兒水嗎？」

這是她投毒事發後他首次提出要她做飲食。她怔怔地站立了半晌才回過神來，強抑住上湧的淚意，低首道：「現在夜深，喝雪泡豆兒水太涼，易傷脾胃。綠豆湯廚房有，我為知州加些百合，熱一碗來吧。」

此後香櫞子重新料理沈遘飲食。她原在宮中學過廚藝，做的菜已比尋常廚師精緻美味，如今更為上心，四處尋名廚食譜鑽研，變了法兒做給沈遘吃，可以一、兩月不重樣。而沈遘也再不疑心，她給什麼便吃什麼，從不試毒，菜合口味總不忘誇讚兩句，此時兩人往往相視而笑，彼此目光都有類似家人的溫情。

【參】判決

他們第一次爭執源於沈遘的某個判決。

沈遘姿容俊美，卻性情剛毅，明於吏治，銳於懲惡，對待罪犯絕不姑息，一概從嚴懲處，有「玉面閻羅」之稱。在杭州他大袖一展，獨當一面，判決不依據大宋律法定輕重，罪犯案情稍有不善，他便將其刺配為卒。他知杭州短短兩年，受刺者便達數百人。

一日沈遘在官邸寫判詞，香櫞子磨墨時瞥了幾眼，發現判詞提到罪犯年僅十一，而沈遘的判決竟然是「處斬」，不由得一驚，問沈遘：「這孩子才十一歲，尚不懂事，就算犯了大錯也不應以成人刑罰施於他身上，不若請人嚴加監管，善以教導，讓他悔過自新。」

沈邁嗤之以鼻。「十一歲很小嗎？我十一歲時什麼道理都懂了。這小孩父母年前生一幼子，他見父母對幼弟百般呵護，對他關愛稍減，便心生嫉恨，趁父母不在時痛毆弟弟，最終用石頭將弟弟砸死，這種惡行是可以用『錯誤』來輕描淡寫的嗎？小小年紀已這般狠毒，若待成年，不知會如何凶殘，不如現在就處決，不給他禍國殃民的機會。」

香櫞子道：「若成人犯下如此重罪，確實按律當誅，但這孩子年幼，對是非善惡尚無足夠辨識力，就如一塊可塑的泥，之前被人捏歪了，焉知將來不會被好工匠重塑成良品？」

沈邁只是擺首。「妳長於深宮，身邊都是婦人閹宦，難怪話中全是婦人之仁。」

見他對自己視如至親的宮中故人不敬，語氣有凌蔑之意，香櫞子不禁惱怒，冷笑道：「官家也是長於深宮，身邊都是你所說的『婦人閹宦』，他待人和藹溫厚，常教導我們待人要寬容，以德報怨……這也是婦人之仁？且知州判決，理應依據皇帝頒布的律法，卻不知如今處決小童，是依據哪條律法？」

沈邁有片刻的沉默，然後道：「皇帝對子民胸懷大愛，我重典法制，正是為了肅清宵小惡賊，讓治下之人，均配得上他的大愛。」

話雖如此，他還是重新提筆，把處斬一語改成了刺配。旋即一嘆：「以德報怨雖好，卻總有許多壞掉的人心，永遠也體會不到妳予他的德。」

香櫞子仍覺刺配過重，又爭道：「在他臉上刺字，豈非以後讓所有人都知道他犯過重罪？他還這麼小——」

「這一次，妳沒有討價還價的餘地。」沈遘打斷她的話。「有一種人，生性冷酷，視人命如螻蟻，嗜血濫殺，且無所畏懼，不會愧疚，難以教化。那個小孩，殺害弟弟後竟能與人談笑自若，飲食如常，言行鎮靜，殊無人性。在他臉上刺字，就是要讓所有遇見的人都知道他的危險，不要因他年紀小就失去防備之心，讓他再次作惡。」

香櫞子萬萬沒料到，下次被沈遘做出刺配判決的人，竟與她有關。

任康敖的幾位親眷找到她，對她連連下拜，先是自己批頰痛悔當年大鬧袁家之事，然後說沈知州日前下令拘捕了她們多位家人，有男有女，今日判詞公布，全是刺配。不知為何重判至此，她們聽說香櫞子如今是沈遘跟前紅人，所以前來相求，望香櫞子多加通融，請沈遘從輕判罰。

香櫞子去問沈遘，沈遘淡然道：「他們中的主犯近日散布流言，毀人清譽，逼死一位守節的寡婦。我查辦此案，順帶連妳家那樁案子一起辦了，就多拘了幾個人。」

「又全是刺配？」香櫞子道：「他們畢竟沒有提著刀子去殺人，嚴懲其中主犯即可。現在牽連這麼多人，且處罰過重，會惹人非議，我也於心不安。」

沈遘忽地笑了：「我當初也沒提著刀子去殺妳家人，妳卻想殺我。」

香櫞子一時語塞，想起往事，又羞又惱。沈遘偏還靠近她，在她燒紅的耳根邊低聲問：「若我死了，妳會心安嗎？」

香櫞子疾走幾步遠離他，咬牙回首道：「以前的事，我不想再提。我對知州而言，只是一過客，如今恩怨兩訖，願知州以後的任何判決，都不再與我有關。」

【肆】玉簪

經此二事，香櫞子與沈遘不再如往日親近，雖仍每日相對，卻寡言少語，頗有生分之意。

在與沈遘相處最融洽時，香櫞子曾想過此後半生都與他相伴，不再離開，而今這般情形，再念及前途，只覺天地茫茫，不知該往何處棲身。

西湖以西的靈隱寺香火鼎盛，相傳求籤許願最是靈驗。某日有府中侍女相邀，香櫞子亦有意求籤解惑，便隨她同去。

求籤之前同伴笑問她欲求何事，香櫞子擺首不答，同伴打趣道：「不說我也知道，一定是姻緣。」

兩人嗔怨笑鬧間，同伴卻忽然指著香櫞子髮際驚問：「妳的玉簪子怎麼不見了？」

香櫞子伸手一摸，果然玉簪已不知去向。

「路上我還見過呢，一定是剛才落的，咱們仔細找找，應該能找到。」同伴勸慰道。

兩人遍尋殿內均未見簪子。少頃聽聞殿外人聲喧譁，似有騷亂，兩人匆忙出去觀望，但見一個衣衫破舊的少年被兩名家丁模樣的壯士押著，跪在一位三十歲左右的文士面前。這人香櫞子頗覺面善，須臾想起，是西溪主簿周源，既是沈邁的下屬亦是他同鄉，兩人過從甚密，香櫞子亦曾在宴集中見過。

家丁正在斥責那少年，說他有眼不識泰山，竟連主簿的玉珮都敢偷。少年所偷贓物已被搜出呈於周源面前，其中有玉珮，也有香櫞子的玉簪。玉珮細白油潤，是上好的羊脂玉雕成，就連宮中也未多見。

那少年十四、五歲光景，骨瘦如柴，垂首不敢見人，全身瑟瑟發抖，應是恐懼至極。

家丁請示周源，是否將他押往州府。少年一聽即大哭求饒：「請主簿高抬貴手，饒小人一次，小人再也不敢了……」

言罷掙脫家丁掌控，朝周源砰砰地叩頭，說只因母親病重，無錢治療，才一時糊塗偷人什物。以後願給主簿做牛做馬皆可，只求別送他去州府。

香櫞子與同伴相顧，眼中均有笑意，知道他是怕由沈邁判罰，不死也得脫層皮。

「你竊取他人財物，本應受罰——」此時周源開口道：「但念你有幾分孝心，這次姑且作罷，把偷竊的財物送歸失主，便回去照顧你母親吧。」

少年大喜，又連磕幾個頭，一骨碌地爬起，先雙手奉還周源玉珮，再拾起玉簪，環顧周圍眾人，發現香櫞子，忙跑至她面前又是鞠躬又是道歉地奉上簪子。

香櫞子卻擺首道：「簪子送你吧，好歹換幾個錢，給你母親治病。」

少年一愣，旋即朝香櫞子下跪，拜謝她恩德。

香櫞子催他速歸家照顧母親，他連聲答應，轉身再拜周源，然後準備離開。周源卻又喚住了他，取了些錢遞給他，且囑他去哪家醫館報周源之名、尋哪位醫師去為母親看病。少年感動不已，再次泣謝周源。周源親自送他出去，又諄諄教導幾句方才止步。

待少年身影遠去，周源回首，正撞上香櫞子探視的目光，他像是認出了她，微笑著欠身一揖。

香櫞子亦斂衽還禮，但覺此人真好風度，今日之事若換沈遘，一定不信少年是為救母，依他行事作風，不知又該是怎樣一場風雨。

半月後，有自稱城西首飾鋪擷雲坊使女的女子來找香櫞子，說香櫞子上次訂製的簪子已造好，如約送來。香櫞子並未在擷雲坊訂過首飾，傳話欲回絕，那人卻道大概香櫞子忘記了，首飾一見即知。香櫞子便許她進來。那女子四顧無人，遂打開錦盒給香櫞子看：「這是娘子半月前在靈隱寺遇見的先生，依照娘子那支舊簪的樣式訂製的，望娘子笑納。」

那果然是香櫞子贈予靈隱寺竊物少年簪子的形制，但材質已換成了與周源玉珮相似的上等羊脂玉，價值百倍於香櫞子之前那支。

香櫞子心知此物必為周源所贈，立即扣上錦盒命使女退回，那使女卻道：「我只是受命送貨，訂製人地址我並不知，要退也不知該退往哪裡。娘子既認識他，便請娘子自己退給他吧。」

她言畢擱下錦盒，飛快離去。

香櫞子默然，一時不知該如何處置，亦不解周源為何贈簪。須臾再度打開盒子，見裡面藏有一素箋，錄著一行小字：「許是前生錯過，相逢莫問因果。斜簪雲鬢，漫綰青絲，閒挑胭脂，皆可。」

【伍】遣嫁

書齋燈下，沈遘審閱下月獲贈公錢籌備嫁妝的孤女名單，忽側首問侍立的香櫞子：「香櫞子，妳今年多大了？」

香櫞子頗感尷尬，好一會兒才答：「二十三。」

沈邁溫和地對她微笑。「那我把妳列入這名單？除了公錢，我再為妳備一些嫁妝……」

他溫柔的建議似利劍般切割著她不設防的心，香櫞子好想把自己扔進窗外秋天的雨夜，這樣便不必強忍那兩行幾欲奔流的淚。

「我，嫁給誰？」半晌後，她木然道。

「我以為，妳有意中人。」沈邁依然保持著那抹淺淡笑意，說：「例如，送妳簪子那位。」

他竟然知道了贈簪之事，或許，這就是他要遣嫁她的原因？

香櫞子冷冷地牽出脣邊的弧度。「他的確是個不錯的人。」

「他有夫人，妳嫁過去只能為側室。」

「我不介意。」

「那我明天請他過來商議，擇一吉日……」

「不必擇日，若他同意，我明日就隨他回去。」

他沒有挽留她，次日果然召周源來，說明香櫞子之事。周源大驚，百般推辭，沈邁執意堅持，讓人備轎子連同細軟若干送香櫞子入周源宅第。

周源見事已至此，只好將香櫞子接入自己在西湖邊的別墅，一處疊山理水、花木葳蕤的園林。香櫞子信步走走，但見湖石精巧，間有飛瀑，曲院連迴廊，大有移步換景之妙。最美是園中臨湖灣畔，眼前萬頃碧波，近看千葉芙蕖，遠觀白堤垂柳，人往岸邊一站，頓覺整個西湖都是自家的了。

周源再見香櫞子，兩人都有些不自在，兩廂問候之後便無他話。香櫞子怕他留宿，先暗示他身體不適，周源立即心領神會，說今夜宿於前院，不擾娘子休養，便匆匆告辭了。

晚膳時周源命侍女送來滿桌珍饈，其中有一盤竟是當季湖蟹，個大膏肥，蒸得紅豔豔的，煞是好看。但沈遘知杭州之初就曾頒布法令，為培育西湖水產，三年禁捕湖中魚鱉，螃蟹也在之列。香櫞子憶及此事頗疑惑，問侍女為何有此物，侍女說：「這些螃蟹是自己爬進咱們園子籬笆裡的，主簿說牠們自投羅網，是天賜的，可以捉來吃。」

言罷侍女勸香櫞子品嘗，香櫞子婉言謝絕，推說自己吃不得這些寒涼之物，讓她撤下，還給周源。

翌日，周源依禮帶香櫞子回州府拜謝沈遘。沈遘遠遠迎出，言笑晏晏地朝周源一拱手，問：「昨夜吃的螃蟹可美味嗎？」

香櫞子早知沈遘有若干耳目，為他打探巷陌消息，是以相關案情他纖悉即知，很快就能做出判決。卻未承想他情報之廣有至於此，連周源在自己家中偷吃螃蟹都能迅速知曉，難怪玉簪之事瞞不過他。

而周源贈玉簪一直令香櫞子費解。他「許是前生錯過」一語看似對她有意，但入園這幾日她在周源言談舉止中感覺不到愛慕之情。再經沈遘點破食蟹之事後，周源更如驚弓之鳥，對香櫞子只是錦衣玉食地供著，卻不再見她。

他一定以為是她告密的吧。香櫞子想，卻也並不在乎，事實上她很滿意他疏遠她的現狀。只是想起沈遘，難免覺得煩惱。這個人幾度左右了她的命運，令她紛繁困擾，有怨有怒，卻再也恨不起來。

閒時香櫞子和侍女聊天，得知周源除在錢塘老家的夫人外還有五位妾室，分別住在他西溪、龍井、蕭山、滿覺隴、鳳凰山的宅子中。

「但娘子天仙般人才，主簿顯然更喜歡，所以讓娘子住在最美的西湖園子裡。」侍女不忘恭維香櫞子。

香櫞子略笑笑，沒有應對，心想周源只是小小的從九品主簿，為何竟能在這些風光絕佳之處均置下宅第。

一日周源二娘子發帖相邀，說請眾姊妹去她西溪園子裡賞菊。香櫞子應邀前往，園子門前下轎，見另一娘子乘著牛車也剛到。車停後，駕車的小廝俐落地跳下，跪地躬身請那周身珠玉的娘子踩著他的背下車。

香櫞子但覺那小廝像是哪裡見過，仔細一看，辨出竟是那日靈隱寺偷她簪子的少年。而那少年與她打一照面，立即轉身低首，遠遠避開。

香櫞子越發疑惑，著意問侍女那娘子和小廝是誰。侍女道：「是滿覺隴的五娘子，那小廝是服侍她的李祿兒。」

「李祿兒是新近找來的嗎？」香櫞子問。

「不是。」侍女說：「他是主簿納五娘子時買來的，算起來有三年了。」

香櫞子把盛著玉簪的錦盒推到沈遘面前。「所以，周源設計了靈隱寺『巧遇』，送我這個，是為了賄賂我吧？」

沈遘笑而不語，少頃才道：「當妳有些權力的時候會發現，妳和身邊人經歷的『巧遇』會越來越多，而各種貴重禮物也會以各種意想不到的途徑送到妳手裡。」

香櫞子點點頭。「他本意是想買通我做他眼線，跟他說你的動向。卻不料你一眼識破，順勢把我送到他家中，令他措手不及，進退兩難。」

「他無異於自掘墳墓。」沈遘道：「想必妳這些日子的見聞，又可為他的貪腐補充新罪狀了吧？」

香櫞子不答。他開啟錦盒取素箋，唸出上面的字：「許是前生錯過，相逢莫問因果。斜簪雲鬢，漫綰青絲，閒挑胭脂，皆可。」

不屑地笑笑，他提筆在那素箋上續道：「原是今生犯錯，相逢才有因果。琢簪美玉，品蟹西湖，藏嬌金屋，呵呵。」

【陸】真相

不久後周源貪腐事發，被查處嚴辦。香櫞子早已離開他西湖小園，卻也不願再回知州府邸，請求回父母故居居住。沈遘挽留，見她執意如此，亦只好准她所請，放她歸家。

香櫞子拒絕了沈遘的財物贈予，守著自己家中幾畝薄田，針黹女紅度日，再不聽人議婚，心如止水地生活著。直到一日，樂坊行首阮弦微叩開了她的門。

「沈知州病重，想見見妳。」

香櫞子一驚，忙問是什麼病。阮弦微道：「他近日主持杭州鑿井工程，引西湖水入城，方便百姓。日夜不休，最終病倒。還跟上次一樣，頭暈目眩，胸悶嘔吐。藥餌無效，他便又把以前為他看病的高僧文捷大師請來。大師說，上次餘毒未清，將如附骨之疽，待他操勞過甚時便會發作。」

香櫞子追問文捷大師可有良方診治，阮弦微搖搖頭。「他說此毒藥理精妙，他也化解不了。」

香櫞子思忖須臾，對阮弦微說：「我會繼續研讀藥典，遍尋名醫，若覓到能給知州治病的良藥，便煩勞阮娘子給他送去。」

「姑娘何不親自送去？」阮弦微問。

香櫞子道：「回去無非再做他的棋子，總是被他掌控在手中。」

「妳還在介意周源之事？」阮弦微嘆道：「以沈知州的睿智，若無十分把握讓妳全身而退，怎會送妳到周源家中？」

香櫞子不語，阮弦微又道：「妳的倔強，周源的多疑，他都心知肚明，知道妳不會受損，才出此招。而妳若不親自看看周源家中情形，異日查處周源，恐怕難免疑心是沈知州挾私報復。」

這話香櫞子想來亦覺有理，未加辯駁。阮弦微再勸她回知州府，她仍擺首。「知州吏事精敏，鋤治奸蠹卓有成效，我自是欽佩。但他手段過於冷硬，有時難免牽連無辜，連我家也因此蒙難……每每想起當年事，總覺與他之間有屏障，難以逾越。」

「妳家之事，知州跟我說過……」阮弦微徐徐伸手到香櫞子眼前，褪袖子至手臂處，讓她看上面阡陌縱橫的傷痕。

「跟任康敖在一起的時候，他打罵我是常態。毀容之前我的手足身體被他鞭笞、刀割、火燒已經很多次，現在妳看到的只是很少的一部分。打罵我之後，他往往又會抱著我痛哭悔悟，說再也不這樣了。於是我都容忍了，一次次地告訴自己，這是最後一次，只要我原諒他，他會好起來的。但是，最後……」

阮弦微揭開面紗。香櫞子看見了一張可怖至極的曾經的美女的臉，有些陳年刀疤像咧開的嘴，呈現著詭異的笑容；有些帶著縫合的痕跡，卻留下黑褐的色澤，像多足的蜈蚣。左右交織，幾乎面無完膚。

「當年知州殺了他，我念及舊情，也曾為他落淚。知州告訴我，此人屢教不改，是無心向善了，更可怕的是還有才氣。現在他還未得志，就已經為非作歹至此，倘若異日出仕為官，便如虎生翼，難以控制了。如今若不除之，將來必為民患……妳在公主身邊長大，目光所及，無不美好，以前難知人間疾苦。」

「知州卻生於關係盤根錯節的大家族，從小就面對各種爭鬥，所以看人很準。他的原配夫人當年莫名其妙亡於錢塘家中，也不知是被家人還是仇人所害，於是他看待事物習慣先從壞處想……他亦自知這些年銳於懲惡，樹敵過多，因此適度地疏遠妳，其實也是保護妳。」

「妳說知州手段冷硬，容易牽連無辜。但仔細想想，受牽連的人，當真無辜嗎？」阮弦微最後道：「真正無辜的良善之輩，哪怕誤傷了他，他也不過一笑而過……對妳，就是這樣。」

【柒】同車

香櫞子仍未回去看沈遘。以前是心存芥蒂，如今想起往事，倒是內疚更多。她亦如承諾那般，終日鑽研藥典，尋訪名醫，嘗試配一劑劑的解毒藥，每每自己先嘗過，確保不會傷身，才請人給沈遘送去。

一日煎好一劑新藥，捧起欲試飲，身後卻有人伸手奪過藥碗，道：「當自己是神農嗎？在這裡勇嘗百草。」

她回首看清來人，一時不辨悲喜，淚先滾落而出。

沈遘引袖為她拭淚，她哽咽著問：「你怎麼來了？」

「有兩件事。首先是來告訴妳，妳煎的藥太難喝了，別送了，再喝我不保證能活到明年春天。」

「那你的病好了嗎？」

「無大礙，覺得難受時就找來難決詞狀，連判數百紙，氣色立馬好轉。」

她破涕為笑。「第二件事呢？」

「通知妳收拾行李，隨我赴京上任。」

她睜大眼睛。「你高升了？」

他笑道：「今上下旨，命我知開封府，加龍圖閣學士。」

她連稱「恭喜」，忽又想起自己，赧然道：「但是，我為何要隨你同去？」

「妳毒害我之事尚未了結。」沈遘正色道：「帶妳在身邊，若有不妥，可隨時抓起來治罪。」頓了頓，又道：「還有，記不記得，很多年前妳曾給我下過咒語，將我束縛住了？」

「咒語？」香櫞子愕然。

他微笑，目光落在她臉上似春風拂面。「皇祐元年，金明池路上……」

呀，他竟然記得！香櫞子又羞又喜，雙手捂住了臉，不敢再看他。

皇祐元年，是他進士及第那年。皇帝賜聞喜宴，榜眼沈遘和其餘綠衣郎沿金明池畔的大道去瓊林苑，恰逢皇后與公主車駕，香櫞子亦在車隊之中，與眾宮女一起窺簾看新科進士，且耳語點評。

當時大多宮女目光都被狀元馮京吸引，皇后也賜花馮京。香櫞子坐的車較靠後，褰簾看不到狀元，不由得著急，乾脆將頭從車窗中探出，頭上的絹花卻被窗欞碰落了。

這時有一個悅耳的男聲從身側不遠處傳來，帶著香櫞子熟悉的江南口音——

「那位姑娘的絹花掉了，請幫她拾起來吧。」

香櫞子轉首回顧，看見了著榜眼冠帶的沈遘，弱冠少年，風姿明秀，正以目示意侍從花落之處。

她喜悅地盯著他上下打量，他亦朝她欠身微笑。

「香櫞子，到我這邊來，這裡可以看到狀元。」同車的嘉慶子讓她與自己換位，從另一側看馮京。

「不，妳快看這邊。」香櫞子急急地拉嘉慶子。「看榜眼郎，榜眼郎是我家的！」

她原意是榜眼乃江南人，是她同鄉，但匆匆說出的話顯然有歧義，惹得周遭女伴一陣大笑，她害羞地拍打嘉慶子，倒沒留意他是否聽見，是何表情。

長大後與沈邁重逢，兩人均未提此事，她只道他忘記了，卻不料他此刻說出，令她猝不及防。

「我記得的。當年妳才十歲左右吧？可在杭州我一見就認出妳了。妳那句話這些年來我時不時也會想起。」沈邁輕擁她入懷。「這是將我們後半生維繫在一起的咒語。」

沈邁啟程赴京那天，杭州城百姓夾道送行，一壁稱頌沈知州惠民德政，一壁掩淚挽留，沈邁不斷回禮拜別，遷延再三才得登車。

「你對待百姓真是好呢，溫和得就像杭州的春天。」與他同車的香櫞子說。

「嗯，面對奸猾之徒，是不是冷酷如冬天？」沈邁問。

香櫞子拊掌笑：「對！是寒冬臘月還不生火的杭州冬天。」眨眨眼睛，她繼續延伸：「對朋友呢，就像天高雲淡、平湖秋月的秋天了。」

「君子之交。」沈邁點點頭。「那麼杭州的酷暑又是對誰呢？」他又笑問：「那種悶死人的熱度，是對娘子嗎？」

「非也非也。」香櫞子猛搖頭。「唯有你對吏治、斷案的熱愛，才能與杭州酷暑相比擬！」

兩人一起笑。這時忽又聞後方傳來一陣呼聲，是一群少婦齊聲喚「沈知州」，多數手中還抱著一、兩歲的孩子，跟在車後快步追趕。

香櫞子褰簾，瞧著這不尋常的景象蹙起了眉頭。

「不是妳想的那樣。」沈遘鎮定地解釋。

香櫞子臉微紅。「我想什麼了？」

沈遘朗聲笑，命車停下，下來面對那些少婦。

眾女紛紛上前拜謝：「多謝沈知州為我等孤女置嫁妝、擇良人，才使我等終身有靠，兒女繞膝。今日特帶孩子來拜謝知州，祝知州平步青雲，壽考綿鴻，百子千孫，永享福澤。」

沈知州長揖回禮，眾女又攜孩子再三拜謝，待沈遘上車後仍亦步亦趨跟著，良久不散。

沈遘笑對香櫞子：「現在明白了吧？」

香櫞子啐道：「我又沒有誤會，你無須解釋。」

「必須解釋，否則某人又要暗自糾結，甚至默默消失。」沈遘道。

「你怕我離開？」香櫞子悄然抑住浮升上來的笑意。

「嗯，的確擔心。」沈遘作沉吟狀。「……這年頭，要找一個做菜合我口味的人，挺難的。」

「原來你只把我當廚娘！」香櫞子伸手猛捶他幾下，而他只是笑，並不躲閃。

香櫞子看著他明亮的笑顏，又想起了皇祐元年那一幕：弱冠之年的綠衣郎信步瓊林苑，倚馬金明池，她窺簾看見，笑對嘉慶子說：「這榜眼郎是我家的！」

她輕輕擁住沈遘手臂，將逐漸綻開的笑容當作此刻最大的祕密，深埋進他溫暖的衣袖中。

《沈郎歸》完

番外篇

醉花陰

隔著一重紅綃紗幕，他看見她坐在妝檯前，十七、八女兒，長裙曳地，背對著他，正伸手去摘頭上的珠翠團冠。

所著的紅素羅大袖衣右側袖口因此滑落至手肘處，她露出一段戴著細縷金素釧的皓腕。那釧兒約有八、九只，每一只都很纖細，隨著她取髮簪的動作悠悠地晃，發出細細碎碎的清亮響聲，而她引臂的姿勢異常柔軟優美，纖長的手指輕點頭上珠翠，恍若天鵝回頸梳羽。

終於摘下那隆重的頭冠，透過面前銅鏡，她看見他身影，於是回眸，靜靜地注視著他。

紗幕把她身邊龍鳳香燭的焰影暈開，使之煥發出七彩的光，映亮了她已洗卻鉛華的素顏。她目若寒星，下頜微揚，沒有盛大髮飾的簇擁，光潔的脖頸顯得格外細長美好。這種回顧的姿態亦強調了她清晰的五官側面，清絕秀雅，未及走近，彷彿已可聞見她袖底、髮際飄散的芝蘭芬芳。

後來他回想平生所見的新娘，其實她並非最美的那個，偏偏這一回首，那足以勘破世道人心的清澈眼波在他身上一旋，便成了他畢生難以忘卻的記憶。

他完全沒料到所見的景象會是這樣。片刻之前，他先是聽見表哥一聲驚呼，然後看見那位新郎自洞房中狂奔而出，逾牆逃走，因此他本以為，房中端坐的，若非妖魔鬼怪，至少也是個無鹽嫫母。

彼時他十一歲，父親去世，母親的表姊把他們接到京師小住，多贈財物，有接濟之意。其間表哥李植娶親，母親因他尚處於行服期，不便觀禮，便讓他在後院迴避了一日。晚間新人入洞房，賓客大多散去後，他才敢出來，在園中月下透透氣。

然後，便聽見了不遠處表哥的驚叫。

這真是件怪異的事。他按捺不住好奇心，悄悄移步朝新房內探去，邊走邊想，表哥出身於官宦世家，現在是宮中侍禁，見過世面，亦有膽識，卻不知這新娘有何等異狀，竟令他驚嚇至此。

但竟然是這樣。

那優雅的新娘端詳他須臾，隨即起身，款款朝他走來，一褰紗幕，毫無阻隔地出現在他面前。

「小弟弟，你也是李家的公子嗎？」她很溫和地問，看他的眼神是極友善的。

他搖頭，垂目看她黃羅銷金裙上繡著的瑞雲芝草，說：「我姓馮。」

「那麼——」她微笑著，很禮貌地詢問：「你可以帶我出去嗎，馮小弟？」

「妳要去哪裡？」他問。

「回家。」她明確作答，解釋：「先前有蓋頭遮面，我不識路。你帶我至門邊就好。」

她是要逃回娘家嗎？他想，於是遲疑著問：「是後門嗎？」

「哦，不。」她笑而擺首。「是大門。」

新郎逾牆逃走，新娘要公開地從大門回娘家，大概沒有人想到這場婚事會是這般結果吧？他前一日還親眼看著家中長輩熱火朝天地籌備婚禮，且聽見李植父母在向母親憧憬將來含飴弄孫的情景。

隱隱覺得向表哥的新娘指引回娘家的路有些不妥，可是，當目光觸上她那雙翦水雙眸，他便覺得她一切要求都是合理的。

帶她至正廳堂前時，遇見了李植的父母及喜宴上幾位未散的賓客。她不緊不迫，從容舉手加額，拜別這對僅做了半日的舅姑，道：「阿翁，阿姑，李郎自云少年好道，不樂婚宦，希望退婚，現已捨新婦而去。新婦不敢有礙李郎修道，就此歸家侍奉父母，望翁姑應允諒解。」

言訖，她不待李植的父母回答即已平身，裙裾一旋，在滿座驚愕目光注視下朝正門走去。

他快行數步，跟著她出門。

此刻門外已停著一輛都中仕女常乘的牛車，馭車的是位翩翩少年，膚白貌美，頭髮是奇異的紺青色，表情恬淡寧和。見到新娘，少年雙目微微一亮，當即下車前來相扶。

而車上有人褰簾，一位俏麗的小姑娘探首出來，十五、六光景，眉眼盈盈，顧盼神飛。

「曹姊姊！」她帶笑喚新娘，連連招手示意新娘上車。

新娘答應了一聲，卻未立即過去。伸手於袖中，她取下一只金釧，再遞給身邊的孩子。「給你的，馮小弟。」

他擺首，略略退後。「我不要。」

她並不收回手中的禮品。「可是你幫了我，我想謝謝你。」

他想想，道：「那麼，妳記住我的名字吧。」

「好。」她淺笑應承，和言道：「敢問公子尊諱？」

「我姓馮名京。」他回答，還稍微提高了聲音：「京畿的京。」

「嗯，幸會。」見他答得如此認真，她不由得莞爾，而在他凝視她笑顏時，她悄然拉過他一隻手，把那金釧套上他手腕，然後輕移蓮步，在那少年扶持下上車，適才被小姑娘褰開的簾幕復又垂下，少年御車揚鞭，牛車啟行，漸漸遠去。

此刻府中有人追出來，凝望她車後煙塵，欲言又止，唯有嘆息：「這般性情……畢竟是將門虎女。」

他聽說過，新娘系出名門，是大宋開國元勛曹彬的孫女。

在周遭一片嘆息聲中，他垂下衣袖，蔽住了手腕上的金釧。

指尖回探，他悄無聲息地輕觸著那一圈陌生的金屬品——那裡似乎還殘存著她手中餘溫——竟有點兒慶幸她今晚沒有成為表哥的新娘。

【貳】幽影

畫船載綺羅，春水碧於天，馮京穿著州學生的白襴春衫，步履輕緩地走過暖風十里江南路。

有一小小的白色球狀物自旁邊繡樓上墜下，不輕不重地打在他襆頭上。他凝眸看，發現是一枚這季節少見的、早熟的荔枝，被精心地剝去了果殼，滾落在地上，兀自閃動著晶瑩水色。

舉目朝上方望去，見樓上欄杆後倚著一位螓首娥眉的美人，四目相觸，她盈盈一笑，引紈扇蔽面，略略退了開去。

面前小橋流水，耳畔弦管笙歌，他這才想到，今日路過的又是一逕章臺路（註3）。他亦不躲避，微挑眉角，朝那秦樓楚館中的行首呈出了一抹溫情款款的笑容。

註3　借指以聲色為娛的遊冶之處。

這時他年方弱冠，暫別居於江夏的母親，遊學餘杭。在這被文人墨客反覆謳歌的煙雨江南，詩書孔孟不會是生活的全部，除了郡亭枕上看潮頭，更有吳娃雙舞醉芙蓉，若不隨同舍去薄遊里巷，訪雲尋雨，倒會落得為人恥笑。似這般神女有心，含情擲果的事亦常發生，他也是從那些足可滿載而歸的水果中意識到，原來自己有副得天獨厚的好皮相。

情愛之事上，他也算是略有天賦，很快學會用眼神做俘虜芳心的利器，也明白什麼樣的微笑才是恰到好處，威力無窮。因此，在這風月情場，倒是頻頻告捷，與他有過巫山之約的煙花女子不算多，但每位皆是個中翹楚。

他是個靠領州縣學錢糧度日的學生，平日尚須賣些字畫貼補用度，因此那些名妓不肯收他銀錢，只請他為她們作詩填詞為謝。

如今這位「銅雀春」的行首喬韻奴也是這樣，先就與他聲明，只求詩一首為纏頭之資。但枕席之間，他隨身攜帶的金釧被她窺見，她拈起仔細打量，笑道：「馮郎這個金釧就賜予奴家吧。」

他當即從她手裡奪回，直言道：「不可！」

喬韻奴一怔，復又笑開：「奴家只是想取個馮郎身邊物，留作念想，卻不知那是個多貴重的寶貝，馮郎這般重視，不願與人。」

他把襆頭上鑲的碧玉摘下，遞與喬韻奴。「姊姊若不棄，就留下這個吧。」

那也是他身上最值錢的東西。喬韻奴接過看看，笑道：「馮郎這生意可做虧了。那金釧雖好，但分量太輕，沒這塊玉貴重。」

他淡淡一笑：「原是因那金釧輕了，才不肯給姊姊的。」

從「銅雀春」出來，莫可名狀地覺得煩悶。馮京上了一水邊酒樓，單點一壺酒，臨窗獨酌。

不自覺的，他取出那只金釧，像往常那樣，一手持了，輕輕撫摸。

一別數年，不知這金釧的主人後來做了誰家新婦。他悵然想，以另一手斟酒、舉杯、飲盡、再斟，一杯復一杯，渾然不知長日將盡。

很快有人注意到他，竊竊私語：「那就是喬行首看上的窮小子……」

忽有一人冷笑，揚聲說：「果然是個吃軟飯的小白臉！」

馮京側目一睨，見說這話的是一名著公服的胥吏。聽這幾人語意，想必是欲接近喬韻奴而不得的了。遂懶得搭理，他再斟滿杯中酒，繼續獨飲。

那人卻無意放過他，盯著他手中的金釧，又高聲道：「還好意思拿著女人首飾炫耀，也不知是從哪個粉頭手裡騙來……」

話音未落，只聽「砰」的一聲悶響，胥吏臉上已挨了一下重擊，直直地仰面倒下。

胥吏撐坐起來，見馮京立於他面前，冷面視他，那雙對男子來說太過美麗的眼睛中閃過一道肅殺之光。

胥吏不寒而慄，舌頭也變得不太俐落：「快、快把他，拿、拿下！」

這一拳的代價是十天的自由。馮京被拘捕入縣衙牢獄中，十天後才獲釋放。回到寓居的徑山寺，管事的僧人前來告知：「近日寺中不便再留人住宿，還請馮秀才盡快收拾行李，明天便搬出去吧。」

他一蹙眉。「是我給的香火錢不足嗎？」

僧人擺手，連說不是，卻又不肯解釋原因。馮京想找幾文錢給他，希望略微通融，怎奈囊中空空，所有銀錢已被獄卒搜刮乾淨。

此後一日，僧人屢次前來催促。馮京無奈之下只好收拾行李，準備離開此地。臨行前看看這居住數月的冷清斗室，不免感嘆世態炎涼，竟至無處棲身，遂提筆，在寺壁上題詩一首：「韓信棲遲項羽窮，手提長劍喝秋風。吁嗟天下蒼生眼，不識男兒未濟中。」

在縣城裡奔波一整天，才找到個肯收留他的同學生員，尋得一陋室借宿。不想數日後，那曾拘他入獄的胥吏竟來學館找他，客氣地稱他「馮秀才」，略顯尷尬地說縣令有請。

他頗感訝異，但亦應邀前往。

餘杭縣令請他入席，把酒言歡，噓寒問暖，甚是殷勤。席間縣令聽他談吐，越發讚嘆，乃至半真半假地笑道：「苟富貴，毋相忘。」

馮京覺出此中必有內情，遂著意試探，而縣令亦於酒酣之餘道出實情：「京中有貴人來，去徑山寺燒香還願，見了你題在牆上的詩，向僧人詢問你的情況，然後說：『這馮秀才如今雖然甚貧窮，但觀他所留詩，可知其胸中自有丘壑，他日必貴顯。』」

馮京問貴人是誰，縣令卻又警覺，支吾遮掩過去，並不回答。

宴罷縣令說已為他另尋了一處妥當住所，明日即可入住，且贈錢數緡，差人好生送他回去。

這錢馮京倒是很快派上了用場。藉著賄賂下山購買什物的相熟僧人，他打聽到，那到寺中燒香的貴人是位京中來的貴夫人，這幾日宿於寺中，但具體身分，那僧人也說不知。

見他流露好奇神色，僧人道：「你可別想去看！那夫人不知什麼來頭，一到寺中，縣令就派了許多卒子前去把守，把寺圍了個圈，閒雜人等根本無法入內。」

馮京笑笑，又把一緡錢推至僧人面前。

他換得了一身僧袍，又戴了個僧帽，扮作寺中和尚，於晚間混入徑山寺中。

那夫人身分想必真是非同尋常，門外守衛森嚴，門內亦在她可能經過的路上設了帷幕，寺中普通僧眾皆不得入內。

馮京入寺時，那夫人在正殿中行祝禱之禮，他避至帷幕後牆邊一隅。儀式結束，夫人起身，他迅速上前，靠近那蔽住她所行道路的帷幕。

夫人徐徐向前走，幕中明燈高懸，將她的影子清晰地映在了那層防人探視的布帛上。

他在光線晦暗的帷幕外，隨她影子緩緩移動，亦步亦趨。

帷幕上呈現的，是她側面的身影：五官輪廓秀美，頭髮高綰，以一樣式簡潔的冠子束著，露出的脖頸細長美好；她下頷微揚，從容移步，姿態高雅……眼前所見身影與他深處記憶漸趨吻合，他但覺雙耳轟鳴，甚難呼吸，意識好似也在隨著跳躍的焰火輕飄飄地晃。

隔著這層薄薄的帷幕，她繼續前行，他繼續跟隨，舉步無聲，心跳的節奏卻開始加速，他甚至有些害怕幕中之人會聽見這出自他胸中的不安聲音。

他的心終至狂跳，在仍縈繞於院內的誦經聲和木魚聲中，他好幾次想一把扯下帷幕，確認心底的猜測，但還是強忍下來。最後，當她走至兩道帷幕連接處，他才以微微顫抖著的手指掀起布帛一邊，目光朝內探去。

果然是她。

那些所有若隱若現、難以言說的期盼與情愫，隨著這一瞥塵埃落定。他垂手跪倒於她看不見的帷幕之後，在光影流轉間，寂寂無聲地流著淚微笑。

他閉上了眼睛，心裡卻豁然開朗——縱然被天下蒼生漠視、輕慢又何妨？只要她知道他，懂得他，那被他供奉於心中明鏡臺上的永遠的新娘。

大袖迎風、巾帶飛揚，馮京氣喘未已，卻不稍作停歇，沿著水岸疾奔，追上遠處那艘飄向水雲間的龍舟畫船，是他模糊的目標。

從僧人那裡得知她乘舟北上的時間，本以為自己可以淡然處之，他特意於那時邀了兩位好友，尋了一酒醇景美處，對飲行令，吟詩作詞，原是笑語不斷，醺醺然斜倚危欄，似乎忘卻了與她有關之事。偏偏這時有歌伎從旁彈起了琵琶，曼聲唱道：「吳山青，越山青，兩岸青山相對迎，誰知離別情？君淚盈，妾淚盈，羅帶同心結未成，江邊潮已平。」

江邊潮已平。

他笑容凝結，他心緒紊亂，懷中的金釧溫度似陡然升高，炙灼著他心臟近處。

那個世間最懂得他的女子就要再次離開他了。此番一別，橫亙於他們之間的漫漫光陰，會否又是一個十年？又或者，他將再也見不到她？

他驀地站起，未向朋友解釋一字，便向船行處奔去。

她所乘的樓船已然起航，他便循著船前行的方向在岸邊狂奔。所欲為何？他扶醉而行，未及多想，只是竭力跑著，以最快的速度縮短與她之間的距離。

後裾拂過岸上沅芷澧蘭，布履觸及水中參差荇菜，撥開重重蒹葭蘆荻，任憑衣衫為白露浸潤，他甚至涉水而行，溯洄從之，她卻依然漸行漸遠，慢慢漂往水中央。

看著那一痕畫船載著她和這年他所感知的明亮春景，一起消失在煙波盡處，他終於頹然倒地，躺在荻草柳花深處，迷惘地看了看在他眼底褪色的碧宇青天，筋疲力盡地沉沉睡去。

再次稍有知覺時，已蛙聲一片，月上柳梢。有人提了燈籠靠近他，以燈映亮他的臉。

馮京蹙了蹙眉，用手略作遮擋，微微睜開惺忪睡眼，依稀辨出處於自己面前的是一女子身影。

是她嗎？他模糊地想，欲再看清楚些，但燈光刺眼，且體內殘醉陣陣襲來，昏昏沉沉的，連抬起眼瞼都成了困難的事。

白露沾衣，寒意徹骨。他覺得冷，繼而隱隱約約地品出了此間的荒涼與孤寂，不由得伸手向那光源處，像是欲抓住那團橙黃的暖色。

那女子此刻正俯身仔細打量他，靠得頗近，以致他可以感覺到她的氣息觸及他臉龐，是一種清甜的少女香。

他伸出的手抓住了她提燈籠的手腕，她的皮膚光滑細膩，且有他需要的暖意。他頓時發力一拉，那女子一聲驚叫，燈籠落地熄滅，她跌倒在他懷中。

他緊摟著她，既像是藉她取暖，又像是想把她鎖於懷中。她拚命反抗，掙扎得好似一隻陷入捕獸夾的鹿。這激烈的舉動和他腹中殘存的醇酒一起，奇異地激起了他的慾望。他體膚躁熱、血脈賁張，側身將她壓倒，她並不屈服，用盡全力想推開他起來，便這樣兩廂糾纏著滾落在荻花叢中，驚飛了兩、三隻棲息於近處的鷗鷺。

鳥兒撲簌簌展翅而飛的聲音令那女子有一瞬的愣怔，而此刻馮京已摟住了她的頭頸、纖腰，低首在她的臉上眨了眨眼，讓睫毛輕柔地在她面頰上來回拂過。

她如罹電殛，渾身一顫，停止了所有動作，束手就擒。

他的唇滑過她光潔的臉，品取她豐潤雙唇上的女兒香，再一路吻至她肩頸處。輕輕含住那裡的一片肌膚，唇齒廝磨，他闔上的眼睛彷彿看見了七色光，紅綃紗幕後，有女子淡淡回眸，天鵝般優雅的姿態，袖底、髮際散發著芝蘭芬芳。

【肆】沅沅

她似乎有十七、八歲，但也可能是十五、六歲。

她身段勻稱，姿態一如長成少女般美好，但眼睛卻一清如水，神情舉止猶帶孩子氣，又好似不比豆蔻年華的小女子大多少。

她膚質細膩，但並不白皙，應是常在外行走，被陽光鍍上了一層近似蜜糖的顏色。

她的肌膚密實光滑，唯手心粗糙，生著厚厚的繭，可能常幹重活。

她有一頭烏黑的長髮，但很隨意地胡亂綰了兩個鬟，現在看上去毛毛糙糙的，有好幾綹髮絲散落下來了。

她穿的衣裳很粗陋，質地厚重、顏色暗舊，並不太合身，大概是用別人的舊衣改裁的。

她沒有穿鞋，光著腳坐在地上，連腳踝也露出來了，那裡的皮膚有幾處蚊蟲叮咬過的痕跡。

她顯然是個貧家女，但這好像並不妨礙她快樂地生活。此刻她手持著幾支抽了穗的蘆葦，正忽左忽右地揮打周圍的蚊蠅，口中還輕輕地哼唱著歌謠。

看似昨夜的事也沒影響到她的好心情。如果她是個如青樓女子一樣的人，這自然不足為奇，可是……她此前分明還是處子之身。

這也是令清醒之後的馮京備感尷尬和愧疚的原因。所以他雖早已醒來，卻還是沒有立即坐起與她說話，還保持著安睡的姿勢，眼睛只略睜開條縫，藉著逐漸明亮開來的晨光悄悄打量這個被他冒犯的姑娘。

她似乎、好像，並未因此厭惡他。因為她揮趕的蚊蠅，有一大半是他身邊的。

一隻細小的蚊蟲落在他下頷上，她那蘆葦拂塵立即殺到，蘆穗從他鼻端掠過，馮京忍不住打了個噴嚏。

他不得不睜開眼，即撞上她閃亮的眸光。

「你醒了？」她俯身問，大大的眼睛裡甚至有喜悅之意。

他只好坐起，低首，好半天不敢看她。沉默良久，才道：「請問姑娘芳名。」

「嗯？」她愕然，並沒有回答。

於是他換了種說法：「妳叫什麼名字？」

「哦。」她明白了，笑著回答：「我姓王，名字叫元元。」

「怎麼寫呢？」他很禮貌地欠身請教。

「寫？」她瞠目，驚訝地盯著他，好似聽見了一個不可思議的問題，然後笑出聲來：「不知道！我一個字也不會寫。」

「那麼……」他再問：「妳的家人為什麼會給妳取這個名字呢？」

她很快地給出答案：「因為我爹喜歡元寶——雖然他從來沒摸到過一錠真的。」

如此說來，她的名字是「元元」了。馮京思忖著，拾起一根樹枝，在地上寫下這兩個字。

那姑娘看著，問他：「我的名字就是這樣寫嗎？」

他沒有立即回答，舉目看面前煙雲碧水，隨即又在每個字左側加了三點水。

「沅沅。」他輕聲唸著，對她道：「以後妳的名字就這樣寫吧。」

她很高興地以手指輕輕碰觸那溼潤土地上的字跡，一筆一筆地順著筆畫學。然後也問他的名字，他告訴她，也寫了，她便繼續學，帶著微笑，口中唸唸有詞：「馮……京……京……」

僅就相貌而言，她算不上美人，但這天真爛漫的神態卻極可愛。馮京默不作聲地看著，心下越發懊惱。

「對不起。」他垂目，誠懇地道歉。

她一愣，旋即意識到他所指的事，停下手中動作，臉也不禁紅了。

他思量許久，終於下了決心，取出懷中金釧遞給她。「這個給妳。」

他想對她稍作補償，而這是他目前所有最珍貴的東西。

她遲疑著，沒有伸手接過。「你是要給我錢嗎？」

「不。」他當即否認，想了想，說：「這是給妳的禮物。」

她這才欣然收下，把金釧戴在了手腕上。

他一時又無言，茫然四顧，見近處水邊泊著一葉扁舟，便問沅沅：「妳是乘船來的嗎？家住這附近？」

「是呀，我家就在二里外的蓮花塢。」她說，像是忽然想起什麼，又繼續說：「對了，昨天我打魚回來，在上游遇見一艘好大的船，有兩層，上面好多仙女一樣的姊姊……有人叫住我，問我是不是往這個方向來，我說是，一位夫人就從艙中出來，命人取了些錢給我，說在船上看見有位秀才追著船跑了許久，現在離縣城已遠，恐怕回去不太方便，讓我順道載他回學館。我就沿途尋找，天黑了才發現你躺在這裡……你是她說的那位秀才嗎？」

馮京不語，目光長久地停留在沅沅如今戴著的金釧上，半晌後才黯然移開，答道：「不是。」

「哦……」沅沅點點頭，忽又一拍手站起來，笑道：「不管是不是，你也該回去了吧？來，坐我的船，我載你。」

上船後她拒絕了他的幫助，引棹划槳姿勢純熟，載著他朝城裡渡去。她身姿並不高大粗蠻，但刺棹穿蘆荻，意態輕鬆閒適。他坐在船頭，踟躕半晌，終於忍不住問她：「昨晚……妳為何不推開我？」

「推了呀！」她睜著一雙黑白分明的眼睛，說出此間事實：「本來我一直在推……」

他赧然低首，差點一頭紮進身側清流碧淵。

掩飾性地輕咳兩聲，他又低聲問：「我是說，最後……」

如果她堅持抗拒，他亦不可能用強。

這個問題令她頗費思量。輕蹙著眉頭望天須臾，她還是沒找到答案，後來只迷惘地說：「我也不知道……」

「你以後會來看我嗎？」離別時，沅沅這樣問。

他不敢給她承諾，僅淡淡笑了笑。

她亦很乖巧，默默轉身離去，沒有再問。

數日後，馮京收拾行囊，離開了餘杭，回到江夏的母親身邊。

他沒有在江夏找到期盼的平靜。無論面對書本還是閉上眼睛，餘杭的一切都好似歷歷在目，時而是帷幕後的影子，時而是水岸邊的沅沅。他開始薄遊里巷，縱飲不羈，卻仍難以抹去那反覆掠過心頭的一幕幕影像。

母親因此常憂心忡忡地看著他，不時搖頭嘆息。

「京哥兒該尋個媳婦了。」鄰居的嬸子見狀，了然地笑，對馮夫人說。

此後多日，馮家的主要賓客便是說親的媒人。最後馮京不堪其煩，向母親請求再度出行。

「這次你想去哪裡呢？」馮夫人問。

馮京也屢次問過自己這個問題，像是不由自主的，他最終選擇的目的地還是餘杭。

去蓮花塢找沅沅，原本只是想看她一眼。

但一開始，從他問到的本地人眼神和口吻裡，便覺出一點兒異處。

「王沅沅？」他們通常是重複著他所說的名字，然後上下打量著他，露出一絲曖昧的笑意，才向他指出沅沅的居處。

當他看見沅沅時，她正掄了根船槳，從她家茅草房中衝出來，惡狠狠地追打兩名賊眉鼠眼的男子。

她追上了一個跑得慢的，「啪」的一聲，船槳結結實實地擊在那人腿上。

她把船槳往地上重重一頓，手腕上的金釧隨著這動作晃動，在陽光下熠熠生輝。「再敢找上門來說些不乾不淨的話，老娘見一個打一雙！」她倒豎著眉頭，揚聲宣布。

被打之人連聲呻吟，一瘸一拐地繼續跑，一邊跑著，卻還不忘回頭罵她：「肚子裡懷著不知道爹是誰的野種，還有臉裝三貞九烈！」

馮京訝然，著意看沅沅腹部，才發現那裡確實微微隆起，她應是有身孕了。

沅沅聞言也不予爭辯，探二指入口，響亮地吹了個口哨，立即有條黑犬從屋後奔出。沅沅一指前方那人，命道：「咬他！」

黑犬應聲追去，那人一聲慘叫，抱頭疾奔。

沅沅得意地笑笑，提著船槳準備回屋，豈料這一轉身，整個人便全然愣住，僵立在原地，無法再移步。

馮京立於她面前，微笑著喚她：「沅沅。」

她沒有答應。默默地看他片刻，一隻手侷促地撫上了凸顯的腹部。

他留意到，小心翼翼地問：「我的？」

她猶豫了許久，終於點了點頭。

他斂容肅立，好一陣子沒再說話。她兩眉微蹙，一會兒低頭看他足尖，一會兒又不安地掠他一眼，可憐兮兮的，像是在問：「你不相信？」

「令尊……」他終於又再開口，才說出此二字，立即又改了口：「妳爹爹，在家嗎？」

「他出門打魚去了。」沅沅回答。

「哦……可以告訴我他的名字嗎？」

「王阿六。」

「那妳翁翁叫什麼？」

「王有財。」

「妳公公呢？」

「王富貴……你問這麼清楚幹什麼？」沅沅警覺地反問：「他們欠你錢了嗎？」

「嗯，不是……這叫『問名』，提親之初，理應敘三代名諱。」馮京解釋，對她呈出溫柔笑意。「沅沅，我想娶妳。」

她難以置信地瞪著他，須臾，忽然放聲痛哭。

從來沒有這般大的姑娘在他面前像孩子一樣地哭泣。他慌得手足無措，忙牽她回到屋裡，好言勸慰許久，她才略略止住。

然後，她什麼話也沒說，只是睜大那雙猶帶淚痕的眼睛熱烈地看他。

「為何這樣看我？」他微笑問她：「我臉上有元寶嗎？」

「沒有。」她認認真真地回答：「可是，你比元寶好看多了。」

【伍】新婦

馮夫人最後勉強允許沅沅進門，完全是看在她腹中孩子的分上。迎親之前，她一想起沅沅低賤的家世就搖頭嘆息，不時抹淚。而過門後的沅沅也每每有驚人之舉：一大清早就不見人影，臨近中午時回來，捧著一盆在河邊洗完的衣服；赤足在院中跑來跑去掃地晾衣服，渴了便奔到井邊吊起一桶水仰面就喝；為捉一隻逃跑的雞可以爬到屋頂上去……

馮夫人為此委婉地勸她，她卻渾然不曉有何不妥，例如勸她穿鞋，她爽朗地一擺手。「沒事，地不涼！」勸她別喝生水，她則說：「煮過的水沒那麼甜，就別浪費柴火了。」

後來馮夫人搬出小孩來耐心跟她解釋，說這樣做對孩子不好，她才一一改了。

此外她還有許多壞習慣，諸如喝湯太大聲，偶爾說粗話之類，常讓馮氏母子看得面面相覷，無言以對。

不過，她有個最大的優點：她真誠地愛著她的丈夫和婆母，並且不吝於表達。

為了讓馮京和馮夫人覺得開心，她願意為他們做任何事，雖然往往做過了頭：為馮京磨墨會讓墨汁飛濺到他臉上，為婆母捏肩捶背會疼得馮夫人暗暗朝兒子使眼色，示意他讓沅沅停止……

「沅沅是個好孩子。」後來馮夫人私下跟馮京說，嘆嘆氣。「雖然有一些壞毛病，但，你慢慢教她，讓她改過來就是了。」

馮京很高興母親終於肯接納沅沅，逐步去教沅沅改正以前的習慣，而她也確實在認真地學，不過，總有一些內容是屢教不改的，比如她對他的稱呼。

大概因為馮京一開始告訴她的就是他的大名，她後來對他便直呼其名，無論有人沒人，見了他都會立即歡歡喜喜地喚：「京！」

「妳不應該這樣稱呼我。」馮京也曾向她說明：「妻子不能直呼其夫之名。妳稱我『夫君』、『郎君』，或我的字『當世』都可以，就是別再叫我『京』了。」

「當世？」她彷彿聽見了一個大笑話，立即哈哈地笑起來，那樂不可支的樣子看得馮京也生平第一次對自己的字有所懷疑，反覆琢磨其中是否真有可笑之處。

而她的理由只是：「你這小名太難聽了。」

經馮京強烈要求，她終於答應不再當眾稱他為「京」，但後來事實證明，在這一點上，她相當健忘。

有一日馮京請兩位州學同舍到家中作客，之前囑咐沅沅好好做兩個菜，她猛點頭，樂呵呵地準備去了。而當天酒菜之豐盛也大出馮京意料，雞鴨魚肉都有，彼時他們家境不算好，馮京暗自詫異，不知沅沅怎麼有足夠的錢買來這些，但因同舍在場，也不便去問她，邀兩人入席，把酒敘談。

酒過三巡，沅沅忽然挺著大肚子從內室衝了出來，捧著一盤螃蟹喜孜孜地擺在桌上，朗聲笑對馮京說：「京，這是我剛做好的，快請你的朋友嘗嘗！」

二位同舍驚訝地看著她，一時也不知該做何反應。沅沅見他們不立即動箸，便自己抓了兩隻螃蟹，往兩人碗裡各放一隻，笑道：「吃吧，別客氣！」

雖然很有捶地的衝動，馮京卻還是努力讓自己不動聲色，朝兩位目瞪口呆的同舍略笑笑，道：「拙荊廚藝粗淺，讓二位兄臺見笑了。」

同舍也忙陪笑，禮貌地稱讚：「嫂夫人手烹佳餚美味非常，我輩今日得以品嘗，真乃三生有幸。」

馮京只求沅沅快些退去，便對她說：「母親這幾日胃口不好，還請娘子入內陪伴，相從照料。」

沅沅應道：「阿姑晚餐吃得早，現在已回房歇息去了。」

「哦……」馮京思量著，又道：「娘子勞累一天了，也請早些回房安歇吧。」

「不累不累。」沅沅搖頭，連聲表示她對招待客人之事很有興致。「你朋友難得來作客，我哪能躲在房中偷懶呢……再說，我就怕閒著，整天坐著躺著，反而會腰痠背痛。」

馮京心下無語凝噎，亦不好對她公開表示不滿，只得由她去，自己舉杯祝酒，將話題引開，唯望同舍不要太注意他這位夫人。

但是，沅沅的表現實在很難不令人注意到她。生怕客人吃不飽，她不停地穿梭於客廳和廚房之間，為他們加菜添飯。見客人碗中米飯快沒了，不待他們有表示便自己跑去添給他們。客人忙起身道謝，她很高興，也越發殷勤了，索性捧了一大缽米飯在懷中，見誰碗中略少一些，便隨手挖一大杓直直地蓋到他們碗裡。

那兩位同舍原是文弱書生，哪裡吃得下這許多，到最後都像是跟沅沅打攻守戰，在沅沅「虎視眈眈」下以手遮擋著飯碗，且不敢走神，唯恐一不小心，手略移開就會又被她蓋滿一杓。

好不容易挨到飯局結束，二位同舍落荒而逃後，馮京才斟酌著詞句，竭力勸沅沅以後不要在家中有男客時露面。

沅沅大為不解。「為什麼？我爹的朋友來家中作客，我媽就是這樣招待他們的。」

馮京估計跟她說那些男女大防和禮節儀制之類的大道理她也不會懂，便找了個簡單的理由。「我不喜歡妳被別的男人看見。」

「哈哈，你真小氣！」她大笑起來。「怕什麼呀，反正他們看得到、得不到！」

馮京徹底放棄，抹著額頭上的汗坐下，暗暗嘆息。

面對著一桌殘羹冷炙，他忽然想到起初的疑問，遂拿來問沅沅：「妳今日怎能買到這麼多肉食？是娘給了妳許多錢了嗎？」

她搖頭，笑道：「你猜。」

馮京想想，還是沒答案。「猜不著。」

沅沅笑得更開心了，得意地朝他伸出兩手，在他眼前不住地晃。

他頓時留意到，她手腕上空空的，平日從不離身的金釧不見了。

他一把抓住她素日戴金釧的手腕，問：「妳把金釧賣了？」

她愣了愣，然後又笑了：「是呀，賣了不少錢呢……」

他腦中轟鳴，一時間說不出任何話來，但覺身體微顫，全身的血液似乎在逐漸冷去。

他緊捏沅沅的手腕，無意識地加大著力度，直到她大聲呼痛，他才憤而撒手，拂袖離開，將自己鎖在書房內，任憑沅沅怎樣敲門懇求都不開。

這是沅沅首次見他發脾氣，連聲呼門而不見他回應之下開始哭泣，一壁哭著一壁扶著門滑倒在地，驚動了已睡下的馮夫人。她披衣而起，過來查看。須臾，馮夫人發出一聲驚叫，大力拍門，喚道：「快開門！沅沅不好了！」

門嘩地大開，馮京臉色煞白，迅速彎腰抱起了地上的沅沅。

她有早產的跡象。幸而救治及時，馮氏母子請來大夫、穩婆，一番忙亂之後，胎兒好歹是保住了。

待眾人退去後，馮京坐在沅沅床前，黯然向她道歉：「對不起，今日之事，是我不對……」

沅沅擺首，含淚伸手到枕下摸索，少頃，摸出了那個馮京熟悉的金釧，給他看。

「我沒有賣……」她輕聲說：「我是跟你說笑的……早晨我去江邊捉螃蟹了，捉了很多，賣了一些，用那些錢買的魚肉……因為要幹活，怕丟了金釧，所以沒有戴……」

馮京有淚盈眶，輕輕擁她入懷，鄭重在她耳邊承諾：「沅沅，以後我會好好待妳，不會再讓妳過得這樣辛苦。」

而她在他懷中滿足地閉上眼，微笑道：「我不辛苦……只要你讓我在你身邊。」

【陸】陶朱

「要保大人還是孩子？」

沅沅分娩時，穩婆把這個殘酷的問題擺到了馮京面前。

沅沅胎位不正，腹中胎兒腳朝下，導致她難產，已經拖了一天一夜，她在房中慘叫著暈倒好幾回了，孩子還是沒生出來。

馮夫人以哀求的目光看穩婆，問：「不能都保住嗎？」

穩婆無奈地搖頭。「如果可以，誰還會問你們這種問題。」

「保大人。」馮京肅然說，沒有過多猶豫。

轉朝此時開始啜泣的母親，他斬釘截鐵的，又說了一句：「一定要讓沅沅活下來。」

這事便如此決定，沅沅保住了性命，但她孕育的兒子卻沒了。

失去孩子，沅沅比任何人都要傷心，而且她生育過程中失血過多，身體損傷太大，也嚴重地摧毀了她的健康。從那時起，她便纏綿於病榻，形容枯槁，日漸消瘦，也經常哭泣，渾不見往日活潑靈動、笑靨常現的模樣。

為了給沅沅治病和進補，馮家用完本來就不多的積蓄，沅沅的身體卻並不見起色。一籌莫展之下，馮京去拜訪一位經商的從叔父，希望向他借些錢暫度難關。

彼時那位叔父剛從江西採購金橘回來，聽說沅沅之事，亦慷慨解囊，借了不少錢給馮京，並取出許多金橘，讓他帶回去給沅沅品嘗，說：「這江西的金橘味兒好，今年連官家最寵愛的張美人都特意派人從京中趕過去買。我這一批，就是在向張美人供貨的那家果園買的。」

「張美人？」馮京有一疑問：「聽說東京瓦肆繁盛，天下四時土宜應有盡有，難道竟無這金橘，尚須張美人特意派人從京中趕去江西購買？」

叔父答道：「這金橘雖好，但京城中人卻不認得，並不常吃，宮中也沒把這果子列為江西供奉之物。而張美人幼年在家便愛吃，現在惦記著，京中又沒有，所以才派人大老遠地跑去採購。」

馮京略一沉吟，再對叔父道：「姪兒有一建議，叔父或可參考：叔父盡快再往江西，用可動用的所有錢再買一批金橘，然後運往東京，在那裡銷售，異日盈利，將不止一、二倍。」

叔父猶疑。「京中之人一向不識金橘，往年也有人在那裡賣過，無不虧本。況且從江夏去江西，再趕往京師，路途遙遠，運費昂貴，賢姪的建議，豈非太冒險？」

馮京淡淡一笑，道：「叔父不妨一試，運費只管攤進售價中去，將來若虧了本，回來唯京是問。」

叔父思量再三，終於決定依他建議試一次。不久後回來，特意備了重禮喜氣洋洋地去馮京家中道謝。「賢姪良策果然奏效。我運了金橘去京中，掛上江西金橘的招牌後，不到兩日便被搶購一空。我一打聽，原來張美人派人去江西買這果子之事已經傳開，京城人都好奇，正想找金橘品嘗呢，可巧我的貨便運到了。我見買的人多，便把售價調高三、四倍，竟然還是供不應求，正應了你那句話，盈利不止一、二倍。」

馮京微笑道：「姪兒素日聽說，京中之人，無不視宮中取索為一時風尚，越是官家親近之人，趣味玩好越是容易被人仿效。張美人既得寵，自然一言一行都頗受人關注，她若喜歡什麼，宮外人知道了必然會跟風採購，那售價自然沒有不漲的，所以姪兒才敢勸叔父做這金橘生意。」

叔父大讚馮京有見識，且知恩圖報，除了禮物外還取出一筆錢相贈。馮京推辭，叔父堅持請他收下，對他說：「這錢也不是白給你的。叔叔還指望賢姪能繼續出謀劃策，與叔叔一起做生意呢。這點兒錢也算是給你的一筆本金。賢姪讀書多，有遠見，若花點兒心思去經商，豈有不發財的？」

在目前收入微薄、難以養家的情況下，這確實像是個不錯的出路。略微考慮之後，馮京接受了叔父的建議，暫時擱下書本，開始與他一起經商。而效果很好，他相當聰明，會分析所得資訊，致身商界游刃有餘，堪稱長袖善舞，未過數月家中財政景況已大為改善。

於是他請來名醫為沅沅診治，亦不惜花重金為她求藥調理，為分散沅沅的注意力，不讓她繼續沉湎於喪子之痛的記憶裡，他親自教她記帳，管理財務。他的這些努力終於開始見效，沅沅身體漸好，也對理財有了興趣，臉上笑容越來越多了。

半年後，當年曾與他把酒言歡的餘杭縣令任期滿，改知鄂州另一縣，途經江夏。馮京得訊後前往碼頭相迎，並設宴為其接風。其間馮京提及往日事，試探著問當初京中來的夫人身分，想必事過境遷，縣令亦不再有顧慮，遂坦然相告：「那時來的，是天子之妻，本朝國母，皇后曹氏。」

皇后？馮京驚訝莫名。腦中一幅幅影像如書頁般翻過：紅綃紗幕後著紅素羅大袖衣的新娘引臂拔簪；素顏女子在紺髮少年的扶持下上車，端然坐著，簾幕垂下，隔斷他目光的探視；徑山寺內的夫人蓮步輕移，下頷微揚，髮髻高綰，脖頸弧線美好，在帷幕上投下的影子如雲飄過……那些都是她嗎，皇后曹氏？

雖然知道當今皇后姓曹，也隱約聽說過皇后是曹彬的孫女，但曹彬兒子有數人，孫女想必亦不少，他萬萬沒料到曾與表哥舉行過婚禮的那位曹氏女公子會獲選入宮，受冊為后。

「她入宮前曾在徑山寺許過願，因此後來特意去還願。皇后此行不欲興師動眾，一路擾民，故未列儀仗，只祕密通知沿途地方官接駕護衛。」縣令解釋說，打量著輕袍緩帶的馮京，忽又嘆道：「當年下官很是羨慕馮兄，筆下詩作雋邁豪放，獲國母賞識，何其幸也！中宮閱馮兄大作後即斷言馮兄胸中有丘壑，他日必貴顯。馮兄如今雖鮮衣怒馬，坐享醇酒玉食，但恕下官直言，商賈畢竟屬雜流，若馮兄甘於做一世陶朱公，豈非與中宮判詞相較甚遠？」

之前的好心情就此散去。回到家後，馮京鬱鬱不樂地入書房悶坐片刻，忽然想重尋幾本久違的經書來讀，但一顧書架，觸目所及皆是帳本，翻來翻去，竟怎麼也找不到他想看的書。

此時沅沅聞聲而至，臂中還抱著把算盤，微笑問他：「你在找什麼？」

「我那幾本《大學》、《中庸》呢？」馮京手指書架問。

沅沅想了想，掉頭跑回臥室，須臾，拿了幾冊皺皺巴巴、滿是汗痕的書遞給他。「是這些嗎？」

馮京接過，眉頭一蹙。「怎麼變成這樣了？」

「我見書架上帳本沒地方擱了，這些書你又許久不看，就拿去墊箱子底……」沅沅說，見馮京臉色不對，忙又道：「地上有些潮，所以變皺了，不過沒關係，明天我就拿去晒乾壓平！」

馮京重重吸了口氣，把書拋在桌上，坐下，漠然道：「罷了。我也沒說要看。」

沅沅「哦」了一聲，再偷眼觀察他，很小心地問：「我可以留在這裡算帳嗎？」

他默然，但最後還是頷首同意。於是沅沅愉快地在他身邊坐下，開始劈里啪啦地撥算盤。

他側首看著這位與自己朝夕相處的妻子，竟無法察覺到往昔的親近感，兩人並肩而坐，之間卻好似隔著千山萬水，燭紅影裡，她脣角的微笑顯得空前地遙遠而陌生。

我心中所思，她大概永世都不會明白——馮京默默對自己說，這個念頭無可抑止地令他覺得悲傷。

當然他那無形的淚只流向心裡，並未形之於色，而沅沅算帳間隙轉頭看他時也只發現了他的失神。

「你這樣呆呆地看著我做什麼？」她笑問。

他依然凝視著她，問：「沅沅，妳認識我嗎？」

她眨了眨眼，頗為不解，但還是認真作答：「當然認得……你就算化成灰，我也能把你認出來。」

他惻然笑笑，輕輕把她拉到懷中擁著，再不說話。

【柒】許願

次年，曾到馮京家中作客的那兩位州學同舍通過了在州府舉行的解試，準備赴京參加省試，即禮部貢院鎖試。馮京再次邀請他們至家中，設宴為其踐行。

宴中馮京把酒預祝同舍科場告捷、平步青雲，同舍連聲道謝。之後，其中一人注視馮京，甚是感慨：「當世才華蓋世，遠勝我等，若當初一同參加解試，只怕解元頭銜亦唾手可得，如今我們三人相伴進京，豈不快哉！」

馮京擺首道：「捨下書本塵封已久。何況，自隋唐至國朝皆有規定，工商不得入仕，京不敢再奢求應舉。二位兄臺已於解試中脫穎而出，釋褐在望，將來曳紫紆金，亦指日可待，卻不以結交工商雜類為恥，仍與京聯席共飲，京已深感榮幸，感激不盡。」

同舍聽了忙勸道：「當世何出此言？你我從來都是一般人，你雖做過一、兩筆生意，卻也不必把自己歸入工商雜類。當世還年輕，若現在開始停止經商，繼續讀書，下次再參加貢舉，亦未為晚矣。」

另一位同舍也相與附和，道：「國朝取士不問家世，雖說工商不得入仕，但太宗皇帝曾下詔令：『如工商雜類內有奇才異行、卓然不群者，亦許解送。』當世行商時日甚短，且有奇才，即便有人強將你歸入工商雜類，你也可藉此條例應舉。不妨重返州學，潛心讀書，以待下屆貢舉。」

今上即位後，往往每四年才開一科場，下一屆，也應是四年後了。馮京默然想，四年，足以發生和改變許多事……沅沅也應該會再生一、兩個孩子了吧，她與孩子，是否都會健健康康、衣食無憂、平安喜樂？

於是，他抬目，淡淡對同舍一笑。「京安於現狀，無意應舉。」

同舍相顧無言，唯有嘆息。須臾，一人又道：「如今當世披錦衣、食饌玉，家有嬌妻，便把當年我們在州學中指點江山，縱論韜略，立誓治國平天下的豪言壯志拋在腦後了嗎？」

馮京擱下杯中酒，平靜地迎上同舍質問的目光，道：「如果連妻兒都養不活，又豈能奢談治國平天下？」

此次沅沅接受了馮京建議，並未露面，只與婆母在內室布菜，讓婢女端出來。其間馮夫人數次走至門簾之後，聽到了一些馮京與同舍的對話。

夜間，馮夫人喚兒子至書房，取出一冊他幼年所讀的《詩》，翻到最後一頁，遞與馮京。「這行字是你爹爹當年親筆寫的，你可還記得？」

馮京接過，看見父親熟悉的字跡：「將仕郎守將作監丞通判荊南軍府事借緋馮京。」

當年他看不懂這官銜，問父親，父親便拍著他肩微笑道：「我兒將來若考中狀元，皇帝多半會給你這官做。」

話猶在耳，透過這行字，更好似又觸到了父親殷切的目光。馮京合上書頁，黯然垂目。

「你父親此生最大的遺憾，便是未能中舉入仕。」馮夫人緩緩道：「他早年也跟你如今一樣四處行商，受人冷眼，後來才因進納米粟補了個左侍禁的小官銜，好歹算是脫離雜流之列了。所以，他一直要你好生讀書，將來舉進士、中狀元，堂堂正正地做大官，光耀門楣。不想現在兜兜轉轉，你竟又走上他當年的老路了……」

一語未盡，馮夫人聲已哽咽，淚落不已。

馮京朝母親跪下，肅然道：「兒子有負父母厚望，實屬不孝。但父親當年亦曾教導孩兒，好男兒要守信義、有擔當，聖人亦將修身、齊家列於治國、平天下之前。如今母親年事漸高，沅沅之病尚未痊癒，京豈可棄母親、妻子於不顧，只求功名，不思養家？」

聽他這樣說，馮夫人亦難反駁，最後擺首嘆道：「我雖已有一把年紀，所幸倒還沒病沒災，平日用度不大，也能隨你清貧度日。不過沅沅如今身體不好，倒是常須進補……或者，我們現在讓她好好調理，過個一年半載，待她大好了，你再重新準備應舉？」

想著那漫漫四年，馮京沒有順勢答應，只應道：「將來的事，將來再說吧。」

這一語又聽得馮夫人傷心，掩淚道：「若你晚幾年再娶親，當不至於為家室所累，困於其間，不得遂志。」

默思須臾，馮京再度開口，對母親說：「沅沅之事，是我的錯。我當年放浪率性，鑄下此大錯。但若不娶她，更是寡情薄倖，有失道義，無異於錯上加錯。錯誤既已鑄成，便要勇於承擔。起初是我害了她，而今我願意許她安穩的生活，以此來彌補曾經犯下的過失。所以，現在這樣的結果，我亦甘心領受。」

母親離開後，馮京仍留於書房，枯坐良久，這並無異處的夜晚似也變得格外漫長，他選擇了一個消磨時光的方式：一手提酒，一手執筆，痛飲清酒，奮筆疾書。

終至酩酊大醉。在伏案而眠之前，他拂袖掃落面前那一堆帶字的紙。紙張紛紛揚揚旋舞飄落，每一張上都寫著同樣的詩句：「韓信棲遲項羽窮，手提長劍喝秋風……」

馮京半夜悠悠醒轉，見身上披有大氅，而散落於地的紙張已被拾起，整整齊齊地疊放在案上。

是沅沅來過了嗎？他迷迷糊糊地想，但很快自己否決了這個念頭：如果她來了，一定會嘰嘰喳喳地吵醒他，催促他回房睡覺。

也許，是婢女所為吧。他懶得再求證，覺出夜間幽寒，頭也隱隱作痛，他便起身，拖著沉重步伐回到臥室。

沅沅躺在床上，側身向內，是沉睡的模樣。他和衣寂寂無聲地在她身邊躺下，無意驚動她。

她今日倒是很安靜。在陷入深眠之前，他曾這樣想。

而這之後，沅沅一天比一天安靜，話越來越少，雖然面上仍常帶笑容，但也只是禮貌的微笑，以前那種朗朗笑聲日漸稀少。

連撥算珠的聲音也沒有以前歡快。馮京暗自詫異，終於忍不住問她：「沅沅，妳有心事嗎？」

她笑了笑。「沒有呀。」

他端詳著她。「妳氣色不大好。」

她想想，道：「可能病沒全好吧……沒事，總有一天會好的。」

上次難產確實給她留下了不少後遺症，她至今未痊癒，常腹痛腰疼，癸水也不正常。他繼續為她延醫問藥，但收效甚微，而且，她還不太配合治療，有一天，他竟發現她把要服的藥悄悄倒掉。

他又氣又急，過去質問她為何不服藥，她對他微笑，輕聲道：「藥太苦了。」

後來，她越來越厭惡服藥，索性公然拒絕，就算強迫她喝下，她也會很快嘔出來。

如此一來，她的病越來越重，終於到了臥床不起的地步。

一日，馮京來到沅沅病榻前，見昏睡著的她枯瘦憔悴，唯面色病態地酡紅，像一朵即將於夜間凋零的芙蓉，不禁悲從心起，落下淚來。

沅沅於此刻醒來，伸手徐徐抹去他的淚，她淺笑著說：「京，帶我出去走走吧。」

他建議等她身體稍好些再出去，她卻堅持現在就走，於是他問：「妳想去哪裡呢？」

她說：「有山有水就好，哪裡都行。」

他帶她去黃鶴樓，抱著她上到最頂層，讓她看晴川歷歷漢陽樹，芳草萋萋鸚鵡洲。

她半躺半坐，依偎著他，面含微笑，觀孤帆遠影，日暮煙波，不時仰首告訴他眼前景色與家鄉之異同，直到暝色四合，月華滿川。

她沉默下來，凝視著月亮，目中卻無神采，軟綿綿的身體虛弱無比，彷彿所帶的生氣正被夜風吹散。

馮京心中酸澀，一手擁著她，一手為她攏了攏蓋在她身上的大氅，微笑著在她耳邊說：「沅沅，據說月明之夜，在黃鶴樓上可以看見仙人。今晚月色好，妳仔細看看周圍，也許也能見到仙人呢。」

沅沅茫然側首看他。「真的嗎？」

他點點頭，道：「是真的。據說一位守門的老卒子曾見過。那天晚上月色也是這樣好，照得黃鶴樓前景象清澄。那位老卒子半夜肚子餓了，睡不著覺，輾轉反覆間，忽然聽見外面有人談笑風生，他便起來探視，結果發現外面有三人，身披羽衣，足著木屐，走在石板路上，清脆的木屐聲在周圍山間引出了陣陣回音……」

沅沅瞬了瞬目，問：「他們是什麼人？」

馮京答道：「不是人，也不是鬼，他們是神仙。」

「那後來呢？」沅沅又問。

馮京道：「後來，他們走到山邊，面對石壁，伸手叩了三下，然後石壁像門一樣霍然洞開，他們便如一縷輕煙那樣飛入門中，消失在山中了。」

沅沅環顧面前青山，追問：「是哪片石壁呢？」

馮京笑道：「不知道……妳且留意看著，興許仙人又會在樓前現身。」

沅沅卻又迷惘地問：「看見仙人，又該怎樣呢？」

馮京建議道：「妳請他們實現妳的一個願望吧。」

「好主意！」沅沅雙目一亮，繼而表露得隴望蜀之意。「但一個願望不太夠……三個好不好？」

馮京故作沉吟狀，然後笑道：「應該可以吧。他們有三人，一人幫妳實現一個心願應該不太難。」

「還有你。」沅沅亦笑道：「你也要許三個願，請他們幫你實現。」

馮京揚眉道：「嗯……我當然沒意見，只是不知道人家仙人是否覺得麻煩。」

「不麻煩不麻煩！」沅沅立即道，臉轉朝外，像是對著山間隱身的仙人說：「仙人當然對誰都一樣，幫人實現心願，絕不偏心，見者有分！」

馮京忍不住笑起來：「那妳想許什麼願呢？」

沅沅反問：「不是要見到仙人才能說嗎？」

馮京道：「妳這樣多話，仙人肯定被嚇得不敢現身了。不過他們一定藏在山中看著妳，只要妳在這裡許願，他們都能知道的。」

沅沅似乎也相信了，握住他的手，認真地說：「那我們現在一起閉眼，各許三個願，請仙人為我們實現。」

見她那麼有興致，馮京自然不會拂她的意，便頷首答應。於是兩人同時閉目許願，少頃，馮京睜眼，見沅沅也正在轉顧他，遂相視一笑。

「你許的願中，有跟我相關的嗎？」沅沅關切地問。

「有。」馮京回答說：「第一個就是為妳許的……我希望妳盡快好起來，從此健康快樂地生活，長命百歲。」

沅沅恬然笑了，雙臂摟緊他腰，似想進一步縮短與他的距離，然後輕聲告訴他：「我的一個心願是：生，和你住在一起；死，和你葬在一起；生生世世，永遠都和你在一起。」

馮京頗動容，低首吻了吻她額頭，低聲道：「好，仙人聽見了。」

「你的第二個心願是什麼？」沅沅又問。

馮京略微踟躕，但還是告訴了她：「我想，以後若有機會，為國為民做一點兒事。」

「那我的第二個願望應該能派上用場。」沅沅微笑著說出她第二個願望：「我希望你日後中狀元，做大官……那樣的話，你便可以為國為民做大事了吧？」

馮京雙目微熱，待鼻中酸楚之意散去，才道：「謝謝妳，沅沅。」

沅沅接著問了最後的問題：「那第三個願望呢？」

這一次，馮京望著月下波光粼粼的水面，良久不語。

沅沅亦不追問，依舊含笑道：「那我們都保留著第三個願望，暫時不說吧，想必仙人已經知道，會幫我們實現的。」

然後，她埋首於馮京懷中，倦懨地閉上了眼睛。

她許願時的好精神是迴光返照。回到家中後病勢如山倒，次日醫師宣布無藥可救，請馮京準備料理後事。

臨終之時，沅沅凝視守於病榻前的丈夫，用微弱的聲音對他說：「許願時，我還是忘了囑咐仙人，下輩子我們再相遇時，不要讓我成為你的錯誤。」

原來她聽見了。馮京恍然省悟，這才是她不欲求生的根源。

他默然抓緊她身邊的被褥，心痛得無以復加。

「不要哭啊，京……」她無力地伸出手，想幫他拭淚，但怎麼也觸不到他。

馮京自己抹去奪眶而出的淚水，一把握住沅沅的手。

她的手指微微動，觸摸著他手背的皮膚，仍然保持著笑容，她又說：「沒有我，你也許會過得更好……我們祈求過仙人……」

她停下來，溫柔地看著他，忽然問：「你能猜到我的第三個願望是什麼嗎？」

不待他回答，她又略顯得意地笑了，斷斷續續地說：「你一定猜不到的……

第三個願望，我也想代你許，但又不知道你除了中狀元，還想要什麼……後來，我想到了一個辦法……我對仙人說，我的第三個願望，就是希望京實現他所有的心願。」

馮京大慟，一時說不出話來，引她手至脣邊，親吻著，淚亦再度滑落。

「我聰明吧？」沅沅輕聲道。

馮京勉強微笑著，好不容易才開口道：「我許的第一個願，就是要妳好起來……沒錯，一定會實現的。」

沅沅微微擺首，道：「你許這個願時，仙人一定走開了，沒聽見。」但她很快又露出了笑意。「不過，第二、第三個他們一定都聽見了，你的願望，總有一天會成真的。」

馮京低首不語，怕與她對視，會讓她感染到他的悲傷。

她的目光移至手腕上戴著的金釧上，提了個要求：「這個金釧，可以與我陪葬嗎？」

馮京一愣，有一瞬的遲疑，但還是頷首，道：「這本來就是妳的，妳當然可以一直戴著。」

沅沅卻淺笑著抽手回來，自己褪下金釧，遞給馮京。「剛才是逗你玩的，這根本不是我的東西，我才不要呢……」

馮京訝異，暫時未解她是何意，然後，沅沅問了他一個問題：「你的第三個願望，跟這金釧有關吧？」

馮京握緊適才接過的金釧，無言以對。而沅沅也無意等他回答，側首向內，說出她此生最後一句話：「金釧的主人，是在那條船上吧？」

說這話時，她仍保持著淺淡的笑容，但轉側之間，有一滴淚珠滑過鼻梁，墜落隱沒於她身下衾枕內。

【捌】鶯飛

一團紅綢彩線精心紮成的繡球悠悠墜下，自東京金明池前街道一側的樓上，豪家貴邸所設的彩幕帷幔之後，碰落了樓前馬上，新科狀元馮京皂紗重戴上的簪戴宮花。

馮京輕勒青驄馬，止步轉顧……黃衫加綠袍，回首風袖飄。

彩幕後影影綽綽的幾位女子身影似驀然被風吹亂，倜促零散地略略退去，隨之而起的，卻又是一陣輕快喜悅的清脆笑聲。

他脣角微揚，亦不再顧，待爭奪他簪戴宮花的路邊行人被呵道者屏開後，他以烏靴輕觸馬腹，引馬繼續前行。

這是皇祐元年，馮京三元及第，輝煌的成績與無瑕的容顏，使他成了聞喜宴上最眩目的綠衣郎。

於他有意的女方，常以擲物的方式引起他的回眸，擲的可能是水果、紈扇，也可能是飾物、繡球，自他三魁天下之後，更有豪門富室，擲以赤裸裸的財勢，例如張堯佐家一般。

對這些意識曖昧的飛來贈品，他不會投桃報李，一概拒而不納。及第之後收下的女子禮物，便只有唱名那天，中宮在太清樓上所賜的龍鳳團茶餅角子。

但那日，她隱於樓上彩幕珠簾後，他並未看見她，連賞賜的話，都是內臣傳達的。後來，他拾起樓上一位小姑娘誤墜的扇子，細細玩賞，薄露笑意——這柄紈扇曾經她御覽，便愈顯可愛。

亦想過下次與她相遇時，該與她說些什麼。但當他騎馬過金明池前路，迎面瞧見中宮儀仗鳳輿時，他猝不及防，渾然忘卻所有設想的話，只下馬低首，覲見如儀，像個初見夫子的學童般，等她問一句，再答一句。

見他沒了簪戴宮花，她讓內人將車輿簷下的牡丹花摘一朵下來，給他簪上。那是千葉左花，色紫葉密而齊如截，後來他向人打聽，知道此花名為「平頭紫」。

紫，是士大夫喜愛的顏色，因為曳紫紆金，是大多數人的夢想。

她這隨手相贈的小小禮物顯得大方而得體，應是對他的一種祝福。他再拜謝恩，恭送她起駕，再無一言。但其實，他很想問她，是否認出面前這位狀元郎，是曾為她引路的少年，和餘杭城外，追著她樓船跑的秀才。

以後，可有機會再問她？他的手指輕輕撫過重戴上「平頭紫」溼潤的花瓣，感受著上面清涼的觸感。

好像每次見她，她都會送些禮物給他。他忽然憶起，初見時，她贈他金釧；唱名時，她贈他龍鳳團茶；而今，是贈他「平頭紫」……那麼，餘杭那次呢？

沅沅。他心微微一顫，黯然神傷。如今回想，他與沅沅的相遇，也可算是受她所賜。

他提筆，給尚在江夏的母親寫信報訊，亦給叔父寫了一封，委託他在家鄉尋一片足夠大的墓地，留待將來他與妻子合葬。

母親的回信很快傳來，她在表達喜悅之餘不忘提醒他：若有中意的閨秀淑女，不妨早日締結婚約，迎娶過門。

何謂「中意」？他淡淡想，及第以來，每日上門向他提親者倒是絡繹不絕，想招他為婿的既有名門望族，亦有當朝權貴；而如今婚姻於他，絕非成家立室那麼簡單了，每位議婚對象的身後都有一個盤根錯節的政治背景，娶了誰，就等於娶了她家族的立場，他必須慎重選擇。

當然，從拒絕張家提親那時起，他心中便有了個清晰的方向。

這年中，皇帝下詔為狀元授官：以進士第一人馮京為將仕郎，守將作監丞，通判荊南軍府事，推恩借緋。

大宋官員三品以上服紫，五品以上服緋，以下服綠。若以歲月資歷計，是入仕著綠，滿二十年換賜緋，又滿二十年再換賜紫。雖未及年，而其所任職不宜著緋綠，或皇帝推恩特賜者，即謂之「借紫」、「借緋」。馮京初授的官職只是從六品，以狀元身分獲賜緋衣，亦屬借緋。

竟與父親當年在書後寫下的那行字一點兒不差。馮京暗自訝異：將仕郎與守將作監丞的確是國朝狀元初授的階官名，推恩借緋也是慣例，但具體到通判荊南軍府事，就不是常人可以預料的了。

馮京領命走馬上任，數月後還闕述職，聽見都中同僚正在議論知制誥胡宿拒絕為復內臣楊懷敏入內副都知之職草制的事。

楊懷敏是張貴妃心腹，因慶曆八年逆賊入宮之事遭到貶黜，出任高陽關鈐轄，後來入宮奏事，張貴妃從旁慫恿，皇帝有了復其原職之意，遂命胡宿草制。

文官左右諫議大夫以上、武官觀察使以上除授制誥，及立皇太子、后妃、封親王、拜宰相、樞密使、三師、三公、使相、節度使之類的大詔令，是由翰林學士起草，稱「內制」；而知制誥負責起草的「外制」主要內容是一般官員或外命婦的任免、誥封，通常是皇帝先將詔令詞頭送中書審核，再由中書傳給知制誥草制。

關於楊懷敏官復原職的旨意中書已經許可，但詞頭送至當制的知制誥胡宿手中時，他卻斷然拒絕草制，說：「楊懷敏當年勾當皇城司，宿衛不謹，導致逆徒竊入宮闈，又未生擒賊人，當時便有議者說他欲滅奸人之口，而陛下不忍加誅，止黜於外，已是格外開恩，而今豈可復其原職？何況按舊制，內臣都知、副都知以過罷去者，不許再除。如今中書送到詞頭，臣不敢草制，還是封還給陛下吧。」

於是詞頭便被他依舊封還給皇帝了。

「今上問胡宿之罪了嗎？」馮京問同僚。

得到的答案是：「沒有。今上以此事問文相公：『前代有此故事否？』文相公回答說：『唐給事中袁高不草盧杞制書，近來富弼亦曾封還詞頭。』今上聽了頓時便想通了，收回成命，仍然讓楊懷敏補外。」

富弼？馮京目色一亮。這位目前在青州救災的富侍郎前幾年隨范仲淹推行新政、主持更張，賢名遍傳天下，馮京在州學中亦早有耳聞，只是尚不知他還有過封還詞頭的故事。

同僚笑說：「國朝以來，敢於回絕內降詞頭的原本只有宰相，例如杜衍杜相公，說今上推恩太頻，到後來今上下傳給他的遷官賜封之類的詞頭，他十有八九會封還於上。以至後來再有人求官討賞，今上就會對他們說：『不是我不給你們，是那白鬍子老兒不許。』但知制誥遠不如宰相位尊，本來若有詞頭下達，是不敢不奉命草制的，而富弼是國朝第一個公然繳還詞頭的知制誥。」

見馮京頗感興趣，他便繼續講述了此事經過：今上當年立后，本屬意於蜀人王蒙正之女，但章獻太后覺得此女妖豔太甚，對少主不利，便命他立了郭后，而讓自己義兄劉美之子劉從德娶了王氏。劉從德不久後病卒，而今上對王氏念念不忘，便封她為遂國夫人，讓她出入內庭，亦有流言稱，王氏曾得幸於上。

後來王蒙正私通其父婢妾事發，被除名流放，王氏亦獲譴、奪封，罷朝謁，今上曾明文詔命其日後不得入內。但慶曆元年，王氏竟又頻頻被今上召見，出入如故，中宮曹后不懌，但因王氏並非內命婦，又得今上維護，亦不便加以管束。諫官張方平上疏論列，今上也置之不理，後來欲復王氏遂國之封，命富弼草制，而富弼當即繳還詞頭，態度堅定，絕不草制。今上得知後亦感慚愧，遂取消了封命。

馮京聽了微微一笑：「慶曆年間多君子。」

馮京躍馬往青州，正值鶯飛草長，春深時節。

問明知州府邸所在，他依言尋去，過了一脈流水小橋，面前現出一壁黛瓦粉牆，內鎖重樓飛簷。

想來此牆之後應是花園，鶯啼婉轉，風攜暗香，圍牆上方現出幾叢碧樹冠葉，而牆頭上則垂著數枝從園中蔓生出來的荼蘼花。

牆內傳來女眷笑語，喚人推動園中鞦韆。

他引馬稍稍退後，倚於橋頭，斜傍垂楊，在金色陽光下微瞇著眼，漫視鞦韆揚起的方向。

也許圍牆太短，抑或鞦韆架立得太高，當鞦韆飛至最高處，上面的女子身影越過粉牆，驚鴻一現。

那女子年約十七、八歲，秀眉鳳目，螓首蟬鬢，脖子的弧度纖長美好，隨著鞦韆搖擺，她衣袂飄飛，雅態輕盈。

鞦韆第二次蕩起時，她亦注意到他，訝異地側首看。他略一笑，從容引袖，輕輕抹去了飛上他額頭的一點楊花。

她藉過牆鞦韆看了他三次，然後便停下來，牆內響起幾名女子低語聲，應是她在跟同伴提起他。

須臾，牆頭荼蘼花枝動，上方先是露出兩個小鬟髻，和垂髫少女齊刷刷的瀏海，然後，一張十二、三歲小女孩的臉映入他眸心。

相較適才看見的女子，她臉形稍圓，膚色細白，眼睛大而清亮，觸及他目光時，她嘴角的笑靨尚未隱去，那純淨明亮的天真意態令他覺得似曾相識。

小女孩雙手按住牆頭，睜大雙目打量他，從他的面容眉目、衣冠巾帶，直看到絲鞭駿馬、玉勒雕鞍。

他的目光落在她的十個指頭上。她未染蔻丹，指甲呈乾淨的粉紅色，他覺得可愛，不由得對她笑了笑。

這一笑驚動了她。好似忽然想起什麼，她倏地轉首後顧，對牆內的人說：「姊姊，把扇子遞給我。」

有人奉上紈扇，她接過，然後嚴肅地回扇障面，蔽住了眼睛以下的部分，一雙美目卻還是好奇地觀察著他。

他笑意加深，開口問她：「請問姑娘，知州府邸大門應該往哪邊走？」

「你為何要來知州府邸？」扇子後傳來她猶帶稚氣的聲音。

他回答：「我想拜謁富侍郎。」

「你找我爹爹做什麼？」小姑娘立即追問，不待他回答，盯著他黲墨色涼衫衣袖下露出的一痕緋羅袍，她又補充了一個她更想了解的問題：「你是誰呀？」

他騎著白馬，立於草薰南陌、煙霏絲柳的背景中，朝她微微欠身，含笑道：「在下江夏馮京。」

《醉花陰》完

作　　者／米蘭 Lady
發 行 人／黃鎮隆
總 經 理／陳君平
經　　理／洪琇菁
總 編 輯／呂尚燁
執行編輯／陳昭燕
美術監製／沙雲佩
美術編輯／李政儀
國際版權／黃令歡、梁名儀
企劃宣傳／邱小祐、劉宜蓉
文字校對／朱瑩倫
內文排版／謝青秀

國家圖書館出版品預行編目資料

孤城閉（下）/ 米蘭 Lady 作 . -- 初版 . -- 臺北市：尖端，2020.03
冊；　公分

ISBN 978-957-10-8698-9（下冊：平裝）

857.7　　108011806

出版／城邦文化事業股份有限公司　尖端出版
台北市 104 中山區民生東路二段 141 號 10 樓
電話：（02）2500-7600　傳真：（02）2500-2683
讀者服務信箱：7novels@mail2.spp.com.tw
發行／英屬蓋曼群島商家庭傳媒股份有限公司城邦分公司　尖端出版
台北市 104 中山區民生東路二段 141 號 10 樓
電話：（02）2500-7600　傳真：（02）2500-1979
劃撥專線：（03）312-4212
戶名：英屬蓋曼群島商家庭傳媒（股）公司城邦分公司
劃撥帳號：50003021
※ 劃撥金額未滿 500 元，請加付掛號郵資 50 元
法律顧問／王子文律師　元禾法律事務所　台北市羅斯福路三段 37 號 15 樓

台灣地區總經銷／中彰投以北（含宜花東）　楨彥有限公司
電話：（02）8919-3369　　傳真：（02）8914-5524
雲嘉以南　威信圖書有限公司
（嘉義公司）電話：0800-028-028　　傳真：（05）233-3863
（高雄公司）電話：0800-028-028　　傳真：（07）373-0087
馬新地區總經銷／城邦（馬新）出版集團 Cite（M）Sdn Bhd
電話：603-9057-8822　　傳真：603-9057-6622
E-mail：cite@cite.com.my
香港地區總經銷／城邦（香港）出版集團 Cite（H.K.）Publishing Group Limited
電話：852-2508-6231　　傳真：852-2578-9337
E-mail：hkcite@biznetvigator.com

版　次／2020 年 3 月 1 版 1 刷　Printed in Taiwan
2021 年 5 月 1 版 2 刷